作家出版社

1

　　寡言少语、性格温和的周辰瑜，创造了周庄首位考入国家部委的纪录。周庄，始建于秦，穿风越雨，是千年古庄。当这个喜出望外的好消息，在瑜城市西南角的周庄广泛传播时，周庄人惊讶得不敢相信。宛如一个默默无闻的小镇姑娘，头戴世界小姐的桂冠，突然在电视荧幕上，声音悦耳地发表获奖感言，令人无比惊诧，难以相信鸡蛋里面竟然孵化出一只美丽的凤凰。

　　小时候，周辰瑜考试经常不及格，在周庄声名远扬，是周庄的著名人物，载入《周庄通史》毫无希望，只能在家史上留下浓墨重彩的一笔。周母总是心惊胆战地念叨："你怎么只考了这么点儿分数，难道是我怀孕时吃错了什么药，让你如此愚笨？"周母怀孕期间贪吃了不少甜食，她总是自责是甜食害了周辰瑜。周庄有刻薄的人评价道："这是家门的不幸。"周母怒怼道："你的家门才不幸呢！"周母看着毫无灵气、眼神木讷的周辰瑜，欲哭无泪。这个可怜的形象，至今如山水画般，静静地浮现在周庄人的脑海深处，挥之不去。

　　记忆深处，另一个形象更糟糕。只见五个七八岁大小顽皮嬉笑的小孩，唰唰唰地爬上碗口粗的桑树，大口咀嚼摘下的紫红色桑葚，酸甜的味道令他们大声欢乐地惊叫。而行动不够敏捷没有爬上桑树的周辰瑜，流着鼻涕，弯腰在地上捡起一片茸毛细小的桑叶，塞入嘴里咀嚼，苦得紧闭双眼。小伙伴们大声嘲笑地唱道："周辰瑜，好愚蠢，不吃桑葚吃桑叶。"而周辰瑜傻傻地笑，他只是好奇，宛如神农尝百草，咀嚼雨露和阳光的味道，心想这才是大自然真正的味道。

在周庄人的心目中，周辰瑜就是一个智障的小孩。智商低得跟食草动物差不多。两者都喜欢吃植物叶子，确实天生一对。邻居感慨道："周父那么聪明，怎么养了个儿子，如此呆笨，直接颠覆了达尔文的进化论，不是进化，是退化。"

高中时期，每当略显消瘦的周辰瑜，行走在周庄小巷色彩斑斓的鹅卵石小道，跟长辈相向而行。打招呼时，他都腼腆地微微一笑，害羞得宛如情窦未开的少女，不见气宇轩昂的瑜城市官员高高在上的气质。人们断定周辰瑜不是当官的料，脸皮太薄，太谦卑害羞了。

高二，冬天一个温暖的午后，周辰瑜躺在瑜河畔冰凉的青石板上，出神地望着浮云飘动，想象着繁华而神秘的侏罗纪世界，心想也许恐龙还没有灭绝，要不然昨晚怎么还梦见了霸王龙吃了食草龙呢！周庄人认为周辰瑜的精神有点问题，这么冷的天，不冻感冒才怪，一个傻子而已。

周辰瑜的愚笨和木讷，点缀了周庄人十多年记忆的光阴，已经形成了思维定式——周辰瑜长大后不会有出息，不沦落丐帮养活自己已经很不错了。后来，即使周辰瑜考上了复华大学硕士研究生，依然没有改变这种先入为主的印象。因为硕士研究生多如牛毛，只要不傻不痴都能够考上，即使又愚又蠢宛如周辰瑜也能够被扩招上。研究生的扩招速度十分惊人，国民素质得到明显提高。吓得国家迅速放开三孩生育政策，为扩招奠定了坚实的基础。

周辰瑜突然考上了国家部委，这个突如其来的巨大变化，颠覆了神经细胞十多年的惯性，周庄人的脑海里面火花四射，迸发五彩斑斓的光芒，映照小道的鹅卵石一片绯红。不少人疑惑道："国考可是千里挑一，这个傻子怎么会考上呢？"惊讶的语气，仿佛鹅卵石可以孵化出鸿鹄。这不符合常理，鹅卵石应该幻化成燕雀才对。作为"燕雀"的周庄人安知鸿鹄之志。当然，周辰瑜不是"燕雀"也并非鸿鹄，他只是一个灵长类哺乳动物。其实，周庄人并不了解默默努力奋斗、外愚内聪的周辰瑜，也不清楚声名显赫的国家部委的职责，因此心里感慨不已，感觉不可思议，这真是活见鬼了。这并不奇怪，千年古城——瑜城是一座山清水秀的江南小城，而周庄是小城郊区美丽的小镇，是三国时期一代名将周瑜的出生地。周庄一幢幢红瓦白墙的两三层别墅楼房，绽放在碧波荡漾的瑜河两岸。每当春暖花开的季节，瑜河水雾缭绕，空气沁人心脾，飘入屋内，令人心旷神怡。周庄宛如世外桃源般美丽，周庄人小国寡民般恬淡地生活。在周庄人的心里，花团锦簇的瑜城市，就是宇宙三维时空的全部，气度不凡的瑜城市市委书记，就是主宰三维时空的"最高领袖"。国家部委不属于这个色彩斑斓的三维时空，感觉跟电视剧《康熙大帝》处理国家大事激烈争斗的朝廷，运筹帷幄，决胜于千里之外，但远在天边，那是四维时空里面的故事。

周辰瑜去国家部委上班三个月后，一个淅淅沥沥飘雨的夜晚，周庄花香袭人。瑜河水流湍急，树木枝繁叶茂，树叶碧绿得令人心醉。憨厚老实的周家二婶，在两层别墅宽敞的客厅里面，观看《新闻联播》。她瞪大眼睛，在电视荧幕变幻的人像里面，像雷达般搜寻眉清目秀、方中见圆的脸庞。《新闻联播》播完了，也不见周辰瑜瘦长的身影，她迷惑不解。周家二婶心想难道周辰瑜不够英俊帅气，偏心眼的摄像记者，才漏拍了周庄的大人物。二婶心想周辰瑜挺帅啊！也有小姑娘暗送秋波，肯定摄像记者是男的，把所有的镜头都给了漂亮的姑娘。男人嘛，都是那副德行！周辰瑜要是一个美女就好了，就可以被摄像记者的镜头捕捉到了。

初中文化程度的周家二婶，活动范围仅限于周庄附近十公里区域，比蚂蚁的活动范围小很多。她并不知道北京的处长，宛如菜园里面四处爬行的七星瓢虫，稀松平常。周辰瑜只能算是级别更低的二星瓢虫，普通得一脚能踩死好几只，都不敢轻易下脚走路，杀生过多就是大罪过了。如果是宫廷戏，周辰瑜也只能表演台词仅仅有一个"嗻"字的"小兵"，就是这个"嗻"字的演出机会，也需要好的机遇或者贵人提携，因为皇帝身边的"小兵"，级别也不低啊！不过，对于盈尺之地的周庄而言，文质彬彬的周辰瑜，是载入周庄千年通史的重要人物。虽然并没有《周庄通史》这部著作，因为周家没有出现司马迁式人物，周庄只有周氏族谱，那密密麻麻的一个个姓名，展现了周姓家族两千年的沧桑和繁华。自清代以来，周庄的周姓子孙，宛如电商平台的赝品潮水般涌现。如果不是民国时期频繁的战争和后来的计划生育政策，几乎泛滥成灾。

风雨飘摇的民国时期，少数有文化有money的周庄后人，对战乱不断、百业凋零的祖国非常失望，乘轮船漂洋过海一个星期时间，移民到了美国旧金山的唐人街，后来做生意十分成功，成为声名显赫的华侨。改革开放后，衣锦还乡时，瑜城市委、市政府接待华侨的宏大场面，曾经热闹非凡，轰动一时。时任市委书记郑阳同志为了瑜城的发展，就是在周姓华侨面前扑通一声跪下来，他也心甘情愿，他是真的热爱这片古老的土地。其实他已经下跪，陪着周姓华侨跪在树木郁郁葱葱的周瑜墓前。可见，出口的质量，往往比内销的好很多，内销的不怎么争气，只重视数量不注意质量，跪在周瑜墓前祈求保佑也没有任何用处。

虽然近些年，周庄发生了天翻地覆的变化，家家有轿车，户户有余款，已经全面实现了小康社会，正走向更伟大的复兴。周庄的小企业主，宛如过江之鲫，层出不穷，但是大人物已然空前绝后——内销的质量确实不过硬。周辰瑜的质量勉勉强强及格了——算是"范进中举"了，只是沧桑百年的岁月蹉跎，明清时期的那个"疯"的"官本位"版本，已经被格式化了。新时代的抗病毒药物，已经遏制了脑细胞"疯"的传输功能，虽然轰动一时，但也不会出现"范进中举"不省人事的"脑卒中"现象了，谁也不愿意出丑了，时代变了，人们的思想也改变了。现在难以抵御的只有耐药性极强的特殊病毒——money，可以自由自在地在周庄人的"大脑芯片"里面，肆虐地复制繁殖，比任何病毒存活时间都要长，可谓"执子之手，与子偕老"。

目前，周庄的第一风流人物，是声名显赫的准副部级干部——中央金融企业新夏集团党组成员、董事长助理——温文尔雅的周新林，他四十八岁，经济学家，曾经在商务部担任处长多年。当然，在历史的滚滚长河里面，周新林只是一个名不见经传的小人物，如泡如影，不留一点痕迹，也只能在周庄通史（近代史）里面混个头牌。

不过，比美国历史悠久千年的周庄，东汉末年，曾经出现过一位名垂青史的大人物——三国时期一代名将周瑜。宋代理学思想的开山鼻祖、文学家、哲学家周敦颐被忽视了，因为周庄人喜欢权势和特殊病毒——money。一次，中等个子、浓眉大眼的周父，酒喝多了，炫耀道："俺们老周家在三国，那可是名门望族啊！"矮墩墩的瑜城市龚副市长，冷哼一声，讽刺地嘲笑道："可惜基因突变，现在一代不如一代。"最后"一代"的声音，宛如早就退出历史舞台的蒸汽火车的鸣笛声般悠长，值得人们怀念，却十分刺耳。周父对顶头上司，敢怒不敢言，脸红得宛如价值连城的玛瑙，任由闷气在体内弥散。龚副市长露出不屑一顾、得意洋洋的笑容。周父心里十分气愤，心想："我儿子周辰瑜，会让你这个势利眼刮目相看。"又轻轻地叹了一口气，心想："老子不行，只能期望儿子了。"周父心里相当难受。

自从周辰瑜考上国家部委，被周庄人加冕为"小周瑜"后，周父的面子突然增大了好几百倍，已经荣升为皇亲国戚了，似乎周父取名"周辰瑜"的愿望，已经实现。周父走路的姿势，不再低头驼背，而是雄赳赳的，宛如公鸡般昂首挺胸。一块淡红色的鹅卵石，讨厌周父嘚瑟的劲儿，偷偷地伏击了前进的褐色皮鞋。啪的一声，周父跟布满鹅卵石的路面，来了一次亲密接吻。周父回家照镜子，手指轻轻地摸了摸红肿的嘴唇，疼痛异常，恍然顿悟"柿子挑软的捏"是亘古不变的真理。周父认为瞧不起他的瑜城市龚副市长，也该"软"了，已经到了收获的秋季，可以"捏"了。以前为了保住图书馆馆长的宝座，百般委屈自己，一副顺从的可怜兮兮的模样。现在倔强的种子，已经抽出两片绿绿的嫩芽。

这天阳光明媚温暖的下午，迅速枝繁叶茂了。两点钟的时候，金色的阳光普洒山清水秀的瑜城。巍峨的瑜城市委、市政府办公大楼前，胖乎乎、矮墩墩的龚副市长，推开黑色奥迪车的车门，一脸威严地走了下来。周父走在办公大楼的门前，斜视龚副市长的目光，宛如中国古代画家八大山人把鸟儿的眼睛画成"白眼向人"，透着一种不屑一顾的孤傲和冷淡的情感。那意味深长的眼神，比达·芬奇的名画《蒙娜丽莎》，更深邃，更意味深长。倘若画下来，肯定价值不菲。

跟瑜城首富——千科集团王土董事长称兄道弟的龚副市长，十分"清廉"，买不起这幅"白眼向人"的旷世名作，更被蒙娜丽莎式的微笑"迷"得找不到北。龚副市长十分惊诧，没有想到周父竟敢"白眼向人"。龚副市长十分生气，啪的一声摔上车门。他看着十米远穿黑色夹克的周父，大步流星地走了过去。龚副市长越来越近，周父的压力突然倍增，正欲落荒而逃时，龚副市长突然露出谄媚的笑容，亲切地大声道："周老，今天到市委、市政府有重要的事情汇报吧？抽时间到我的办公室坐坐，我那有正宗的太平猴魁新茶，一起品尝品尝。"

龚副市长以前戏称周父为"老倔头"，现在恨不得叫"老祖宗"。因为前任瑜城市委书记郑阳同志升职为复华省政协副主席后，唐君同志从国家部委司长空降到瑜城担任市委书记，唐君同志是周新林在中央党校青干班的同班同学。这位周庄第一风流人物，是周父的远房侄子。

周父十分得意，又意味深长地轻蔑一笑，算是再次捏软柿子了。龚副市长希望周父对自己的态度友好点，结果热脸贴冷屁股，一股屁味，大失所望。周父不理睬龚副市长，昂首挺胸，大步流星,走入市委办公大楼的旋转玻璃门。上午十点钟,市委书记唐君的秘书打电话通知周父,说领导要听取教育系统卫生情况调研活动工作汇报。周父准备赠送一本由他主编的《瑜城简史》给领导。自《瑜城简史》出版后,周父被称为瑜城的司马迁,可惜没有受到宫刑,文字质量无法达到传世的程度,都是东抄西抄、胡乱拼凑出来的。如此这般,周父也整整花了六年时间,精神几乎崩溃,他再没有心情拼凑周庄通史了。

由于"秒杀"龚副市长,整整一个下午,周父心情畅快得宛如脱离了五线谱。周父感觉瑜城天空的颜色也变得五彩斑斓,十分美丽,像凡·高的名画《向日葵》般生机盎然,热情似火。周父也年轻了很多,宛如回到了朝气蓬勃的青年时代。

晚上,周父被隆重邀请参加瑜城中学校长在瑜城大酒店举办的晚宴。酒过三巡,周父笑容可掬,心旷神怡,侃侃而谈教育思想和民营教育培训机构改革——学生应该减负,新东方教育集团创始人俞敏洪就是被周父谈成年度最惨的男人,不得不转型直播带货了,意外获得了直播界的"校草"美称。大家听得如痴如醉,装得十分谦卑。

一位穿着橘红色大衣的美女教师,有点崇拜周父,款款走了过来,满脸笑容地举杯敬酒道:"周局长,您的思想高瞻远瞩,十分敬佩。敬您一杯酒。"周父十分高兴,站了起来碰杯。一缕淡淡的香味,让周父一阵晕眩,仿佛看到了美丽的嫦娥在广寒宫里面翩翩起舞。周父为了表示友好之意,不由自主伸出右手,握着美女老师柔软的左手,称赞道:"小张老师就是好,是我们瑜城中学的师花,儿媳妇要是跟小张老师一样漂亮就好了。"只是"儿"字的声音很轻,在众人的嬉笑声中淹没了。周辰瑜莫名其妙地多了个媳妇的同时，美女老师也只听到"媳妇"两个字。她误认为周副局长欣赏自己，顿时对自己颇有魅力倍感自豪。

美女教师回家后，心情愉悦地向丈夫说了周父握手的细节，证明自己是个大美女的事实，而后开心地哈哈大笑。一个星期后，一封状告周父骚扰美女教师的匿名信，邮寄到龚副市长的办公室。龚副市长捏着告状信，心里十分爽，宛如摸了美女教师的纤纤玉手。他满脸笑容，笑得颇有城府，他心想可以找周父这匹老倔牛好好聊聊了，这老倔牛该低头了，这一次一定要收为我用，至少不能成为自己的对手。于是，龚副市长让秘书通知周父来办公室，说有重要事情商量。周父洋洋得意地来了，满脸媚笑的龚副市长亲自给周父泡了一杯太平猴魁好茶，老周有这个癖好，喝绿茶可以预防癌症。

谈心谈话时，龚副市长态度极好地笑道："周老，您老别往心里去，我知道您老是正人君子，只是中央全面从严治党特别严，市委、市政府有这个要求，所以才找您谈谈心。"周父满脸通红，有点不好意思，喝了一大口清香的太平猴魁茶水后，才委屈地辩解道："我连女教师的手指都没有碰过，怎么可能骚扰女教师，这就是诬陷，诬陷。"周父脑海里浮现瑜城大酒店，他右手握着美女老师柔软的左手的画面，内心十分尴尬。龚副市长急忙附和道："对对对，就是诬陷。"脸上却忍不住露出幸灾乐祸的笑容，仿佛周父跟女教师真的有一腿似的。周父看在眼里，心里十分不爽，愤怒的情绪慢慢地涌起，反复强调自己是正人君子，绝不会做违背党纪党规和师德师规的事情。

龚副市长本想做个顺水人情，包庇此事而让周父感激，并屈服自己。可惜问心无愧的周父，不识坏人心，越往下聊越敌视。

周父情绪激动,怀疑此事是龚副市长下的套,说话是一句顶一句,空气里面充满着不信任和对抗的味道,似乎马上就要燃烧起来了,比屁味都难闻。最后,周父拂袖摔门而出,啪的一声关门声,再次狠狠地"捏"了一下柿子。柿子彻底瘫痪如泥,汁液流了一地。龚副市长的表情冷如冰霜,宛如刚从冷冻室里面拿出来的冰棍,直冒冷气,气得一边骂娘一边拍桌子:"牛什么牛,要不是市委书记唐君的缘故,我才不鸟你,你算哪根葱!"

脸皮薄的周父气得浑身直发抖,急速开着比亚迪新能源汽车,回到瑜城西南的两室两厅的家里,一口气喝光了珍藏多年的一瓶茅台酒,吃完了半碟花生米,郁闷得一塌糊涂,躺在沙发上呼呼大睡。做梦时,依然认为是龚副市长在诬陷自己,而对他拳打脚踢,"捏"得他的皮肤青一块紫一块,跟斑点鱼似的,红烧或清蒸,完全可以解馋。

亲朋好友的孩子们,二十多岁,基本在大学的闺阁里面待嫁。家长们都希望孩子选择一位好情郎——有前途的平台。于是,一个阳光灿烂的星期日下午,纷纷携带香烟、茶叶和水果等礼物,"孝敬"二十年烟史的口头禁烟专家周父,请教培养"千里挑一"的秘诀,并硬塞了一个厚厚的红包。

那时候,周父靠在客厅绣有牡丹花图案的沙发上,思考究竟是谁对自己下的黑手。潜意识里面,有点后悔那晚酒醉,捏了美女教师的纤纤玉手,不谨慎一时糊涂,也许这是匿名告状信的罪魁祸首,心里自我安慰道:"谣言止于智者。"问题是周副局长的风流韵事,在瑜城教育系统传得惟妙惟肖,已经被改编为六种版本广泛传播。倘若收版权费,一个亿的小目标早就实现了。谣言不仅没有停止,而且越传颜色越深,比科威特石油的颜色还要黑三分。有教师故意开玩笑说周副局长有六种不同肤色的私生子，光的七种彩色光谱差点儿不够用了。美国作家马克·吐温创作的短篇小说《竞选州长》中有一段文字是这样写的："有人教唆九个刚刚在学走路的小孩，包括各种不同的肤色，穿着各式各样的破烂衣服，冲到一次民众大会的讲台上来，抱住我的双腿，管我叫爸爸！"周辰瑜一夜之间，突然多了好多兄弟姐妹。倘若周辰瑜知道此事，估计郁闷得会吐血，本来遗产就非常少，现在还需要分成很多份。

故周父的心情相当郁闷，思维有点凌乱，答非所问。后来，周父跟亲戚们重点谈了父亲基因的重要作用，直接忽略了母亲十月怀胎的艰辛，否定了科学规律——男孩子的智商至少一半来自母亲。倘若周母知悉此事，周父肯定吓得浑身发抖。亲朋好友们装糊涂，跟周父同谋忽略周母的巨大贡献，好不开心快活。恰巧周母作为创始人，小乔美容院生意繁忙不在家，就更加汪洋恣肆了。他们顺藤摸瓜恭维周父基因"强悍"，夸赞周父高中时期读书成绩就遥遥领先，现在更是瑜城市教育界首屈一指的大专家，没有之一，堪比美国普林斯顿大学的特聘教授。

周父听了心中巨喜，"竞选州长"所带来谣言的郁闷，一扫而尽。于是，又十分开心地送给每人一本自己呕心沥血创作的散文集。周父自费出版的一千本散文集，送了三年时间，这次终于"寿终正寝"了。在谈完父亲重要性的话题后，异常高兴的周父，兴致勃勃地大声宣布："我准备写一本如何教育孩子的书。"亲朋好友们惊讶得差点儿从客厅的椅子上跌了下来，跌成骨折，心里不禁感慨道："又是一本废品力作，不知何时才能送完。"反正大家是最忠实的读者，又是赠送，不花自己的钞票。于是，大家为了哄周父开心，纷纷吹捧道："那肯定是精品力作，一定大卖。"周父听到"大卖"后，内心却"大窘"，仿佛吹嘘散文集已经卖了一万册的谎言，不幸被戳穿，思维更加凌乱不堪，把大教育家孔子说成美国前总统特朗普，都丝毫不知。幸亏亲朋好友们已经昏昏欲睡，就是把蜘蛛侠说成玛丽莲·梦露，也无人发现雄雌有别。

周父认为周辰瑜能够考上国家部委，除了自身刻苦努力，冥冥之中还有一种说不清道不明的神秘力量在帮忙，于是说了一大堆典型经验的废话后，神秘地笑道："祈求观音菩萨的保佑，也非常重要。"亲戚好友们早已经到谱渡寺祈求过，甚至连上帝、安拉、爱因斯坦、周瑜、太上老君都求过，可惜效果不佳，才不得不请教周父。本以为取得真经，可惜无真经可取，白跑了一趟"西天"。大家满脸失望，强忍不满，感慨红包还是包厚了，吃大亏了。大家用不胜其烦的眼神，紧盯着那本周父自费出版的散文集，助其自燃。周父已经嗅到了纸张燃烧的焦味，稍有自知之明，不想不懂装懂了，笑道："我虽然理论知识丰富，在瑜城也是数一数二的教育专家。但毕竟没有实战经验，讲不到点子上，还是让孩子们直接咨询辰瑜吧！"

这句话余音缭绕，宛如久旱逢雨露，落在亲朋好友们的心坎，湿润了他们的心。大家高兴不已，纷纷称赞周父刚才所言，俱是至理名言，都是真金白银，只是他们需要破铜烂铁罢了。后来，周父恍然大悟，亲朋好友们看中的是破铜烂铁的周辰瑜，并非自己的真金白银。周父感慨自己"廉颇老矣"，无法传道授业解惑，心里十分过意不去。于是，周父三番五次打电话骚扰复华大学研三的周辰瑜，要求给亲戚朋友们的孩子进行精神洗礼，否则良心难安，对不起亲戚朋友，关键是对不起香烟、茶叶和红包，收费了总要有所表示或者付出，否则就不讲仁义道德了。

于是，2019年五一国际劳动节放假的第三天，一个阳光明媚的下午，意气风发的周辰瑜、心情愉悦地乘银白色的和谐号动车，一个小时时间，从复华省省城的复华大学回到青山绿水、百花盛开的瑜城。亲戚朋友的"基因"们蜂拥而至，崇拜的眼神差点融化了周辰瑜。

在宽敞而明亮的客厅里面，穿绿色T恤的周辰瑜，时而滔滔不绝，时而惜字如金，时而语重心长，时而抑扬顿挫。用两个小时时间，声情并茂地叙述了国考的一重又一重门，是如何一扇一扇地推开的，过程无比艰难曲折精彩。"基因"们听得热血沸腾，仿佛已经拥有了核武器，可以跟一流大国相抗衡，时刻准备一鸣惊人，腾起美丽的蘑菇云，或者把自己炸得血肉模糊。"梦想总是要有的，万一实现了呢！"是啊，瞎猫也许再次碰到死老鼠呢！周辰瑜这只瞎猫都能够碰到，他们没有理由碰不到，因为周辰瑜智商没有他们高，更没有他们瞎。

"基因"们吃完晚饭，便各自高兴地回家了。他们收益颇丰，心满意足。周父十分高兴，心安理得起来了。

夜色渐浓时分，周辰瑜打开华为手机上的音乐APP，著名歌星Susan动听而悦耳的歌声，在蓝色窗帘的卧室里面如水般荡漾开来。周辰瑜翻看美国著名学者塞缪尔·亨廷《文明的冲突》第一百零二页内容，脑海里面却不由自主地浮现那刻骨铭心、波澜壮阔的"千里挑一"的影视大片，想起了女一号——明眸皓齿的王艺芸，泪水就情不自禁地模糊了视线。他喃喃自语道："为什么艺芸的手机打不通呢？到底发生什么事情了？"周辰瑜十分担忧王艺芸的安危。

2

故事要从2018年温暖花开的春季说起。那时候，党的十九大胜利闭幕已经有大半年时间了，博鳌亚洲论坛刚刚落幕不久，广袤的祖国大地呈现发展的勃勃生机。北京市通州副中心、河北省雄安新区、复华省瑜城周瑜新区正在如火如荼地建设，新的城市发展格局正在形成。在中国共产党的领导下，东方大国正发生天翻地覆的深刻变化，中华民族不可逆转地走向伟大复兴。与此同时，美国、印度和欧盟等也在努力发展，都在提升国际影响力，提高人们的生活水平。和平和发展依然是时代主题，进入新时代的中国朝气蓬勃，对年轻学子们产生了深远影响，大家都充满建功立业的激情，完成普通知识分子的重要使命，相信会有属于自己的一番事业，但又有点担心找不到好工作，人生理想与抱负难以实现。既充满希望，憧憬未来，又不知未来如何，感到迷茫。

周辰瑜也是如此。那时候，他是硕士研究生二年级下学期，正在努力奋斗，憧憬有个美好的未来。再过半年时间，当地处祖国南方的复华省的天空，纷纷扬扬地飘起鹅毛般雪花的时候，也就到了歇斯底里地疯狂投简历的人生的重要时期。对于周辰瑜这些毕业生而言，这是人生重要的分水岭，也是命运沉浮的起跑线。抓住机遇者会有一番作为，没有获得好机会的学生大概率会混得平庸，宛如没有接受过高等教育。就业竞争非常激烈，宛如世界各国的竞争和博弈。就业要不拼实力，要不拼爹，到了八仙过海各显神通的历史时期了。

周辰瑜无法拼爹，因为父亲位卑权轻。脸庞消瘦、踏实少言的周父，尽心尽力干好工作，却原地踏步十五年，依然是瑜城市教育局图书馆馆长。这个比芝麻官还要小很多的馆长，权力的触角比八爪鱼的脚还要短三分，只能在图书馆范围内伸缩，但并不自如。"伸缩自如"这个成语与周父无缘，因为副馆长的触角比八爪鱼的脚还要长三分，周父馆长地位几乎名存实亡。一亩三分地都搞不定，如何奢望在汪洋大海里面自由遨游。可见，即使猴年马月，周父也"触"不到龙宫的达官贵族。故帮助周辰瑜解决就业的问题，有心无力，爱莫能助。不过，父爱重如泰山。只要有空闲时间，周父便四处乱伸"触角"碰运气。"触角"反馈的信息是，人脉关系线索，宛如空气里面的氧气，无处不在，又似乎根本不存在，玄之又玄，比老子所言的"道"还要高深莫测。反正找不到关系愿意出手帮助，确实达到了"无"的境界。周父因此差点儿悟道，成为中国现代一大圣人。

有一次，在金碧辉煌的瑜城大酒店，周父宴请瑜城市人力资源和社会保障局李副局长吃饭。又白又胖的李副局长，咕噜咕噜地喝完一瓶飞天茅台酒后，十分爽快，"好好好"地答应帮忙，但是最后音讯皆无。承诺之言的时效期，宛如渣男的情话，一炷香的时间，便忘得一干二净。两天后，周父突然恍然大悟——"好好好"就是婉拒的意思。作为瑜城本土著名散文大家，周父认为自己聪慧过人，却为没有深刻领悟中华语言的博大精深而自感惭愧。太形聚神散了，李副局长才是真正的散文大家，运用语言达到了炉火纯青的地步——"好好好"就是"不好"，真是意韵深远啊！周父苦笑道："他妈的，就是个骗子。"周父十分郁闷，被欺骗的感觉真不好受。周父安慰自己道："幸运的是只是骗了一瓶茅台酒，不是十瓶茅台酒。更幸运的是，没有骗到自己少得可怜的私房钱，那比失身都难受。当然，大老爷们儿也不怕骗身。不过，最幸运的是，这个骗子是李副局长，而不是自己。"想到这里，周父开心地笑了起来。

其实，为了周辰瑜的美好前途，清明时节的茶叶和中华牌香烟送出去了不少。这些都是周父的最爱，令他心疼不已。依靠人脉关系让周辰瑜获得好工作，对周父而言，宛如蜀道之难，难于上青天。即使是诗仙李白，也只能望"蜀"兴叹，何况连"诗人"都算不上的周父，已经不是兴叹，而是死的心都有。即便如此，只要有一点曙光，或者一线希望，周父也不会轻易放弃再次被欺骗的机遇，被骗总比毫无希望强百倍，至少充满了浓浓的期待。仿佛如此，才能凸显一个无用父亲的价值，其实还是无用。

"无用"办事不力，小乔美容院创始人——周母，不得不学习慈禧太后垂帘听政，彻底掌控儿子就业的指挥权。一个有用女人的背后总有一个无用男人，周父的功劳确实非常伟大。"无用"阅读《道德经》时，为"故有无相生"这句话深深折服，心想光绪皇帝"无用"，就是因为慈禧太后太"有用"，才断送了大清二百多年的江山，中华民族开始了伟大复兴的道路。还是家里的"有用"真的有用，这些年美容院生意兴隆，大有周瑜新区人工智能产业一枝独秀的势头，周父才自豪地挺起了胸膛。虽然周父家庭地位一落千丈，恨不得辞职下海，跟周母决一雌雄，虽然雌雄命中已确定。只是周父是思想上的革命党，行动上的保守党，过过嘴瘾而已。

深谙人情世故的"有用"明白，托人办事必须找有权有势的重要人物，那才真的"有用"。"无用"浪费了大量时间和钞票毫无效果，主要原因是触角伸得不够遥远，没有诗和远方，更没有诗情画意的宏伟龙宫。而且周父还把皮皮虾、螃蟹等无权无势的小角色一一沾到了，连皇亲国戚——座头鲸身上的藤壶都没有触碰到。"朝中有人好做官"这个道理都不明白。周母心想："难怪无用这么多年，一直原地踏步升不了职。"周母认为必须找到座头鲸这种庞然大物，哪怕是附在身上的藤壶，都是有用的。故"有用"指挥"无用"不管花费多少money，也要去拜访周庄通史当代人物排名第一的座头鲸。哦，不，不是座头鲸，是准副部级干部周新林。第二名、第三名乃至第十名，威名或者重量不够，他们远在美国旧金山的唐人街，或者不在朝中在复华省，暂时靠边站。待走投无路时，再找他们也不迟。大方沉稳的"有用"，在《新闻联播》、电影电视剧里面见过大世面，什么级别的座头鲸没有见过，就是蓝鲸级别的重要人物也瞅过，他们算老几，几条海豚罢了。周母瞧不起海豚，但她也很少见到海豚。周母认为曾经在商务部工作的周新林位高权重，虽然比不上赫赫有名的老祖宗东吴大都督周瑜，但至少跟自己在美容院的领袖地位差不多，有绝对的话语权。其实，周新林在新夏集团只是排名最后一名的党组成员，跟周母在美容院宛如唐朝的武媚娘拥有绝对权威，那是相差甚远。但是周母认为，只要周新林手指头那么微微一动，周辰瑜就授粉成功，顺利着床到职场的子宫里面开花结果。这个春心萌动的美梦，宛如怀春的少女憧憬白马王子，一直在做，从未停止，也不想停止，该春暖花开，香飘四溢了。

其实，周父早有攀附座头鲸的野心，只是没有藤壶那本事，分泌不了藤壶胶，粘不住啊！二十年前，周新林举家搬到国际大都市——魔都上海定居，两家也日渐生疏。郁郁不得志的周父有点自卑，感觉高攀不起，这些年没有任何来往。不过，周父对周母言听计从，因为如果不服从，那将是电闪雷鸣，甚至倾盆大雨。周父害怕大雨瓢泼的岁月，自己确实不会吟雨作诗，只会吓得直哆嗦。

周母爱子心切，慷慨解囊，比周瑜新区研发芯片技术解决"卡脖子"给的钞票还要大方和爽快。由于私房钱与日俱增，周父的积极性颇高，喜得整天哼着歌星 Susan 演唱的《你是我的最爱》。其实，做事干脆利索的周母，已经不是周父的最爱，钞票才是他的最爱——可以购买各种品牌的香烟。在烟雾缭绕里面，周父享受尼古丁的欢愉："何以解忧，唯有香烟。"和曹操诗歌的名句"何以解忧，唯有杜康"，有异曲同工之妙，顿时有了"老骥伏枥，志在当下"的快感——每天又多吸了两包香烟。为了获得更多"最爱"，"无用"的胆量猛增，堪比资本家有百分之三百的利润，就敢犯任何罪行，甚至冒绞首的危险。有时候在吞云吐雾里，周父甚至幻想，如果恳求周姓华侨找美国总统拜登，安排周辰瑜为白宫秘书，那可是光宗耀祖的事情。如此这般，欺下媚上的龚副市长，肯定另眼相看。不过，转念一想，白宫秘书在美丽的东方不好使，还是国家部委部长秘书更好点，以后跟周新林一样名垂庄史，那自己也可以追封为周庄公，宛如周国公的感觉。只可惜，周父无法通过电商平台网购国家部委岗位，要不然秒杀十个岗位储备起来，留给子孙后代慢慢享用，岂不美哉！没有周父想不到，只有他做不到。

此时，望子成龙的周父，甚至想通过周辰瑜的婚姻，达到获取资源的目的。这个周父不仅能想到，而且能够做到。周父年轻时颇有姿色，拥有吃软饭的资本。当时，瑜城一把手的小女儿看中了他，可惜女孩长得太丑。周父选择了肤白貌美的周母。结果原一把手为女儿抱不平，委婉地说："小周有点小才，发表过豆腐块文章。古语说得好，书中自有颜如玉，那就在市教育局图书馆里面上班吧！相信在平凡的岗位上，一定能够做出一番不平凡的事业！"后来，周父没有进入年轻后备干部的培养梯队，果然在平凡的岗位上，做出一番不平凡的事业——熬退了六任图书馆馆长。而周父的高中同学——抛弃端庄漂亮的周母的郑阳同志，却意外地进入了快车道，他心不甘情不愿地娶了一把手的小眼睛女儿。有一次，小眼睛含沙射影道："只要有我爸爸在瑜城的一天，小周就甭想出人头地。"吓得郑阳同志瞬间顿悟——达到了"娶鸡随鸡，娶狗随狗"的境界。周父和郑阳同学感情完全破裂，达到了"老死不相往来"的绝缘程度。后来，郑阳一路高升，成为复华省政协副主席。因此，周父坚决不让周辰瑜走他的老路——那是被实践检验过的一条平庸的道路。

这不，周父贪婪的目光，落到瑜城首富千科集团的王土董事长身上。周父惦记首富的侄女儿——千科集团财务总监——周辰瑜的瑜城中学校友。周父对王艺芸的家产倾倒不已，相貌也颇为认可，他认为儿子也会怦然心动。周父觉得倘若结为秦晋之好，跟复华省政协副主席郑阳同志打情骂俏的王土董事长，肯定不会袖手旁观，而是鼎力相助。如此这般，周辰瑜的财富和前途都有了，而且是一片光明。周父想想就异常兴奋，彻底忘记了郑阳副主席曾经是他的情敌，使周母丧失了初吻。

那么怎么牵这根红线呢？"触角"四处挥舞，终于舞到了他的高中同学——瑜城市政协委员——谱渡寺的宏益法师。宏益法师擅长国画和书法，名声极大，是瑜城的"弘一法师。"明眸皓齿、雍容大气的王艺芸是宏益法师的首位女弟子，她每年定期开着银白色的奔驰车,到瑜山山半腰的谱渡寺拜访宏益法师,答疑解惑,聆听教诲。在谱渡寺的文化厅里面,周父反复恳求道:"辰瑜就是您的儿子,无论如何,这个忙都要帮。"周父望眼欲穿,眼神里面的火焰特别旺盛,能够让谱渡寺瞬间化为灰烬,比巴黎圣母院的熊熊大火还要旺盛三分,绝对能够引起世界各国新闻媒体的轰动。

宏益法师吓得不轻,内心十分轰动,急忙爽快地答应了牵线的差事,笑道:"两个孩子都比较优秀,我也特别乐意成全。艺芸还比较信任我,我试一试。"周父眼睛里面的火焰,立刻熄灭了,宏益法师的革命根据地得以保存。宏益法师长长地吐了一口气,暗自庆幸周父心中的火焰,不足为虑。

时间很快到了二零一八年五一劳动节,周辰瑜从复华大学回到百花盛开的瑜城。宏益法师和周辰瑜,在谱渡寺文化厅兴致勃勃地喝茶聊天,内心沉静的宏益法师受了周父的委托,准备跟周辰瑜说王艺芸的事情。窗外传来了鸟儿清脆的叫声,巍峨的瑜山显得深沉而寂静,风儿轻轻地吹拂窗户。两人聊起了周瑜新区(瑜城市副中心)的崛起——这是郑阳副主席担任瑜城市市委书记的时候,贯彻落实习近平总书记关于以科技自立自强带动经济高质量发展的重要战略部署,力排众议实施的千秋伟业,现在已经初见规模。周辰瑜认为作为人工智能产业基地,周瑜新区是中国科技崛起的缩影。只是周瑜新区全球出名的科技企业,依然凤毛麟角。宏益法师笑着感慨道:"像华为那样的科技公司,多多益善,这才是中国的核心竞争力。像王土那样的房地产公司,少少才好。"后来,两人谈起了瑜城首富王土,宏益法师将话题引向王艺芸:"现在白手起家不容易了。你的同学王艺芸说,如果没有她的叔叔王土，她家也不会富裕起来。"

周辰瑜好奇地问道："我听同学说艺芸离婚了，是真的吗？"

宏益法师点了点头，说此事属实。原来两个月前，春意初绽的三月三日，那时候天气乍暖还寒，变化多端。穿深绿色大衣和黑色紧身裤的王艺芸，在阳光温暖的那天下午两点钟，郁郁寡欢地开着白色奔驰轿车来到了谱渡寺。这个体态微胖、皮肤白皙的女人，遭遇了此生最大的挫折。她的脸上荡漾着淡淡的忧伤，眼神空洞呆滞。年初，新婚刚刚两个月零三天，她便带了两名壮汉，把前夫和一个漂亮妩媚的女人——前夫的一个生意伙伴，堵在上海浦东新区普发五星级酒店豪华的房间里面。她目睹"背叛"两个字，在席梦思床上写得如此凌乱不堪。她怒不可遏地冲了上去，对那个女人一阵拳打脚踢后，狠狠地甩了拉架的前夫两巴掌，干净利索地扔出"离婚"两个字，便泪流满面地冲出房间，并将酒店停车场前夫的奔驰轿车砸得稀巴烂。那一声声猛烈的砸车声，在空旷的停车场里面激烈回荡，充满着对爱情和婚姻的深深失望。虽然后来风度翩翩的前夫找过多次，并解释说："这只是逢场作戏，身边男人都是如此，希望重归于好。"言外之意，不过犯了一个男人应该犯的错误，或者这根本不是错误。作为上海滩的风流人物，不风流哪能够称得上人物，也愧对了风流人物的名称。其实他只是一个民营企业家而已，还达不到人物的高度，只剩下"风流"两个字在风雨声里飘零。尽管前夫家境殷实，但是性格倔强的王艺芸，不能忍受背叛，毫不犹豫地了结了此缘。

虽然王艺芸悲愤至极，但依然对爱情充满渴望。她开始把目光落在她的高中校友——阳光而帅气的周辰瑜身上，这是一头身姿矫健的年轻雄狮。其实,周辰瑜的姿色并不高,口袋里面也没有几张钞票。但萝卜青菜各有所爱,王艺芸对周辰瑜就是特别有眼缘。她就喜欢这种文质彬彬的笑起来温暖如春的带有文艺范儿的类型,她的前夫就是这种清秀类型,只是比周辰瑜稳重老练,世俗烟火味浓。江山易改,本性难移,王艺芸也改不了口味清淡的癖好,宛如淮扬菜的感觉。故千寻相亲网站的专属红娘,推荐的男人都是这一款。王艺芸像在商城里面挑衣服,凡是看上眼的,都收藏在购物车里面,却始终不肯轻易付款购买。她要好好挑一挑,这次不能瞎了眼了,购物车都撑破了。

说完后,宏益法师宛如一尊佛,面容慈祥地望着坐在竹椅上的一脸惊讶的周辰瑜。周辰瑜瞪大了眼睛,眼神明亮而柔和,温暖的光线照射在眼睛长长的睫毛上,阴影让脸部的表情显得更加惊诧。他没有想到高中同学人人羡慕的成功人士——王艺芸,她的婚姻竟然如此不幸。他情不自禁地感慨道:"这样的男人配不上艺芸,离掉更好。不过,艺芸长得漂亮,家里有钱,重新找一个,也是小菜一碟。"

这正是宏益法师需要的"坑",宏益法师微微一笑,把周辰瑜轻轻推进坑里,笑着说王艺芸提到"高中时,有一次,你把雨伞给了她,自己淋雨回家"的往事,令她感动不已,难以忘怀。言下之意,王艺芸对周辰瑜颇有好感,有想象的空间。宏益法师暖暖地看着周辰瑜。周辰瑜十分开心,一份善心,却让王艺芸铭记至今。他笑道:"没有想到,艺芸还记得这一件小事。"宏益法师见时机已经成熟了,笑道:"这就是你们的缘分,王艺芸对你的印象非常好,现在想找像你这样的潜力股。"

宏益法师的话宛如晴天霹雳,比日本广岛爆炸的原子弹还要厉害几倍，直接把周辰瑜炸蒙了。一股神经电流从脑部迅速传遍全身，他挺了挺脊椎，眉毛快速挑了几下，第一反应是两人不太合适，门不当户不对——一个是富人家的千金小姐，一个是穷人家的无用书生。两人宛如白天鹅和小蜂鸟有难以逾越的鸿沟，是无法完成繁衍的重大任务，除非周辰瑜变为高贵的黑天鹅，可惜他不是安徒生笔下的丑小鸭，只是一只瑜城黑鸭，不可能成为白天鹅。周辰瑜早就关闭了非分之想的闸门，他不由自主地摇了摇头，微微笑道："我们的差距太大了，真的没有想过此事。"其实，周辰瑜曾经也有过非分之想，王艺芸毕竟是一本内涵丰富、封面漂亮的畅销书，只是那时候王艺芸已在热恋之中，他自卑得不敢翻开书的封面。而现在王艺芸是一本被翻阅过的旧书，心存遗憾。不过，周辰瑜对"潜力股"三个字颇有好感。

宏益法师慈祥地注视着周辰瑜的脸部表情变化，他知道周辰瑜内心思绪涌动，情绪复杂多变。宏益法师语重心长地劝说道："王艺芸很优秀，也很善良，员工生病了，她都会嘘寒问暖，是很不错的姑娘。"说完后，宏益法师沉默不语，宛如佛祖般"拈花一笑"，仿佛在以心传法："悟了没有？这么好的姑娘，打着灯笼也找不到。"宏益法师希望周辰瑜真心喜欢王艺芸的性格品行。王艺芸的善良让周辰瑜非常感动，他破颜轻轻一笑道："随缘吧！我还没有毕业呢！"周辰瑜只是对旧书心存芥蒂，并非旧书完全不可以，旧书内容依然丰富精彩，但未来如何谁也说不清楚。其实，现代年轻人谈恋爱，真的不需要牵线。只是王艺芸和周辰瑜心中此意不茁壮，没有钻破薄薄的脸皮，需要有人捅破这层窗户纸。宏益法师笑了笑，沉思片刻，意味深长地说："辰瑜，你和王艺芸命中注定有缘，这是你的命运安排。"

周辰瑜不太相信宏益法师的话，有缘无缘还不是自己说了算。周辰瑜不想聊这个话题，但为了表示对宏益法师的尊敬，笑着点了点头，表示愿意当个好朋友。其实，两人本来就是朋友。但是周辰瑜没有想到，当他离开谱渡寺后，宏益法师打电话跟王艺芸说："辰瑜对你有好感，有交往的想法。你们好好处处吧！"这是半年后，王艺芸笑哈哈地告诉周辰瑜的，当时周辰瑜惊得一个字都说不出来，自己的表白权竟然被夺走了。于是，王艺芸将周辰瑜列为重点培养对象，宛如中央组织部确定的后备干部。后来，王艺芸经常嘘寒问暖，两人聊东聊西。两人毕竟是高中校友，还是老乡，自然共同话题比较多，总体上聊得比较 happy，关系比较融洽。两人的爱情自然而然地拉开了序幕，只是周辰瑜还以为这只是同学之间深厚的友谊，两人不可能擦出爱情的火花。可见，周辰瑜的愚笨果然名不虚传。爱情已经开始了，他却浑然不知。

3

随着全民素质的普遍提高，硕士毕业从事外卖小哥和快递员，已经不是什么令人惊讶的新闻了。复华大学哲学硕士张晓楠失业后，一直没有找到合适的工作，在复华大学周边区域送快递，还经常抖音直播。让周辰瑜感到莫名的紧张。对于朝气蓬勃的周辰瑜而言，硕士毕业找份好工作是头等大事。挑战千里挑一——国考，是周辰瑜的首选。

此次，五一劳动节，周辰瑜拜访慈祥而聪慧的宏益法师，是由于遇到了九九八十一难中最难的一难。唐僧是遇见了女儿国国王，世俗的感情差点儿毁了信仰的坚贞。周辰瑜是挑战千里挑一出了问题，他的信心严重不足。国考一个岗位有且只能存活一人，竞争残酷程度宛如人类诞生小生命，成千上万名校学生厮杀。准一流大学的周辰瑜，还没有进入赛道，就已经头晕目眩，变得自卑胆怯。倘若真正到了华山论剑的时候，直接缴械投降罢了。

周辰瑜郁闷的是，他达不到聚精会神的境界，看书时经常头脑僵滞，甚至一个字也看不进去。宛如眼前起了薄雾，仿佛在丛林里面迷路了。他陷入三天打鱼，两天晒网的状态，甚至欲中断诞生奇迹的想法。他心里特别烦恼，这是不可能诞生新生命的。周辰瑜需要调整状态，于是，他想请教宏益法师，如何消除烦恼，心静如水地看书，爆发出潜能和智慧，在赛程里面混个头牌。请教的时候，周辰瑜期待的眼神，绝对能够点燃谱渡寺。阳光暖暖的，静静地照射在宏益法师的身上，他气定神闲地坐在竹椅子上，一点不担心革命根据地会化为灰烬。因为周辰瑜不是周父，周父会怒火中烧别人，而周辰瑜只会自我燃烧。

宏益法师低头，慢条斯理地品茶，准备解决周辰瑜心生烦恼的问题，半晌才慢声细语地说："爱因斯坦有句名言，'一切都是安排好的'，其实人生也是安排好的，根本没有必要烦恼，因为烦恼根本不存在，只是稍纵即逝的念头，不必执着妄念。"这句话是药引，治疗烦恼、启迪智慧的药方紧跟其后。

这个回答完全出乎意料，人生怎么可能安排好的呢！烦恼怎么不存在呢！这不是辩证唯物主义观点。周辰瑜方中见圆的脸上，眼神迷惑不解，他真的不理解宏益法师的意思。他看着笑意连连的宏益法师，心想宏益法师怎么说起了爱因斯坦的这句名言,难道后面是醍醐灌顶之言?

和善慈祥的宏益法师,知道周辰瑜心中不解,微微一笑地反问道:"辰瑜,你觉得爱因斯坦的观点对吗?"

周辰瑜吓了一跳,宏益法师竟然猜透了他的心思,给他一千个胆量也不敢否定爱因斯坦。他哈哈笑道:"肯定是对的。"他心想地球诞生了智慧生命,确实难以解释。虽然人类只不过是宇宙中微不足道的组成部分。不过,这一切确实是宇宙安排好的,是一种神秘无形的物质力量让生命绽放得五彩缤纷,一切都是有规律的,只是无法准确预测未来。

宏益法师心满意足地点了点头,笑着问道:"辰瑜,那是不是人生也是安排好的呢?"

周辰瑜眼睛一亮,看着慈眉善目的宏益法师,不知道如何回答。心想人生是不可能安排好的,命运掌握在自己的手里。

宏益法师见周辰瑜将信将疑,笑着开出一张药方,声音洪亮地说:"今生的命运,其实前世已经安排好了。辰瑜,你的前世是大明王朝工部的小吏,故今世会有千里挑一的缘分。"宏益法师认为周辰瑜颇有文采,比较适合挑战千里挑一。至于前世是不是小吏,他也不敢确定,也许前世是孔乙己,一辈子都考不上。宏益法师暗自祈祷佛祖,不要怪责自己欺骗了周辰瑜,他的脸上沁出细小的汗珠,其实是太阳晒的。

周辰瑜闻言大喜,虽然不相信有前世,但依然心情愉悦地接受了宏益法师的说法。他一直认为自己的前世可能是周朝周天子、东吴周瑜、宋代文学家周敦颐,因为他遗传了老祖宗的基因,也应该天赋异禀,聪慧异常。虽然现在依然有点愚痴,只是尚没有找到打开智慧的法门而已。一旦打开,那便是如虎添翼,不可小觑。因此，周辰瑜心想倘若有前世，自己还小吏，至少比周馆长的官大十倍。但是他想到这几年经常有大老虎落马的新闻报道，自己绝对不会如此。只是周辰瑜没有意识到，在几千年的历史长河里面，他遗传了很多人的DNA，甚至有罪犯、流浪汉和乞丐的基因，即使普通平庸、低级趣味，也实属正常。

宏益法师语重心长地继续说："倘若命运没有如此安排，怎么努力也没有用。当然，即使命运如此安排，倘若不努力，那也不行。辰瑜，你想要实现这个缘分，就要在因上努力。"命运是主客体复杂的综合因素，倘若没有国考政策，周辰瑜怎么努力也没有用。这才是真正的命运。宏益法师自然知道这个道理，故希望周辰瑜努力奋斗，实现梦想。

"这个'因'是什么？"周辰瑜好奇地问道，他急迫想知道答案。

宏益法师声音变得更加洪亮："'因'就是心静如水地看书，发挥出你本来所具备的智慧。"

周辰瑜微微一笑，然后皱了皱眉头，轻轻地叹了一口气，小声道："我看书，有时候不能心静如水，经常为前途迷茫而烦恼丛生，发挥不出智慧。"

宏益法师想了想，大声道："一切众生，皆有如来智慧德相，只因妄想执着，不能证得。我们的心，如梦幻泡影，如露亦如电，每时每刻都变幻万千。应无所住而生其心，宛如泪泪之水流淌过，青石板还是那块青石板，空空如也，才不会被妄念缠着了，才会达到心静如水的境界，智慧也就自然而然有了。"

周辰瑜认真地倾听着，他不明白宏益法师的意思，问道："老师，我怎么才能心静如水呢？"说完，他认真思考"应无所住而生其心"的含义,他心想我们的意识是流动的客观存在,流动才是本质属性,不应该执着于一个意念,过去、现在和未来的念头都不可得,只有心如明镜,才是真实不虚的。

"辰瑜,你现在闭上眼睛,不要执着一物,静静地感受心无挂念、心平气和的感觉。"宏益法师要求道。

周辰瑜轻轻地闭上了眼睛,阳光暖暖地照射在他的脸上,感觉非常舒服,整个人处于一片寂静之中。这时候,周辰瑜仿佛听到风掠过瑜湖湖面的呼呼声,看到瑜山漫山遍野怒放的映山红花。此时此刻,周辰瑜心静如水。周辰瑜心想,倘若以此心境读书,效果肯定奇佳。突然之间,周辰瑜恍惚有着大彻大悟般的感觉——智慧,生于心静,自己以前心不安静,故不能聚精会神地学习,导致烦恼丛生。此后,周辰瑜经常闭上双眼冥想,感受着万念俱灰的寂静感觉,然后就能够心静如水地复习国考书籍。

宏益法师看了一眼阳光里面冥思遐想的周辰瑜,知道周辰瑜有所领悟,他的脸上露出微笑,站了起来,悄然离开了接待室,去照顾其他的香客。

周辰瑜拜访宏益法师,已经得到了他想要的心静如水的看书心法秘诀,心里万分高兴,宛如男孩和初恋女友首次约会般兴奋不已,似乎很快就有了接吻的爱情结果。

中午,吃完素斋后,周辰瑜便深情告别了慈眉善目的宏益法师,眼神里面充满了依依不舍。宏益法师送到谱渡寺红漆铁门前,语重心长地鼓励道:"辰瑜,好好努力,相信你自己,千里挑一的命运正在等着你。"周辰瑜开心地哈哈一笑,对宏益法师的指点和教诲表示最诚挚的谢意,自己肯定会努力奋斗。说完后,身材削瘦的周辰瑜便沿着山路,向瑜山山顶攀登。他想体验"会当凌绝顶,一览众山小"的豪迈感觉,充满文人骚客的诗情画意和借物咏志的情怀,可惜他不是真正的文人骚客,没有名气,无法在瑜山留下墨宝,只能随缘灌溉一棵茁壮生长的小树,达到了"果上随缘"的境界。

瑜山巍峨雄奇,山上草木绿意盎然,山路蜿蜒曲折。十分钟后,周辰瑜已经微微出汗,两腿有点酸软。他一边攀登,一边思考宏益法师临别时的赠言——挑战千里挑一,要"因上努力,果上随缘"。宏益法师也担心周辰瑜考不上,而难以接受残酷的现实。周辰瑜认为"因上努力"容易做到,但是"果上随缘"难以理解,也很难践行。对周辰瑜而言,真的不能随缘,活着必须争取发展,因为要为个人负责,为家庭做出贡献。其实,这也是随缘,只是周辰瑜没有这个意识。此时,周辰瑜没有为中华民族伟大复兴事业而努力奋斗的雄心壮志,因为他觉得此生达不到那个位置和崇高境界。其实,为家庭繁荣昌盛,也是民族伟大复兴事业的重要组成部分,因为家庭是组成泱泱大国的细胞单位。对周辰瑜而言,找份好工作才是王道。他心里清楚,硕士毕业就业方向,主要是公务员、企事业单位和独立创业。

周辰瑜认为政府机构,宛如知书达理的大家闺秀,应为婚姻的首选。国有企业、事业单位和大型民营企业,宛如小家碧玉,属于可以谈恋爱的对象。小型私人企业,毫无姿色和内涵可言,那就不屑一顾了,没有必要相亲。因为周父鄙视的白眼,会杀死周辰瑜。周父一定会痛苦不堪,感慨万分道:"丢人都丢到家了,怎么生了这么个不争气的东西。"当然,周父绝不会让儿子丢自己的脸面,虽然周父早已经没有了颜面,但一定会拼命挥舞权力的"触角",将周辰瑜吸附到瑜城市体制内单位工作,即使他扑通一声跪下，抱腿苦求，也在所不辞。因为他要面子，他瞧不起民营小企业。

还有一个是独立创业。虽然周母的小乔美容院经营得风生水起，但周父肯定会强烈反对，他会无情地讥讽道："不就是一个做小生意的吗！有多大出息呢！乔布斯、王传福、俞敏洪全球有几个呢！"周父的言语锋利如刀，会割伤周辰瑜尊严的肌肉。周父认为："世间最好的工作，就是去国家部委工作，即使民营企业给一百万年薪，也无法比拟。"周辰瑜十分轻松地被周父"官本位"的思想病毒攻陷了，彻底在此想法上流连忘返，就是用棒槌敲脑壳，敲出大包，也敲不醒。周辰瑜非常执着，故宏益法师说他有千里挑一的缘分，这也是看菜下碟，说周辰瑜喜欢听的话而已。其实，每个大学生都有千里挑一的缘分，只是不一定有好的结果而已。

没有市场经济工作经历的周辰瑜，认为创业太难了，可谓险象环生。毕竟有失败的典型案例，令他心有余悸。有想成为商业大咖的复华大学硕士毕业生，不仅没有成为资本大鳄，而且连"山寨"和"压寨夫人"都被洗劫一空，最后鳄鱼的眼泪一滴都流不出来，因为欲哭无泪。后来，从哪里跌倒，依然从哪里再次跌倒，死相十分凄惨，成为著名的跌倒企业家。所以周辰瑜对创业有着莫名的恐惧，他认为他的朋友戴维就是反复跌倒的潜力股，可以让美国纳斯达克股市崩盘。高大英俊的戴维，是复华大学研究生会主席，也是校园共享知识服务项目的创始人。他曾经意气风发，跟周辰瑜吹牛道："商界数风流人物，还看今朝。"仿佛他比比尔·盖茨还要牛几分，直接甩新东方创始人俞敏洪几个马里亚纳海沟。后来，戴维吼出改变世界的癫狂口号："成为全球高校共享知识服务一流运营商。"共享知识服务，复华城十所高校都没有完全占领，更别说远在天边的发生兵变的阿富汗的大学了。谈什么全球一流运营商。宇宙第一大银行——中国工商银行，也不敢如此吹牛。

周辰瑜大惑不解戴维狂热的创业行为，不知道感染了什么病毒，绝对不是新冠病毒。当然，戴维也难以理解周辰瑜，为何如此执着于国考。有一次，戴维哈哈大笑地嘲弄道："官迷心窍，相当迂腐。"此言点燃了周辰瑜执拗的性格，他是想为大众服务，他嘲笑地撑道："财迷心窍，狂傲自负。"周辰瑜认为校园共享知识服务项目，像蚂蚱般蹦跶不了几天，戴维肯定有痛哭流涕的一天。而戴维觉得周辰瑜是不可理喻的一根筋，迟早有号啕大哭的时候。两人都有点心高气傲，谁也不服谁，相互嘲笑，希望对方早日实现自己的预判——泪流满面。

两人都没有"果上随缘"的概念，非常执着地想得到心中的"果"，而且都是按照自己的意志，全力以赴向前冲。只是戴维意气风发，而周辰瑜精神不振。经过宏益法师的鼓励，说他前世是明朝工部小吏，今生有千里挑一的缘分。周辰瑜麻痹了自己，选择相信这种说法，心里感到有点舒服。

带着决一死战的念头，周辰瑜登上了瑜山山顶。瑜湖万顷波光，山水相映，美奂美轮。第一眼便远远地看见了瑜湖湖畔矗立的汉白玉雕刻的小乔女神像，沐浴在阳光里面，十分耀眼。"小乔女神像"是瑜城市原市委书记郑阳同志拍周姓华侨的杰作，是瑜城市的标志性建筑，有比较美国纽约"自由女神像"的意思。自从瑜城市全力开发周瑜新区——打造全球屈指可数的人工智能产业基地，号称"东方硅谷"。四面八方汹涌而来瑜城旅游和投资的人，络绎不绝。瑜城不可逆转的伟大崛起和复兴，令复华省省会城市——复华城——第一大区域经济体，眼红不已，恨不得抢走小乔女神像，矗立到复华河畔。复华大学也投怀送抱，在周瑜新区创立了"复华大学人工智能独立学院"。

微风拂面，惬意舒服。周辰瑜站在海拔五百二十二米的瑜山山顶，欣赏天地神秀。千万束阳光的光线，透过棉絮般厚厚的白云，普照面积五十多平方公里的瑜城市城区，缓缓地在五彩斑斓的高楼大厦上空穿行。蜿蜒的瑜河波光粼粼地穿城而过。一边临水，三边环山的瑜城，青山绿水，郁郁葱葱，真的是人间仙境，宛如一幅春意浓郁、色彩斑斓的山水画，美不胜收。

看着生气勃勃的现代瑜城，周辰瑜想到老祖宗周瑜生活的动荡不安的三国时期，想到中华民族伟大复兴的百年沧桑历史，不禁感慨道："历经千年沧桑的古老瑜城，终于势不可挡地雄起了！相信未来将势如破竹，问鼎世界城市之林。"周辰瑜觉得自己生活在比大唐盛世还要盛的盛世，真是一件无比幸福的事情，只是唐人以胖为美，现在人以瘦为美，因此自己比较瘦。

周辰瑜突然想起宋朝大文豪苏轼的《念奴娇·赤壁怀古》这首词，就是赞美老祖宗公瑾（周瑜的字）是千古风流人物：

> 大江东去，浪淘尽，千古风流人物。
> 故垒西边，人道是，三国周郎赤壁。
> 乱石穿空，惊涛拍岸，卷起千堆雪。
> 江山如画，一时多少豪杰。
> 遥想公瑾当年，小乔初嫁了，雄姿英发。
> 羽扇纶巾，谈笑间，樯橹灰飞烟灭。

故国神游，多情应笑我，早生华发。
人生如梦，一尊还酹江月。

周辰瑜联想到自己，不知此生能否娶一个像祖宗奶奶小乔一样貌美如花、贤惠温柔的姑娘，并做一番属于自己的事业。这份事业肯定要超过父母。于是，周辰瑜拿出华为手机，查看微信收藏夹自己写的诗《小乔》，饱含深情地朗诵。这是写给梦中情人复华大学校花陈晓雅的诗，她更瘦更美，在唐朝绝对是丑女。

小 乔

那安静而清澈的眼神，
宛如江南水乡的柔情淡雅，
静静地浮起雾的轻盈薄纱。

写意的水墨画，
历史的低吟轻呻。
让月光儿，揉了她的肌如雪花，
纷落如画。

那一浅浅笑意，
岁月的神韵，遮掩不了初心的纯善，
若有所思，倾国倾城。

最是那婉约的笑意，
是雨后的彩虹。

绚丽一如江南的遍野红花,
怒放的摇曳。

战鼓声声,
美人如画,
卷起相思的纷落的雪花。
美人如花,
摇曳起生命灵动的韵神,
绘成千古佳画,
弥散江南水乡的晨风。

唯有那安静而清澈的眼神,
是江南水乡的流水月光,
诉说历史与现实的复兴和繁华!

4

  周辰瑜喜欢上陈晓雅,是在复华大学研究生文艺晚会的那天晚上。那是一个爆发着无穷无尽的生命激情、充满青春气息的夜晚。问鼎瑜山之巅观望苍茫大地的周辰瑜,对那晚如梦如幻的情形,依然记忆如新。

  舞台上,一袭白裙的陈晓雅款款而出,举止优雅,宛如芙蓉出水,美如嫦娥下凡,小乔媚笑。男生们炙热的目光,让礼堂一片绯红,令舞台的灯光都黯然羞色(涩)。即使是好莱坞电影女明星，也顿时逊色三分。肤白貌美、秀发如绸的古典美女——陈晓雅，尚没开始朗诵现代著名诗人徐志摩的代表作《再别康桥》，已经掌声四起、风雨欲来的感觉。当她声情并茂地朗诵第三句时，掌声如潮，宛如哗啦啦的江南水乡的三月雨季，风起云涌，雨声阵阵。在幽远而深情的音乐声中，男生们的此长彼消的口哨声，电闪雷鸣般高潮迭起。其中夹杂着发自肺腑的感慨："这姑娘太靓了！"令人心动不已，恨不得立刻诉说缠绵悱恻的故事，让唾液里面的细菌轰轰烈烈地实现了跨唇之恋，当然不包含幽门螺杆菌，那是跨胃相爱了，会让人得胃癌，可谓海枯石烂，与子终老。

那时那刻，周辰瑜的目光汇聚成一条直线，飘浮在大礼堂朦胧光线的空间里面。他的眼里只有白裙的陈晓雅，脑海里面可谓雅俗共赏。首先浮现的是曹植《洛神赋》的词："仿佛兮若轻云之蔽月，飘飖兮若流风之回雪。远而望之，皎若太阳升朝霞；迫而察之，灼若芙蕖出渌波。"接着电影《魔戒》的爱情故事上演了，阿尔雯不可救药地爱上了人类之子阿若冈。这些美好的画面，在周辰瑜的脑海里面绽放如花，回味无穷，只是男女主角变为自己和唇红齿白的陈晓雅。可见，男人的脑海里面装的都是美人、美词或者美剧，都是爱美的表现，《美学》也应运而生，故曹植有了传世之作《洛神赋》。周辰瑜也灵感凸显，写出了此生唯一钟爱的佳作《小乔》。

陈晓雅家境殷实，父亲在复华汽车集团公司上班，母亲在复华医科大学当老师。生产厂家资质过硬，绝对超过了强制性国家标准，让人对产品质量心满意足，欲娶回家。陈晓雅气质优雅，散发着淡淡的书香气息，宛如从宣纸上走下来的仙女。她多才多艺，尤其在弹钢琴和舞蹈方面的才能，令人十分佩服。而"周瑜"的不肖子孙——周辰瑜文化底蕴"浅薄"，宛如一张薄薄的瓦楞纸，沟壑纵横，却梦想绘画出敦煌壁画中的绝美"飞天"，也不怕真的飞天了。没有文化的人，憧憬有文化的，缺少什么就会期望什么。愚笨浅薄的周辰瑜，就是这样的文化侏儒，没有多少才艺，只会偶尔弹弹吉他，吼唱两句自改自编的校园民谣《小乔》："让月光儿，洗了她的肌肤如雪"，可惜周辰瑜不是月光。

那晚周辰瑜主动认识"肌肤如雪"后，便不由自主地思念她，思念之浓可以承载月球。他在甲骨文研究生公寓门口，一次又一次守株待"花"，一遍又一遍品尝失望而归的滋味，期待的眼神击穿了甲骨文公寓的墙体，墙体伤痕累累。终于二十天后，一个月光皎洁的夜晚，"待"住了亭亭玉立的"肌肤如雪"。她一身绿裙，秀发如绸，眸色明亮。异常兴奋的周辰瑜，眼神明亮、彬彬有礼地走上去攀谈，并再次夸奖道："晓雅，你那晚的朗读，比央视主持人还棒。"周辰瑜装得一脸平静，其实早已心潮澎湃，比渤海湾的风浪还要大百倍，几乎能够把自己淹没。

陈晓雅的瓜子脸上笑容绽放，她柔声细语地笑道："没有没有，哪有那么厉害，哪能跟央视主持人相比，她们可是凤毛麟角。哎！听说你国考差点儿金榜题名，还得请教请教你呢！"那晚的文艺晚会后台人声嘈杂，两人只寒暄几句后，便被蜂拥而至的男生冲散了。

周辰瑜喜不自禁，没想到自己名声在外，陈晓雅对自己早有耳闻，顿时有点得意洋洋。他脱口而出："不错，是差点儿。"原来这是宿友李茂霖的女朋友"馒头"传言的功劳，"馒头"跟陈晓雅的下铺宿友是同班同学。她随口一说周辰瑜研二参加国考差点儿过了面试线,就让陈晓雅铭记在心了。在陈晓雅心目中,周辰瑜相当厉害,宛如身怀绝技的武林高手,没有想到复华大学还藏龙卧虎。实际上这是子虚乌有的事情,周辰瑜研二那次"裸考",考得非常差,只能算写了一封不知道投递地址的热情洋溢的情书——纯属跟宿友们信口开河地开了个玩笑,证明自己的智商不比宿友李茂霖差多少,虚荣心作怪而已。这封情书根本没有寄出。只是这个"差点儿",不是差一点点儿,其实差得很远——一个银河系的距离吧!宿友们学问浅薄,不知道汉语词汇的博大精深,信以为真,四处宣传"差一点儿就牵手成功,成为部委公务员"。

陈晓雅眸色发亮地看着周辰瑜,一双清澈而漆黑的大眼睛,流光溢彩,充满期待。她非常希望这位经验丰富的老兵,能够详细地介绍经验。

周辰瑜看着陈晓雅期待的眼神,又喜又怕,喜的是拥有进一步沟通交往的机会,怕的是谎言揭穿后,陈晓雅瞧不上自己,宛如鱼入深海,从此两人相隔马六甲海峡的距离了。忐忑不安的周辰瑜,反复衡量利弊得失,还是决定冒险班门弄斧,毕竟陈晓雅不是"班门",而是唇红齿白,即使破绽百出,割破皮肤,她也无法看出斧子的问题,绝不会让他洋相百出。想到这里,周辰瑜开心地笑了笑,礼貌地邀请"肌肤如雪"校园漫步。

灯火昏暗的校园里面一片寂静,清新的空气吸入肺腑里,一片芳香。皎洁的月光,从参天古树繁茂的树叶间隙流泻而下,在校道上画出大大小小盛开的花瓣,层层叠叠,美不胜收。两人漫步在月色朦胧的树影里,边走边聊,彼此的脚步声和轻轻的呼吸声,清晰可见。周辰瑜嗅着陈晓雅身上淡淡的香味,心旷神怡。

偶尔，三两个学生迎面而来，目光惊艳了月光。

展露优势，是雄性动物吸引雌性动物的本能，比如孔雀开屏。前面惊艳了目光，后面露出屁股，却浑然不知。周辰瑜知道自己会裸露屁股，故不敢轻易开屏。但是突出优点吸引身材高挑窈窕的陈晓雅，义不容辞，即使没有什么优势，也要吹嘘吹嘘。但对于周辰瑜而言，那是仅有的可怜的资本了。虽然介绍时，周辰瑜宛如羞答答的婢女，犹抱琵琶半遮面，把研二参加国考的事情说得十分谦虚，但依然一气呵成。周辰瑜本来想杜撰说仅仅差十分，就达到面试分数线了。但转念一想，分数差距太大，显得自己太 low 了，差距太小又良心不安，不能这么骗人。于是，中庸之道发挥了重要作用，说差了五分，实际上"缺口"二十多分。周辰瑜的心怦怦直跳。可见，男人的嘴巴确实不可靠，山盟海誓挤下的水分，可以下一场滂沱大雨淹没地球，月球的潮汐作用都消失了。

在朦胧的夜色里面，周辰瑜见陈晓雅露出敬佩的神情，无怀疑之色，一颗忐忑不安的心终于落了地。他昂首挺胸地向前走，自信心大增，讲得头头是道，连自己都深信不疑。可见，撒谎的最高境界，不是让别人信以为真，而是蒙骗了自己。

陈晓雅对国考并没有深入了解，只见周辰瑜五彩斑斓的孔雀羽毛，不见隐藏其后的丑陋屁股，自然对漂亮的羽毛刮目相看，欣赏有加。周辰瑜讲述的时候，陈晓雅暗暗称赞："果然厉害，是个高手。"当周辰瑜绘声绘色叙述完毕后，陈晓雅柔声细语地夸奖道："裸考，就能考到这个成绩，非常不错了，说明你天资聪慧。"

得到梦中情人的赞扬，周辰瑜大喜过望。看着陈晓雅走动时，腰部优美的弧线起伏，侧脸娇好的面容，周辰瑜微微一笑道：

"裸——考，这个词有点意思。"他差点儿脱口而出"裸奔"两个字，幸亏嘴唇及时摁住了舌头的一时冲动，临时决定了脑袋，才没有惹出尴尬。这也是屁股第一次大权旁落，让嘴唇决定了脑袋。周辰瑜的心思翻江倒海，浮想联翩。

陈晓雅也感觉到了什么，她咯咯一笑，也一十一五介绍了研究生二年级的"裸考"经历。两人均有"裸"史，感受相通，顿时倍感亲切，故两人产生了强烈的共鸣。

两人欢声笑语，围绕"苏式"主教学楼，走了一圈又一圈，差点儿把教学楼都转晕了，仿佛教学楼回到了苏联还没有解体的时代，低声浅吟地唱着《莫斯科郊外的晚上》。两人聊得非常happy，转得有点劳累后，便依依不舍告别，回甲骨文公寓休息。

此次聊天后，两人有点相见恨晚的感觉。也就是这一天晚上，周辰瑜决定追求他的"小乔"——陈晓雅。

5

周辰瑜从巍峨秀美的瑜山，回到瑜城的家里，已经是傍晚六点钟了。瑜城大大小小的街道霓虹闪烁，车辆来来往往，川流不息。人群熙熙攘攘，好不热闹。瑜湖湖畔的小乔女神像，消失在浓浓的夜色里，却深深地铭刻在周辰瑜的脑海中。他喃喃自语《小乔》诗的最后一句："诉说历史与现实的复兴和繁华！"心想自己要消除烦恼、心静如水地好好奋斗了，为家庭复兴做出自己的贡献。

所幸的是，周父跟随瑜城市政府访问团，赴德国学习考察人工智能产业去了。周父是瑜城市市委书记唐君同志亲自点名，才去德国的。唐君同志对周瑜新区非常重视，亲自担任新区党工委书记。对周父也颇为重视，称赞周父为"老黄牛"式干部。否则周父肯定要给周辰瑜洗脑。中国人对德国人的工匠精神，相当佩服，也非常尊重。德国因为希特勒而举世闻名，欧盟其他二十六个国家印象不深。仿佛拿破仑是欧洲的，不属于法国。在周父的心里，拿破仑远不如法国式街头拥抱接吻深入民心。周辰瑜认为，在这些国家留学，有些考不上国内一流大学，被迫游学欧洲，混个遮羞的学位证。倘若到美国的哈佛大学、普林斯顿大学，英国的剑桥大学等名校留学，是可以拿出来炫耀。在周辰瑜的心目中，读复华大学跟留学欧盟差不多。其实，很多留学欧盟学校的学生，都考不上复华大学。周辰瑜心里倍感自豪，觉得中国确实强大了。

父子两人对王艺芸婚事的态度，完全相反。周父望眼欲穿，宛如王艺芸是留学哈佛大学的海龟，巴不得瞬间成为儿媳妇。在德国考察期间，宏益法师发微信告诉周父："两个小孩有缘分，还需要一个时间过程。"周父高兴得恨不得让周辰瑜学习德军闪电攻占波兰，迅速捕获王艺芸的芳心。周父爽得不得了，认为自己完全正确，他秉承"内容为王"的理念，越是旧书越经典，地位越高，如《道德经》《金刚经》《物种起源》《本草纲目》《汤姆·索亚历险记》，故王艺芸韵味十足，魅力四射。不过，周辰瑜没有周父的经典意识和标准，他喜欢展望未来，认为新书也具有经典的潜质，如《平凡的世界》《三体》《内科学（第9版）》，故陈晓雅未来可期，吸引力更强。

父子两人价值观迥然不同。倘若老狮王在家，那将是一场波澜壮阔的厮斗，激烈程度不亚于太平洋战争，甚至超越俄乌冲突。父子双方实力旗鼓相当，输赢还是看周母支持谁。周家是母系社会，周母才是真正的统治者。周母空闲时间跟官太太们在小乔美容院搓麻将，美其名曰售后客户特色服务。一场麻将后，官太太们的容颜又老了三分，特色服务真的特别有用——她们只好不停地美容，使自己青春常驻。周母也财源滚滚而来。周母没有时间管儿子的事情，她更喜欢在麻将桌上，废寝忘食，笑傲江湖。

周父出国临走时，希望周母跟儿子，好好谈谈王艺芸的事情。周母也没有当回事，她对经典有自己的看法，希望儿子肆意妄为地自由恋爱，可以不管财富和地位。周母希望周辰瑜最好先博览群书，开阔眼界，从而选一本真正的好书，作为一辈子的信仰。不过，选一本畅销的好书，依然是重中之重，畅销意味着有价值。从这个角度来看，王艺芸绝对是超级畅销书。但周母对王艺芸有所顾忌，这是一个可以碾压自己的实力选手。家里已经有一虎了，容不得二虎，最好匹配一只温顺的猫，温柔文静的陈晓雅比较合适。只是周辰瑜保密工作做得好，周母不知道这个世界上还存在一个叫陈晓雅的姑娘。

为保住家庭地位，周母果然善解人意，只是简单地跟周辰瑜聊了几句王艺芸的事情，就沉默不语了。一副随缘即好的态度，让周辰瑜十分开心。周母见儿子天天与方便面亲密接吻，实在不好意思，亲自下厨做了一顿丰盛的大餐，尽了一回母亲的职责。心里依然念念不忘麻将伟业，便急忙回到麻将桌上，继续跟官太太们修建抵御匈奴的长城工事，以保家园花开四季。

精明能干的周母急匆匆走后，周辰瑜无所事事，在家修炼心静如水的境界。他觉得烦恼只是一种正常的情绪，不应该执着烦恼的意念，而应该如流水般不留痕迹。唯一不变的是那影如明镜般光洁的心。不以物喜，不以己悲，我心光明，夫复何言。周辰瑜躺在床上冥想了二十分钟后，穿鞋走向阳台，他打开窗户，喧闹声扑面而来。只见瑜城街道车水马龙，热闹繁华。抬头向远处望去，瑜山山峰连绵起伏，黛青欲滴。这个世界美丽而浮躁。过了一会儿，周辰瑜关上窗户，打开手机音乐APP，Susan的歌声便荡漾到耳旁，在好听的音乐声中，他的内心变得安静，宛如瑜湖波澜不起的美丽湖面。不过，这两天在家复习国考书籍，周辰瑜十分疲倦，又倍感孤独，尤其所看的书籍都是去年的旧书，毫无新鲜可言，决定回复华大学后，购买新书再战。堂弟周学进也在复华大学读硕士，五一假期竟然没有回瑜城，要不然可以找他聊聊国考的话题。周辰瑜心里也清楚，聪慧的周学进，懒得理愚笨的自己，没有交流备战国考的价值。但他不能如此，因为周学进对他而言，具有借鉴价值。

第二天下午，阳光温暖，天空蔚蓝。穿着一身蓝色休闲运动服的周辰瑜，心情愉悦地坐公交车来到周庄高铁站，乘银白色的和谐号高铁，从瑜城去复华大学，热情高涨，继续挑战千里挑一的人生漫漫旅程。高铁的座位坐满了旅客，大部分都是稚气未脱的大学生。周辰瑜觉得大家都在人生道路上一路前行，都在努力奋斗，都非常不容易。但这是人生必须要走的道路，只有奋斗，才能赢得明天。

而此时，意气风发的学生企业家戴维，正在攻城略地，取得重要成绩。"校园共享读书"项目，又获得新一轮百万融资，不过不是美元，而是港元，是复华大学香港校友的股权投资。作为复华大学研究生会主席的戴维，口才一流，财务造假的技术水平，超过了美国华尔街金融家，早就达到"人物风流"的境界，让复华大学香港校友心甘情愿疯狂投资。复华大学团委仿佛打了兴奋剂，玩命地宣传。复华大学百年以来就出了这么一个奇货，可谓是千里挑一，能不当个宝。宛如复华大学有且只有一个学科为国家双一流建设学科似的，复华省政府恨不得生造一堆奖状铺满校园。复华大学团委也是如此，狠命地宣传戴维创业的故事。戴维俨然是一代商业枭雄。倘若是清华大学，戴维啥也不算。周辰瑜心里对戴维无所谓，也不关心他的事情。不过，却有点羡慕戴维在学校的知名度，确实是风流人物啊！女朋友交往了一个又一个，依然受到女学生热烈欢迎。

一个小时后，当现代化都市——复华城宛如海市蜃楼般在周辰瑜的眼前浮现的时候，他的心情变得十分愉悦，又回到了奋斗的战场，他要心静如水地迎接千里挑一，这带来了莫名其妙的欢快。对周辰瑜而言，憧憬未来，奋斗未来，能消除心中对前途迷茫的烦恼。

后来，微信朋友圈里面有一条消息，引起了周辰瑜的浓厚兴趣："加州理工学院团队，首次证实人类'第六感'磁感。"周辰瑜有点激动，心想："好好爆发大脑的潜能和智慧，千里挑一还是有希望的。"周辰瑜变得有一点点自信，认为师哥高新远能够一箭射中靶心，自己也能百步穿杨！在古色古香的谱渡寺接待室，周辰瑜跟宏益法师聊过高新远考上了自然资源部的事情。那时候周辰瑜眸色发亮，心愿旺盛，几乎燃烧了自己，头发上光芒四射。宏益法师看着气势涌动的周辰瑜，微微一笑，激发周辰瑜潜能，让光芒更加耀眼，鼓励道："只要心想就会事成。"宏益法师的言语，宛如男人在女人耳边说的甜言蜜语，听了耳膜都会怀孕。周辰瑜的耳膜也怀孕了，怀的是千里挑一的baby，马上要医院接生了。

四十分钟后，人影婆娑的复华大学北门公交站。周辰瑜心情愉悦地从公交车上跳了下来，四五个乘客也说说笑笑地跟着下了车，又有五六个乘客开心地上了车。他们为自己的生活和梦想奔波忙碌，周辰瑜也是如此。

当周辰瑜看着匆匆离去的人群感慨的时候，英俊而魁梧的高新远，面露自信的微笑，从学校北门行色匆匆地走了出来。夕阳余晖的光线，照在他的藏青色西服上，散发着淡淡的光芒。复华大学北门口三十岁左右的男保安，一脸羡慕地看着高新远身后的一对说说笑笑的小情侣，心里想着自己的小媳妇的一颦一笑，期盼下周回故乡的小镇相聚。

周辰瑜看到高新远，宛如天蓬元帅看到了嫦娥妹妹一般，心中大喜，激动不已。他拖着行李箱，一瞬间便冲到高新远的面前，大声笑着招呼道："师哥，这么巧，你好啊！"浓眉大眼的高新远吓了一跳，猛抬头，见不是孙悟空的二师弟，是自己的小师弟周辰瑜，立刻笑容满面，快步走了过去。接着，两人便像"犯罪分子"般坦白从宽，交代准备去哪里、干什么"犯罪"的事情。高新远是参加导师邀请的学生聚会。当然，这是导师的处女餐。要不是高新远考上国家部委，导师是不会牺牲了二十多年坚守的第一次的，实属遗憾，以后没有第二次了。

之后，周辰瑜的恭维话，便宛如倾盆大雨，淋得高新远眼前一片朦胧，看不清楚。周辰瑜首战告捷，笑着观察高新远的反应，他笑着连连摆手，谦虚道："没有那么厉害，真的没有。"脸上得意洋洋的神韵风起云涌，虽然极力控制，但依然一圈一圈地激荡澎湃,脸皮差点撑破,仿佛在说:"老子就是这么厉害,这么牛。"一阵瓢泼大雨后,周辰瑜像雷达般搜肠刮肚,搜索恭维之词,准备将夸赞进行到底,宛如一名视死如归的就义者。可惜,周辰瑜称赞之词的储备库毫无存货,近半平方米面积的肚子里面,竟然没有一个新颖的词语,搜了半天,除了堆积的厚厚的脂肪,空空如也。周辰瑜十分悔恨,没有随身携带成语词典,否则可以当场查阅新词,让爱慕之语妙趣横生,从而获得高新远的好感,将挑战千里挑一的独家武功秘籍传授给自己。那时那刻,周辰瑜不禁感慨书到用时方恨少,只好滥竽充数,再次咀嚼上次的恭维话,大声佩服道:"师哥,你的岗位一千五百多人竞争,真的是天下第一考,这多难啊!"重复咀嚼上次的甘蔗,甜味已经不能体现自己的敬佩之情了。于是,周辰瑜脱口而出道:"这不是人干的事情!"见高新远的脸上表情不悦,眼神飘忽,自己吓了一跳,又赶紧追了一句"这是神干的事",终于将敬佩之情推到了高潮。周辰瑜对自己急中生智,甚感满意,笑得一脸灿烂。

高新远仰头哈哈大笑,却有点感伤地叹息道:"确实挺难的!"这一声感慨意味深长,周辰瑜听明白了高新远的意思——高新远留校名额被意外取消的故事,在复华大学中文系永远是一个传说。

原来,复华大学英语系副主任的女儿,是复华大学经济学专业本科生。她对高大而英俊的高新远是一见钟情,再见发痴,三见便穷追猛打,吓得高新远落荒而逃。高新远不敢得罪,欲维持普通朋友或者哥们儿关系,迫于权威和愧疚,有时候也聊天吃饭。没有想到在推推拉拉的若即若离中,姑娘彻彻底底地爱上了高新远,爱得死去活来,非嫁给高新远不可。这份真情令人动容,周辰瑜羡慕不已。

有一天傍晚,夕阳余晖笼罩校园。苏式主教学楼南门前,姑娘意味深长地暗示道:"只要你愿意,留校没有问题。"潜台词宛如司马昭之心,路人皆知,反之便是"如果你不愿意,后果可想而知"。不过,这是周辰瑜的高中同学汪国强,梦寐以求的"高福利"。魁梧而黝黑的汪国强,经典名言让人回味无穷:"只要实力雄厚,丑点没关系。难道比诸葛亮的老婆还丑吗?"事实上,这姑娘比诸葛亮的老婆,还要丑三分,可不是丑点,而是丑得对不起复华大学的学生们。世界最丑小姐大赛,她绝对独占鳌头,成为一代丑星而名垂世界娱乐史,那都是非常 easy 的事情,绝对千里挑一。高新远难以接受这个魁梧的姑娘,那叫脸蛋吗,那是几何学十大"学花"之一——正方体。如果貌美如花,当然当仁不让,买一送一,不仅无私奉献此生,而且额外赠送此身,百年之后合葬一处。

高新远的父母本分而朴实,品尝了种种生活艰辛,经历过自然灾害吃不饱饭的岁月,经受了买不起商品房的苦楚。两人商量了好几天,最后下定决心,苦劝高新远,如:"家有丑妻是个宝,不用担心红杏出墙。"又如:"她家在复华城房产就有三套,一辈子也不愁买房子,成了房主收房租,跟新中国成立前的地主似的收田租,那感觉多好,这是妥妥的丰衣足食啊!"再如:"感情可以慢慢培养,一辈子睁一眼闭一眼,很快就过去了,你爸妈就是这样的,还不是好好的。"高新远不为所动,但内心已波澜起伏,宛如马六甲海峡的风浪。

父母劝说失败后,恳求高新远的姑姑劝说不现实的侄儿。这个精明而能干的小企业主——在小镇上开了家瑜菜大酒店,颇有智慧，巴不得侄儿走捷径，出主意道："我的大侄子，要先利用姑娘家的势力，完成留校的急事。等你成为教授，有钱有势，小姑娘投怀送抱就多了。那时候，再跟她离婚，找个十八岁的大姑娘，也是可以的。"高新远干不了缺德的事情，苦笑地摇头，既然不爱就不要伤害女方，但也担心会影响留校，内心十分纠结感情、前途和命运，宛如站在死刑台上，思前想后，最终毫不犹豫地选择"宁死不屈"。

可见，高新远不是一个真正有"大才"的人。真正有"大才"的人，不仅不会以貌取人，而且独具慧眼得匪夷所思，比如诸葛亮就满心欢喜地娶了丑妻，关键诸葛亮看中姑娘的品行和学识。倘若高新远智慧超群，仿效诸葛亮，虽然不可能成为诸葛亮这般大才，但至少可以跨越式发展为复华城的中产阶层，享受着小资情调。小雨霏霏时，坐在星巴克隔窗看着人们忙碌的身影，品尝生活的滋味。也就没有后面的灾难了——高新远留校成了泡影。

"正方体"被高新远委婉地拒绝了，痛不欲生，因爱生恨，一时糊涂，竟然找中文系主任反映高新远非礼她，却不负责任，彻彻底底是一个渣男。

事后，白白胖胖的中文系主任，笑得差点儿噎死。当时，他的眼神始终不敢轻易触碰"正方体"广袤的土地，觉得"正方体"是恐龙绝迹后一大奇迹，丑得太离谱了。系主任心想："是个男人都不会非礼她，自己和高新远都是男人，所以此事不会发生。"后来，中文系查无实证，实际上根本没有查，但是迫于"正方体"父亲的地位和影响力，高新远有可能存在此事，于是毫不犹豫地取消了高新远的留校资格，并大义凛然地免掉了其中文系学生会主席职位。

高新远心里十分悲凉，独自躲在复华大学眼镜湖畔茂密的树林里面，号啕大哭。父母也唉声叹气，姑姑连连说侄儿未经世事艰难，但还非常年轻，以后有更多更好的机会，不必过于伤心了，未必是祸，也许是福。

留下的两个位置，又有很多人送钱送礼，争得头破血流，岂不美哉。中文系主任笑得差点儿再次噎死。

可是"正方体"依然不解恨，她一边走路，一边使用戴维的校园共享读书APP阅读文章，一不小心跌入碧波荡漾的眼镜湖里，跟一只黑天鹅，来了一场精彩的鸳鸯浴。黑天鹅一阵乱啄，算是强吻了"正方体"。"正方体"大声呼喊："高新远，救我！"高新远怎么可能救她，他泥菩萨过河，自己都救不了自己。

高新远成为复华大学建校百年来，甚至是全国高校，首例因非礼而落马的学生会"高官"，光荣地载入了高校学生会史册。羡慕得师弟们哇哇直叫，恨不得也非礼一次"正方体"，成为学校名人。可见，成名需要本事，更需要机遇，一般人很难成名。每当师妹们见到高新远时，就满眼期待，眼神暧昧的光泽接近沸点，仿佛在说："来啊！非礼我啊！"尤其在高新远考上了国家部委后，这种现象愈演愈烈，吓得高新远轻易不敢出门，即使出门也戴着一副墨镜，以防被师妹的眼神非礼了。羡慕得周辰瑜恨不得欲做高新远的经纪人，代理高新远的肖像权，宛如在动物园观看国宝大熊猫，看一次收费十元。

幸运的是，"正方体"跟一只黑天鹅鸳鸯浴后，被一个更丑的男生救起。两人都是几何学上的校花校草，一救钟情，再见燃烧了，三见融合成为多边体了。后来这个男生顺利留在了复华大学所属企业复华集团有限公司人力资源部，掌握筛选简历的权力，凡是跟"正方体"一般貌美如花都被选中，否则一律 pass，多少漂亮妹妹惨死他手。从此，"正方体"与高新远恩怨两消了。否则，"正方体"一直告高新远到天涯海角。可见，爱得天荒地老，用情至深令人动容。

高新远"确实不容易啊"的余音，缭绕好久，才鼓噪完周辰瑜的耳膜。周辰瑜也呵呵一笑，一瞬间回忆完毕。他看着浓眉大眼的高新远，脱口而出道："当然不容易了，这可是千里挑一，千里挑一啊！"

高新远知道周辰瑜也有此想法，于是笑着把称赞的皮球，轻轻地踢了回去："辰瑜，你也是可以的，好好努力。"

周辰瑜心想"我的前世可是明朝小吏"，只是"舌头"十分勇敢，再次决定了脑袋，没有吹牛，而是谦虚地笑道："我哪有师哥的天赋和实力，不过我肯定要试一试。"要不是"试一试"更能表示谦虚的意思，"拼一拼"的三口之家，差点儿从喉咙里面一冲而出。不过，语气却有决一死战的坚决。

高新远哈哈大笑，眸色明亮，意味深长地大声说，人生本来就应该试一试，不试永远不知道自己的潜能有多大，人都是被逼出来的。同时，表示今后要跟周辰瑜好好交流心得体会。从此，两人的关系，比情侣还要如胶似漆，妒忌得小师妹们认为高新远不正常，看高新远的眼神，充满诧异和失望，周辰瑜收费的梦想破碎了。

一个月后，一个阳光温暖的上午，复华城上空万里无云。周辰瑜依依不舍地送意气风发的高新远，乘高铁去自然资源部报到上班。两人一路上说说笑笑，乘网约车去复华城南站。复华城高楼林立，车流如水，街道绿树成荫，花朵摇曳。

临别时，人头攒动的扇贝形的复华城南站13号检票口，周辰瑜呆呆地看着魁梧的高新远，看着他英俊的脸上那双会说话的大眼睛，羡慕地感慨道："师哥，我要是跟你一样，那就好了。"

浓眉大眼的高新远，拖着行李箱，用力拍了拍周辰瑜瘦弱的肩膀："人的潜能都是被逼出的。好好努力吧！北京见！"高新远的脸上荡漾着幸福的笑容。高新远走了，参与自然资源行业治理，融入了滚滚的历史洪流里面。

周辰瑜看着高新远匆匆离开的背影，神情黯然，心想："我这个明朝小吏，还能够回大明的故宫里面去吗？"他心里满是惆怅，高新远不仅解决了就业，而且前程似锦。他觉得跟高新远之间，已经有一条难以逾越的鸿沟，里面涛声阵阵，航母都可以畅行无阻。周辰瑜不知道他跟高新远再次见面是猴年马月，他要努力改变自己的命运，那也只能靠自己努力学习了。"大明小吏"还是要故地重游，拭目以待吧！周辰瑜心变得沉静，变得更有毅力。

6

自高新远心情愉悦地离开复华大学，去首都上班后，周辰瑜就全力以赴在图书馆自习室里面挑战千里挑一。他的心愿越来越浓，描绿了校园，散发着绿意盎然的生命力，鸟儿都在啾啾地叫，淹没了复华城喧嚣而热闹的尘世之声。复华城正在努力成为国家中心城市，欲吞并周瑜新区、瑜山和瑜湖。

气宇轩昂的周辰瑜，被一个生龙活虎的"正方体"大声表白过。可惜她的爹妈无权无势，无法震慑他，故努力奋斗的洪荒之力无法逼出，只好用宿友李茂霖的言语"逼"自己了："瑜哥考上国家部委，追求陈晓雅，才有一线希望，否则没戏。"这句话宛如春天旺盛的生命力，盛开出娇艳艳的红花在风中摇曳，仿佛马上就硕果累累了。

这一天上午八点半，周辰瑜决定细化千里挑一方案，更好地开花结果。周辰瑜用心思考，独自漫步在蜂飞蝶舞的校园里面。复华城霞光满天。校园里面环境幽静，景色优美，三三两两的学生迎面走来。校道两旁的樟树、松柏和梧桐树，枝繁叶茂，阳光和风儿带着树叶的清香，让树荫更加浓郁。校园外面，隐隐约约传来轿车呼啸而过的声音，复华城人们忙碌的一天开始了。五分钟后，周辰瑜悠悠闲闲地走到青灰色苏式建筑风格的主教学楼南门前，抬头只见赭红色的南门上面一米处，悬挂着开国元勋的题字——复华大学。四个黑色毛笔字，在红色横匾上龙凤飞舞，显得气势磅礴，宛如奔腾不息的滔滔长江之水。他不由自主地想起寻求民族独立自主的炮声轰鸣的百年沧桑历史，眼前浮现老一辈无产阶级革命家为中华民族伟大复兴挺身而出的英勇形象，令他敬仰和深深感恩。沐浴在温暖的阳光里面，周辰瑜深深感慨："没有共产党，就没有新中国，也就没有花园式的复华大学，更没有自己文人骚客般的感慨，也没有中华民族伟大复兴的盛世。"

历史悠久的复华大学，大清时期叫"复华大学堂"，五四运动时期叫"国立复华"。在周辰瑜的脑海深处，最有骨气校长的历史故事画面，绽放如花。当时，才华横溢的校长，桀骜不驯，令人特别佩服。据说民国时期重要人物来校视察，校长竟然不待见。重要人物大怒，喊其训话，并出言不逊，声音之大，宛如炮轰。校长不服，深得我军军事战略的精髓——集中优势兵力攻击其薄弱防线。重要人物疼得龇牙咧嘴。重要人物顾忌校长在全国颇有影响,倘若枪毙杀头,自己伪装的礼贤下士的遮羞布,呼啦一声猛地被扯下,只好自认倒霉,十分郁闷地放了校长一马。但咬牙切齿恨不得将其碎尸万段,腌制成腊肉喂狗。

周辰瑜不由自主地摸了一下硬硬的脑袋,心想自己没有胆量,也没有骨气,敢用无影脚偷袭"珍珠港"。内心胆怯的周辰瑜怕死得很,幸亏新时代的祖国繁华昌盛,没有枪林弹雨的战乱之苦,更不用担心咔嚓一声脑袋搬家。在这样盛世的伟大新时代,年轻人应该有骨气,要努力做一番属于自己的事业。高新远有骨气,很有出息,他的人生融入新时代,是长河流淌的国画画卷。周辰瑜有点文人的桀骜不驯,宛如民国大师般背着手,一边沿苏式主教学楼继续向前走,一边思考怎么才能让千里挑一开花结果,应该像骨气校长那样集中优势兵力攻其一点。周辰瑜觉得宏益法师所说的"因上努力,果上随缘"八字诀,是"胜负输赢"的学习心法。而攻其一点便是"因上努力"。

若有所思的周辰瑜,绕过苏式主教学楼,来到十米远树木茂密的小山坡,一棵高大而粗壮的梧桐树下,有五六个学生正在叽里呱啦地大声训练英语口语。周辰瑜感慨他们刻苦努力,相信天道酬勤,会找到比较好的工作。他绕到山坡南边,走到计算机学院教学楼前,突然看到怦然心动的美景:一轮红日,在十五层高的楼背后,辐射出五彩斑斓的红晕光芒。一缕缕光线,落在山坡南边的牵牛花丛上。牵牛花开得姹紫嫣红,紫色、蓝色、红色的花朵,随风在晨曦的光芒里连绵起伏,鸟儿在花丛上欢快地鸣叫飞翔。目光所触之处,皆美不胜收。周辰瑜深深呼吸,香气扑鼻。周辰瑜感受着大自然生气勃勃的磅礴力量,宛如自己即将怒放生命，开花结果。周辰瑜陶醉不已，陷入深思。

宏益法师曾说："凡所有相，皆是虚妄，若见诸相非相，即见如来。"周辰瑜从辩证唯物主义角度理解，牵牛花盛开只是事物的"相"，只有见到牵牛花绽放的基本规律，才是智慧，即见如来。周辰瑜向前走了两步，弯腰右手伸向花丛，采摘了一朵紫色牵牛花。花瓣上的露珠，闪闪发出细碎的光芒。周辰瑜的脑海里面，绽放宇宙大爆炸、万物生长的壮丽画面，心里感慨道："生命本来就是奇迹，应该好好珍惜。"这时候，周辰瑜突然发现花瓣上，有一个比针眼还要小的小孔。一只米粒大小的淡紫色小虫，趴在孔边一动不动，仿佛正在迎接周辰瑜的死亡之指。周辰瑜感慨颇深，喃喃自语道："牵牛花多么不易啊！不知要经受多少苦难，才绽放如此美丽的颜色。"周辰瑜低下头，又嗅了嗅牵牛花的清香味道。他深深思考：牵牛花要经受虫咬，还有风霜雷电天气的揉捏，才绽放如此的芳香，这是多么不易啊！再过一个月时间，飘零风雨声中，牵牛花将归于尘土，回归宇宙的本源。生长、绽放和凋零，这就是牵牛花的花（人）生规律。只是牵牛花没有烦恼，也没有期待，只是自然而然地绽放。而人却迥然不同，人有烦恼，也有期待，无法做到自然而然地绽放，有时烦恼众生，有时垂头丧气，有时意气风发。可见，人不如花那么纯粹，应该向花学习——自然而然地绽放绚丽的色彩。挑战千里挑一跟牵牛花绽放本质上是一个道理，只要心静如水地受苦复习绽放就足够了，至于结果随缘就好，不应该心生烦恼。宏益法师曾说："因上努力，果上随缘。"应该就是这个意思。只要好好发挥出人本来具有的智慧，就是果上随缘，就是真正的成功。周辰瑜摇了摇头，心想："能够做到果上随缘的有几人呢？我自己肯定做不到。"不过，他认为哪怕昙花一现，也要让生命绽放出最夺目的色彩，宛如此时此刻怒放的牵牛花。生命本来如此，活着就是一场运动，就要竞争，就要努力奋斗，就要有属于自己的事业。

一圈圈愉悦的笑容，在周辰瑜英俊的脸上荡漾开来，宛如湖面波澜起伏的波浪。至此，周辰瑜仿佛变成了另一个人，他的思想发生了某种微妙而深刻的变化，仿佛听到了热血沸腾的汩汩声音。也许这是生命的觉醒，宛如早春柳树的嫩芽，茁壮生长。这是生命的本质属性，生命永远是在向前运动。向前，不可逆转，这是人生的方向和趋势。谁也无法阻挡人生的脚步。

有所领悟的周辰瑜，心情愉悦地哼唱着 Susan 的歌曲，从计算机学院教学楼，走到微风轻拂的眼镜湖畔。岸边人影悠闲，有的在赏景，有的在玩水。湖中碧波微漾，水天一色，五只白天鹅畅游在朝霞彩云间。此景此情，令人忘俗。周辰瑜的心，突然变得非常安静。他感觉土壤软软的，风凉凉的，十分舒服。此时此刻，看着满湖春水，周辰瑜心想："你若心静如水，世界就一片温馨安宁，看书就像如燕履湖面，自然穿梭。"阳光温暖地照在周辰瑜的脸上，他恍惚看到牵牛花宛如朝霞般开满了湖面，美得令人晕眩。他满心欢喜，喃喃自语道："人生如花，必然受苦，必须盛开。"此时，周辰瑜的心里春暖花开，一片繁荣之景，安宁而祥和的感觉。

7

为了"必须盛开"，周辰瑜上午、下午和晚上各两个半小时，到图书馆自习室里面静心看书，经常累得头昏脑涨。但每天的坚持，也让他体验到奋斗的喜悦和幸福感觉。这一天，微风吹拂的傍晚时分，周辰瑜饥肠辘辘，像一只食草动物，快速去校园第二食堂的草原觅食。为脑细胞持续提供能量，要不然脑细胞会像陈胜、吴广那样纷纷揭竿起义，让脑袋这个日夜督学的君王，彻底瘫痪。爆发潜能，打赢千里挑一的战争，还指望脑细胞大军攻城拔寨，精诚合作呢！周辰瑜准备好好饱食一顿，犒劳脑细胞三军兄弟，他就是英俊儒雅的东吴大都督周瑜，为赤壁之战准备着。

这帮兄弟确实累了，需要美景放松眼眸，美食安抚身体。周辰瑜照顾脑细胞的情绪，放肆地欣赏傍晚时分落日余晖的校园美景。只见色彩斑斓的晚霞，在教学楼、古树、操场和校道的上空，缓缓穿行。整个校园，像穿上了薄如蝉翼的婚纱，美轮美奂，娇羞得宛如入洞房的新娘。夕阳余晖下的校园景色，比央视《动物世界》栏目播放的亚马逊大草原还要漂亮，美不胜收，惊艳了周辰瑜的眼睛，也陶醉了脑细胞。迎面而来的青春活泼、花枝招展的三三两两的姑娘，宛如大草原灵动奔跑的麋鹿，那修长而结实的大长腿，比晚霞美丽很多很多。幸亏周辰瑜不是雄狮，否则饿狮扑食，一只美丽的雌性动物，就在地球上彻底消失了，回归生命的本源，成了牵牛花的养料。

脑细胞们艳福不浅，欣赏了校园美色，群情激动，催促周辰瑜去食堂品尝农家小炒肉等美食，那才是真正的美色。满脸微笑的周辰瑜，快速走向复华大学第二食堂大门，食堂有点破旧里面吃饭聊天的声音此起彼伏，热闹非凡，一派盛世繁华、岁月静好的生活画面，宛如亚马逊大草原食草动物啃食青草的盛况。

周辰瑜走到第三排白色桌子旁，坐在蓝色椅子上，一边品尝西红柿刀削面酸甜鲜美宛如初恋的味道,一边兴趣盎然地在华为手机上刷抖音。千里挑一战役,要求考生具有一定的分析社会热点新闻大事的能力,周辰瑜饥不择食,增加脑细胞的处理能力。一幅幅彩色的画面,绽放在他的眼膜上,传递给脑细胞大军,争分夺秒地进行分析,加工成导弹或者隐形战斗机。央视抖音视频里面穿藏青色西服的美国总统特朗普,坐在白宫办公桌前发表演说,大概意思是他要让美国再一次变得伟大,只是很快他就竞选失败离开了白宫。接着,抖音视频画面变为国务院开展生态环境专项整治活动的消息。美女播音员的声音铿锵有力,振聋发聩:"绿水青山,就是金山银山。我们既要绿水青山,也要金山银山,宁要绿水青山,也不要金山银山。"现在,中国越来越重视生态文明建设了,周辰瑜也感觉发生了比较大的变化。比如说自己的家乡瑜城,在市委书记唐君同志的带领下,正在建设花园式城市——周瑜新区,瑜城越来越美了。但是周辰瑜看不明白新闻背后发生的故事,只是有滋有味地品尝西红柿刀削面的温度和味道,心里为阵亡的脑细胞感到歉意。兵马未动粮草先行,补充营养才是王道,周辰瑜沉浸在美色的欢愉之中,刀削面真的好吃。

周辰瑜并不知道,那时那刻,大腹便便的千科集团王土董事长,正在瑜城"湖花岛别墅"里面,宛如一头犀牛般窝在沙发上,表情凝重地盯着液晶电视屏幕,看生态环境专项整治活动的新闻。中央环境保护的决心无比坚定,他担心湖花岛别墅群的事情被追究,胖乎乎的脸上慢慢沁出一层细密的汗水。出来混总是要还的,他心里直发虚,肚子更加凸了,颤巍巍的仿佛马上要临盆,该还了。郑阳副主席在卸任瑜城市市委书记的前一个月,已将湖花岛别墅多占的土地,通过龚副市长审批通过了,并将备案报告呈送给复华省生态环境厅。湖花岛别墅都已经预售出去了，一切基本尘埃落定了。没有想到，事先已经沟通好的复华省生态环境厅，突然变卦，对备案报告环保内容提出异议，要求瑜城市补办相关手续，湖花岛别墅群建设涉嫌违反《环境保护法》。王土十分气愤，也非常郁闷，都生了小孩还说结婚证的钢印盖得有问题。

王土董事长担心中央开展生态环境专项整治活动，会殃及湖花岛别墅群，那么千科集团岌岌可危。他十分焦急地在别墅客厅的香烟味里面，踱来踱去，大理石瓷砖都被爱抚得羞红了脸。于是，太阳藏于瑜山山峰背后，小乔女神像逐渐淹没在霓虹闪烁的瑜城夜色时，王土握着黑色奔驰车的方向盘，风驰电掣地从瑜城开向复华城。一个小时后，火急火燎的王土走进郑阳副主席简朴无华的家里，客厅白色墙壁上悬挂六幅淡雅的著名画家吴冠中的山水画，充满诗情画意却蕴含着隐退田园的洒脱意境，代表着郑阳副主席内心真正的渴望。

稳重威严的郑阳副主席，在简朴的书房里面，用毛笔蘸墨在宣纸上率性而为地画泼墨老鹰。郑阳副主席语重心长地对身旁满脸堆笑的王土说："这次湖花岛别墅封顶仪式，就简单办一下。要低调，要注意影响。现在的瑜城，已经不是我主政时期了。"言下之意，让王土认清形势，与时俱进，行事要稳重。王土点头哈腰地帮着按压宣纸，笑道："老首长，一定按照您的指示办理。"

郑阳副主席用赭石颜色，小心翼翼地点苍鹰的一双眼睛，苍鹰顿时活了，眼神充满着对自由和光明的渴望。点完放好毛笔后，说："我已经跟小龚打过招呼，让他及时了解最新消息。"龚副市长是郑阳副主席一手提拔起来的嫡系部队。王土董事长手摸大肚子，满脸堆笑道："老龚已经跟我通过气了，他说省里还需要您多多操心。"这是王土的意思，却假借龚副市长之口说出。他的声音充满尊重和恳求，目光之中充满着浓浓的期望。

郑阳副主席对自己泼墨挥毫的隐居孤傲的雄鹰，十分满意，看了又看，宛如自己就是这只雄鹰。他若有所思，笑呵呵地看着胖乎乎媚笑的王土："这个我会处理，湖花岛别墅封顶仪式，一定要低调处理。"王土连连嗯嗯地答应了，并对那幅隐居的雄鹰的中国画违心地拍马屁道："看起来好威武，有王者之气。"即使郑阳副主席把老虎画成老鼠，王土也会称赞有"王者之气"，在王土的心目中，郑阳副主席就是他的信仰。

郑阳副主席哈哈一笑，拍了拍情绪低落的王土的肩膀，大声说："走，吃夜宵去。翻不了多大的浪花。只要我这只雄鹰在，瑜城的天空还是那么蓝。"王土开心得脸上差点儿挤出菜籽油，可以供瑜城老百姓享用三天三夜，世界第一大粮油集团位置甚至都保不住了。那晚，两人聊了好久，两人都悟了，感慨岁月沧桑，宦海沉浮，商海险恶，平平淡淡才是人生真谛。王土笑道："您老退休了，就回瑜城湖花岛别墅居住。"郑阳副主席说："明年我就退休了，该享享清福了。"

王土董事长离开郑阳副主席家后，立刻打电话传达重要指示给龚副市长。龚副市长听了后，笑道："放心吧！兄弟，瑜城的一亩三分地，还不是我们说了算。只要等中央生态环境督察活动这一阵风过去了，就可以了。老首长也对你说了，本次专项督察重点是陕西秦岭和云南滇池，复华省瑜城市不在督察范围内。兄弟，你就放心吧！再说市委书记唐君也没有动你的想法，他所有的心思都在周瑜新区发展上，这可是民族复兴的'国之大者'。"

王土坐在急速飞驰的奔驰车内，看着街头霓虹闪烁，开心地笑了，又隐隐担忧，声音沧桑道："我怕城门失火，殃及池鱼啊！"

龚副市长哈哈大笑道："城门在祖国西南，远着呢！殃及不了我们！不过，今后咱们凡事要低调，不要引起关注，毕竟老首长已经离开了瑜城。上次你的诗歌朗诵会，就不应该那么隆重，你也不听我的。"王土面容冷峻，心里不悦地冷声道："老兄，事都过去了，说那个有屁用。我现在最关心的是湖花岛别墅群的事情。"龚副市长嗯了一声，发自肺腑地承诺道："有新消息，我及时向兄弟汇报。放心吧！不会有事的。"王土根本不相信龚副市长的屁话，他就是见人说人话、见鬼说鬼话的伪君子。

晚风将复华城霓虹闪烁的夜色，描绘得五彩斑斓，黑色的奔驰车在街头急速而去。王土面色冷静，安慰自己道："也许悄无声息，就过去了。"但却有着莫名的不安的感觉，仿佛城门已经失火，风雨欲来了。精明的王土也没有任何办法，大势所趋，只能静观其变。回瑜城后的第二天温暖的上午，他心绪不宁地筹备湖花岛别墅群封顶仪式，仿佛不是别墅群封顶，而是他被封了的感觉。

第二天傍晚，周辰瑜收到王艺芸参加湖花岛别墅群封顶仪式的邀请。开心的王艺芸，还不知道叔叔王土的担忧之事，这是千科集团的绝密，有且只有王土一人知晓。这是高中毕业六年来，两人第一次带有约会意味的见面，充满着某种意味深长的期待。懵懵懂懂的周辰瑜，正在全力以赴地挑战千里挑一，没有将两人关系考虑那么深远，那么深邃，达到基因传承的地步。王艺芸想考查考查这个小鲜肉，毕竟两人多年未见，也有点生疏的感觉，但内心充满渴望。

周辰瑜有点累了,认为自己需要回清山秀水的瑜城,休息放松两天,然后回绿意盎然的校园,继续奋战国考。于是,周辰瑜十分爽快地答应王艺芸。他哼着 Susan 的歌曲《你的万水千山》,心情愉悦地从图书馆自习室走出,走向深红色的甲骨文研究生公寓,心里想着毕业论文选题的事情,准备撰写钱钟书《围城》有关选题。英语系教学楼前,周辰瑜碰巧遇到复华大学风云人物——著名学生企业家戴维。两人宛如两只蟋蟀,见面斗嘴那是必然的。

人高马大、眼睛大如牛眼的戴维,风风火火地跑了过来,兴高采烈地大声道:"辰瑜,告诉你一个好消息,复华大学校友 Mr Liu,美国硅谷回来的,给我们共享读书项目投资了一百万美金。"戴维眼神里面,喜悦的情感几乎把眼珠溢出,吓得周辰瑜用怀疑的语气立刻堵着,以防叫救护车送医院:"牛啊!真的牛啊!"周辰瑜心里却暗叹戴维有点本事,感觉不像在吹牛,因为戴维的眼神洋溢着真诚的气息。吹牛是创始人的基本功,越擅长吹牛画大饼,越能够获得信任融到资。戴维没有将 Mr Liu 投的十万美元,吹嘘为一千万美金,只是十分谦虚地吹大了十倍,已经十分真诚了。可见,戴维的吹牛本事,还没有达到炉火纯青的地步,还需要潜心修炼。

戴维见没有征服周辰瑜,吹牛瞬间达到幻想的水平,侃侃而谈共享读书项目未来可期,纳斯达克上市那是年年月月的事情。他本来想吹牛"那是分分秒秒的事情",可惜话音未落,分分秒秒已经悄然而过,实在来不及吹牛啊!周辰瑜瞪大眼睛,用怀疑的眼光看着戴维,笑着恭维道:"那肯定是万亿规模的独角兽啊!你是未来的世界首富啊!"可见,周辰瑜的拍马屁的水平,已经达到了出神入化的境界,远远超过了戴维的水平,复华大学校友

Mr.Liu 的投资款肯定被扩大一千倍。

戴维内心大窘，笑容凝固，眼珠都陷了进去，仿佛发生地震了。他尴尬地笑道："辰瑜，你耻笑我。哪有那么大规模啊！"他再一次吹牛，以显示自己很牛，"一个亿估值，班级首富就心满意足了。"周辰瑜真诚地看着戴维，真诚地笑道："没有想到，我们的大企业家，也这么谦虚。"

戴维想灭了周辰瑜的神气，他突然神秘地凑到周辰瑜的耳旁，小声嘀咕道："陈晓雅，打你的脸了吗？"周辰瑜急忙扭头，斜看了戴维一眼，心中的问号宛如瑜城欢迎周姓华侨时放飞的氢气球般不计其数。周辰瑜看着戴维意味深长的笑容，大声问道："戴维，你是什么意思？"戴维仰头哈哈一笑，便向苏式主教学楼的方向撒腿跑了。留下一脸茫然的周辰瑜，在阳光里面瞪大眼睛四处寻找答案，难道陈晓雅打了戴维的脸？她为什么要打戴维的脸？难道……周辰瑜浮想联翩，准备下次见面问问陈晓雅。他可不希望……

8

三天后的傍晚，周辰瑜和陈晓雅在图书馆自习室里面，看了一下午国考书籍。黄昏时分，两人休息，来到清凉的图书馆二层走廊处，趴在窗前栏杆上，欣赏复华城美丽的景色。红彤彤的阳光，轻轻地渲染着复华城的天空，普洒城市林立高楼，绘出校园南门外的摩天大厦色彩明快的轮廓，下面街道两旁绿树浓郁，绵延几公里都是行驶的轿车。街道音像店流行歌声隐隐约约传来，显得十分热闹。

　　一袭白裙的陈晓雅，弯腰趴在栏杆上，显得身材更加窈窕，更加曲线玲珑。陈晓雅情不自禁地感慨道："复华城的黄昏真美啊！"而周辰瑜的脑海里面，一幅幅小时候破旧的瑜城画面，轻轻地闪过，眼前的复华城美丽而繁华，时代确实进步好明显。听到陈晓雅悦耳的感慨声，周辰瑜侧头出神地看着秀发披肩的陈晓雅，瓜子脸蛋上鼻梁直挺，一双明亮而漆黑的大眼睛，顾盼有神，柔情似水，宛如摇曳盛开的一朵牵牛花，美得让周辰瑜的视神经十分舒服，宛如在跳桑巴舞，全身的毛孔都张开了。周辰瑜一语双关地称赞道："真美！"周辰瑜的目光，落在陈晓雅白皙的脖子上，那颗细小的美人痣，让她美得令人印象更加深刻。

　　也许是周辰瑜的目光温度过高，燃烧得陈晓雅的脸颊一片微红。陈晓雅右手如葱的手指，不好意思地轻轻地抚摸了一下柔顺的秀发，露出白皙的肌肤，眼神清澈，嫣然一笑道："说说千里挑一的细化方案吧！"三天前，周辰瑜表示他已经细化了千里挑一方案，那绝对堪称武林秘籍，宛如芯片技术秘诀，用心落实能够傲视群雄。周辰瑜吹牛，比戴维有过之而无不及。至少他自负自己为群雄之一。他想获得陈晓雅的好感，夸大其辞在所难免。

　　听陈晓雅温柔而动听的声音，周辰瑜才回过神。他转过头，微微一笑，心想该是大献殷勤、展现魅力的时刻了。虽然他并没有任何魅力可言，但依然沉浸在英雄的光环里面——他是东吴大都督周瑜的后代，应该有那个气势。他激情四射，宛如指挥赤壁之战的大都督周瑜"谈笑间樯橹灰飞烟灭"般豪放，宛如弹奏古筝版《笑傲江湖》般发自肺腑、陶醉其中，滔滔不绝地讲解千里挑一细化方案，那是行如流水般酣畅淋漓。陈晓雅眸色明亮地看着周辰瑜，不时地露出佩服的表情，她认真而仔细地静静倾听，宛如一只乖巧而温顺的猫。这让周辰瑜心里更加得意洋洋，开心得宛如获得了梦中情人的芳心，但脸上始终用谦虚压抑怒放的笑意。有时候，实在忍不住，只能偷偷地呵呵一笑。

周辰瑜讲解完方案后，陈晓雅宛如哥伦布发现新大陆般惊奇地发现，眼前的这个穿蓝色运动衣的男孩，是一个刻苦努力、积极探索思考的人，尤其"人生如花，必然受苦，必须绽放"那句话，令她有所深思，特别欣赏。她心想人生应该如此，都要努力盛开，那是生命本身爆发的磅礴力量。在陈晓雅心目里，周辰瑜突然有了一个比较重要的位置，是一个值得交往信任的好朋友，倘若她没有男朋友沈鸿，她可能会跟周辰瑜谈一场浪漫的恋爱。

从此以后，两人的交往也越来越频繁。两人经常到人满为患的自习室里面看书，一起分析疑难题目，一起探讨看书心得体会。自习室里面的空调凉风习习，令人异常舒服。当繁星闪烁的晚上看书时，周辰瑜偶尔会不由自主地偷看坐在身旁的陈晓雅。秀发柔顺、眉清目秀的陈晓雅眸色明亮而漆黑，纤纤玉手托着下巴，专心致志地看书，能够看见白皙的脖间，那颗细小的美人痣。这个气质清新淡雅、柔情似水的姑娘，安静时闭月羞花，微动时婀娜多姿，令周辰瑜心动不已，浮想联翩。有时候，陈晓雅抬起头，冲周辰瑜温柔地微微一笑，大眼睛里面流光溢彩，泛着喜欢和欣赏的色泽。仿佛在说还不用心好好看书，努力实现自己的理想。周辰瑜也露出了幸福的笑容，低头继续阅读书本文字。陈晓雅也微微低头，用圆珠笔在书本上轻轻地画一条细细的线。她的书整洁而干净，而周辰瑜的书破破烂烂的，密密麻麻地写满了字。

有陈晓雅的岁月，总是那么美好和温馨，周辰瑜进入了心静如水的埋头苦读的境界。这一切都是陈晓雅暗示的结果:"如果你考上国家部委,嗯,那是可以考虑考虑。"这是周辰瑜表白喜欢后,陈晓雅的答复,她并不认为周辰瑜天资聪慧,一举命中。但是,周辰瑜误解了陈晓雅委婉拒绝的意思。他深信不疑,认为自己考上国家部委,陈晓雅可能会成为他的女朋友。洪荒之力终于汹涌冲破闸门,周辰瑜为理想而全力以赴了,比曹植爱慕嫂子甄宓创作《洛神赋》还要令人动容,比高新远受潜规则爆发的反抗力量还要大好几千倍。陈晓雅娴静淡雅、温柔可爱的形象,占满了周辰瑜的心,反而空无一人,进入了努力奋斗的运行轨道,宛如地球围绕着太阳运转那么自然,那么淡然,那么有力,那么气势磅礴,那么一日千里。

这一天晚上月朗星稀,十点钟时两人看书看累了,收拾好书本,说说笑笑地去复华大学北门街道吃夜宵。校园北门街道是一条集超市、小商店、宾馆和饭店于一体的商业街,人群熙熙攘攘,络绎不绝,充满喧闹的世俗繁华气息。每当夜幕降临时,小吃店便纷纷张灯结彩,欢乐的笑声里身影忙碌,生意相当火爆。店主们的生活热闹而劳累,充满着岁月的沉静与喜悦,学生们源源不断地贡献钞票。这里没有职场的钩心斗角,没有大国博弈的斗智斗勇,更没有战争和病毒肆虐,只有岁月的静好和盛世的安逸,还有鸡毛蒜皮的家长里短,虽然生活的压力巨大,但这里依然宛如世外桃源。很多学生情侣喜欢到此享受美味。在周辰瑜的心目中,盛世繁华就在市井烟火之中,并非在大型晚会浓墨重彩的视觉盛宴里面。国泰民安大概如此吧!周辰瑜每次来到北门街道灯火闪亮的小吃店,脑海里面就浮现长征过草地爬雪山,留下的一串串深深浅浅的脚印,他的心中就充满感激,没有前辈的英勇奋斗和牺牲，哪有现在的幸福生活，还有什么理由不为生活在这太平盛世而感到幸福呢！不为中华民族实现伟大复兴贡献自己的微薄力量呢！作为当代的大学生，只有努力奋斗才能对得起来之不易的盛世，对得起在这人世间走一遭，迷茫和焦虑确实不应该，幸福来源心灵的开悟，而不完全来自灯红酒绿的物质喧嚣。

两人走进灯光明亮、淡雅娴致的周记馄饨馆，里面有十几个学生在品尝美味。这是复华大学校友创立的品牌连锁馄饨店。周姓校友创业，宛如邓小平爷爷"三起三落"的传奇故事，经常被校园企业家戴维提起，周辰瑜也非常佩服，佩服校友的勇气和毅力。周姓校友创立金属冶炼厂、小货公司均破产，周记馄饨馆大获成功，市值超过亿元。

两人走到靠窗的桌子旁，灯光朦胧美妙，窗外传来街道的喧嚣声。陈晓雅轻轻地擦拭了一下木质板凳，看了一眼纤纤玉手确认没有灰尘后，才裹好白裙，动作优雅地坐了下去，然后抬头对周辰瑜轻声细语地笑道："我要了一小碗馄饨。"而大大咧咧的周辰瑜，不管灰尘有多厚，一屁股坐在板凳上，大声跟穿紫色上衣的女服务员要了一大碗馄饨。

十分钟后，穿紫色上衣的女服务员将两碗馄饨端上桌。陈晓雅前倾身体，低头一小口一小口地喝着飘着葱丝的汤水，气质脱俗，显得富有教养。而周辰瑜不拘小节，摇头晃脑，大口大口地享受着馄饨的美味，充满浓浓的市井之气。

吃到一半的时候，周辰瑜惊讶地发现碗里有一只小青虫，应该是菜叶上的。他喊来二十岁的穿紫色上衣的女服务员，微笑地大声问道："为什么不把馄饨和小青虫，分别放在两个碗呢？"紫色上衣的女服务员一脸惊诧，不知道这位面相姣好的年轻人是责难还是幽默,正准备说"对不起"时,周辰瑜冲她呵呵一笑:"我不喜欢混吃,喜欢单吃。"紫衣女服务员忍不住扑哧一笑,温柔地说:"下次吧,下次满足帅哥的心愿。"听到"帅哥"两个字,周辰瑜心里倍爽,笑道:"下次单点青虫馄饨吧!"紫衣女服务员笑道:"谢谢帅哥体谅,我们表示抱歉。"这时候,有学生顾客走了进来,紫衣女服务员笑呵呵地转身照顾他们去了。陈晓雅一直在旁边笑容满面地看着,她仔细用筷子检查了一下馄饨,并没有发现小青虫,笑着称赞道:"下次,我也来一碗。辰瑜,你还挺幽默,挺善良的。"

两人起身,走出周记馄饨馆,走在校园北门的人群熙攘的街道,走回学校北门。夜色笼罩苍穹,月明星稀,校园里面一片幽暗和寂静,月光在校道树影婆娑里面流泻如水,路灯发出温暖的光芒,清凉的风中花香扑鼻。两人心情愉快,边走边聊,聊起了复华大学最近发生的趣事。后来,陈晓雅轻声细语道:"这些天,我一直在想,人生确实是来受苦的,但也应该像花儿般盛开。"

周辰瑜走在陈晓雅的左边,看着陈晓雅走动的窈窕身材,心想:"为了你,我受了多少相思之苦啊!也应该绽放了。"嘴里笑着附和道:"晓雅,你说得对。受苦也是生命的另一种形态,受苦让你更加漂亮美丽。晓雅,你越来越瘦了,看书受苦的效果,真的好啊!不过,该瘦的地方,都瘦了。不该瘦的地方,一点都没有瘦。"

陈晓雅侧过头,秀发随风飘起,嫣然一笑地看了一眼周辰瑜,呵呵笑道:"你是说我以前胖,现在瘦了,对吧?"

周辰瑜没有想到女孩的思维是这样的不可理喻。他一脸窘迫,一边掩饰内心欣赏优美曲线的视觉感受,一边展现语言艺术的独特魅力,滔滔不绝地举例说明"瘦"的境界,笑道:"清朝文学家王国维在《人间词话》说:'古今之成大事业、大学问者,必经过三种之境界。昨夜西风凋碧树,独上高楼,望尽天涯路。此第一境也。衣带渐宽终不悔,为伊消得人憔悴。此第二境也。众里寻他千百度,蓦然回首,那人却在,灯火阑珊处。此第三境也。'晓雅,你现在到了第二境界,看书把自己憔悴得更加窈窕淑女了。"学习文学专业有时候还比较管用,可以文绉绉地把对方夸得一片芬芳。这是有史以来,周辰瑜学习文学唯一的优越感,以前总是有点自卑。追求姑娘,跟理工科相比,文学专业男生都认为自己是"备胎",因为理工科就业比较理想,挣钱能力强。故周辰瑜心甘情愿担任"首席备胎"的职务,宛如证券公司首席经济学家,听着名头很大,其实只不过是有点才艺的"花瓶"。

陈晓雅笑得花枝乱颤,她并不在乎什么境界,一个"瘦"字了得,只爱听"窈窕淑女"这四个字。对于女孩而言,"瘦"就是最高的赞誉,就是美。以胖为美的唐朝除外。陈晓雅看了一眼周辰瑜走动时微微凸起的小肚子,嘲笑道:"你是该瘦的地方,一点都没有瘦。"吓得周辰瑜从此以后见到陈晓雅,便收腹挺胸,当然收腹始终不忘,虽然有时候会忘记挺胸,丢了男子汉的气概。因为他的目光有时候会落在陈晓雅高耸的中部地区,自信心顿失,也就不敢比海拔高度了。陈晓雅对"瘦"的理解,跟周辰瑜迥然不同。陈晓雅是大雅,属于艺术的审美层次,理解为"丑"的反义词。周辰瑜是大俗,将"瘦"理解为"美貌"的意思,属于感官的审美层面,离有趣灵魂的距离十分遥远。

周辰瑜紧紧地收腹,差点儿成了蜂腰,尴尬地笑了笑:"我这是认真复习国考,运动少的缘故。"他转变话题,大声问道:"沈鸿,现在备战国考了没有?"周辰瑜富有爱心,比较关心情敌的一举一动,希望他越来越没有出息,最好比自己平庸十倍。北京大学读法学硕士的沈鸿,是陈晓雅的男朋友。沈鸿的优秀,令周辰瑜十分自卑,但又不服气。

此时,两人走到了苏式主教学楼北门前。陈晓雅有点自豪地笑道:"他还没有,他说提前一个月复习就可以了,不用那么早。他现在在一家世界五百强外资集团实习,担任项目经理助理,每天忙得头晕,他更喜欢在企业工作,想成为企业家,对国考的兴趣不大。"

周辰瑜对情敌的优秀心里不爽,觉得他跟戴维一样好高骛远,无意识地呵呵笑道:"跟戴维差不多。"陈晓雅突然生气地大声说:"戴维那就是瞎胡闹,沈鸿可不是那样的人,你不要瞎比,好吗?"

周辰瑜吃了一惊,不知道这个温柔娴静的姑娘,为什么突然如此情绪激动,也许这是陈晓雅温柔性格的另一个底色,也是不好惹的。陈晓雅发起脾气,是否如周母般脾气大得吓人,有待观察。当然,这也是周辰瑜唯一一次和陈晓雅发生的言语冲突,很长时间都心有余悸。周父"怕老婆"的基因遗传好,周辰瑜迅速掉转导弹射击的方向,大声批评道:"对对对,戴维就是瞎胡闹,共享读书项目毫无前途,他就是一个傻帽。"听周辰瑜如此贬低戴维,陈晓雅稍感满意,她一边快步行走,一边不爽地大声道:"戴维浮躁得很,人品不好。"周辰瑜突然想起戴维那句"陈晓雅打了你的脸没有"的问话,心里疑问重重,连声附和道:"他就不是个好东西,喜欢吹牛,喜欢讲大话。"接着,周辰瑜反复询问陈晓雅,戴维如何人品不好,他特别想知道这里面的故事。戴维那句"陈晓雅,打你的脸了吗"的问话,一直在周辰瑜心头萦绕,即将喷薄而出。

陈晓雅禁不住周辰瑜的反复恳求,十分气愤地说了那一巴掌的缘故。原来戴维用"共享读书形象代言人"作为诱饵,邀请陈晓雅吃了两次饭,还去看了电影《我不是医神》。陈晓雅非常敬佩这位著名的学生企业家,十分客气而有礼貌地交往,希望友谊长存。可习惯动手动脚的戴维,却撕破了"友谊"的外衣,友谊也就不忍目睹了。看电影的时候,戴维一把搂住身旁的陈晓雅。啪的一声,被陈晓雅狠狠甩了一巴掌。周辰瑜大声道:"打得好!渣男!"他狠狠地骂了戴维一顿,表示以后要揍他一顿。

见周辰瑜义愤填膺,又站在自己的统一战线上,陈晓雅眉开眼笑,急忙劝道:"打架违反校纪校规,你怎么考国家部委。"接着,又温柔地撒娇道,"你可不能学戴维。"

陈晓雅和刚才发脾气的状态,简直判如两人,她还是那么温柔,那么可爱。周辰瑜心中电光闪过似的,心怦怦直跳,莫不是让我学习戴维,惊讶得差点儿跌倒在校道的水泥路面上,摔得粉碎性骨折。转念一想,似乎心里的小九九,被一览无遗地看穿,急忙辩解道:"我不是那样的人,真的不是那样的人。"其神态和音色,仿佛孔乙己偷书被抓,窘迫地辩称:"窃书不能算偷!窃书,读书人的事,能算偷吗?"同理:"想抱,不能算犯罪。想抱,读书人的事,能算事吗?"

陈晓雅仿佛看透了周辰瑜的心思,再次捶击道:"你有成为那样人的潜质,上次你就……以后你要再敢,看我……"陈晓雅欲言又止,暗指周辰瑜曾经谎称她的脸上有灰尘,而擦了擦她又白又嫩的脸庞。

周辰瑜吓得将脑袋差点儿缩进脖子里面,可惜自己不是乌龟,脖子里面空间太少,要不然全部缩了进去。周辰瑜大声发誓道:"我绝对不是那样的人。晓雅,你也不是不知道,我这个人比较老实。那次你的脸上真的有灰尘。"

陈晓雅笑道:"你,我还不知道,你们男人都是一路货色。"好像天下的男人都经历过似的,陈晓雅觉得自己言多必失,又咯咯一笑地掩饰过去。

周辰瑜方寸大乱,慌得不知所措,再次发誓道:"天打雷劈,我绝对不是。"心里想着我绝对是那样的,因为早已经情不自禁地喜欢上陈晓雅了。

陈晓雅大声笑道:"我知道你本质不坏,是个老实人。"

周辰瑜见陈晓雅心情欢乐,胆子大了一点,脑袋终于从脖子里面伸了出来。虽然他有意无意地挨近陈晓雅,但始终文质彬彬地保持安全距离,仿佛要跟戴维划清某种意味深长的界限。

9

周辰瑜和陈晓雅打得火热,自然跟王艺芸保持了若即若离的状态,宛如陈晓雅对他的态度,普通朋友的感觉。周辰瑜有心栽花花不开,无心插柳柳成荫,他无需求感,反而自然而然地展现了本来的男性魅力,这恰巧是了无痕迹的谈恋爱最高技巧。王艺芸对周辰瑜的感觉却日渐趋浓,宛如花的芳香。千寻相亲网站专属红娘,收费昂贵,精心推荐的资产条件雄厚、外貌不如周辰瑜帅气的男士统统 pass，气得专属红娘破口大骂道："这女人不是找男人，是在选美！"不过看在银子的分上，她玩命地夸奖王艺芸眼光独到，可以担任诺贝尔文学奖评委，选一本自己喜欢的书那太 easy 了。周辰瑜有诗歌代表作《小乔》，获诺贝尔文学奖可能性较大。

王艺芸职场大叔的小说读多了想吐，特别想翻阅周辰瑜这本青春校园小说，湖花岛别墅群封顶仪式便是纤纤玉指翻看第一页的好日子，宛如掀起红盖头的感觉。王艺芸开心地通过微信告诉周辰瑜，她 6 月底回花园式城市——瑜城，潜台词便是等我来翻阅你这本书的序言。只是周辰瑜没有想到，他的瑜城高中同学汪国强、陈君、张文杰，也马不停蹄赶回瑜城，纷纷等待"大乔"的翻阅，展开对王艺芸的追求。角逐大戏，即将进入高潮。正如央视《动物世界》频道流传甚广的那句话："春天已经深了，又到了动物们繁殖的季节。雄性动物为了得到雌性动物的芳心，展开了比拼实力的殊死争斗。"当然，动物仅仅为了繁衍后代。而周辰瑜的三个高中好友的内心世界，跟法国文学大师维克多·雨果说的一样："世界上最宽阔的是海洋，比海洋更宽阔的是天空，比天空更宽阔的是人的胸怀。"是啊！三人的胸怀比天空宽广多了，内涵比宇宙大爆炸时的物质还要丰富，宇宙都难以装下，千万富豪的梦可以实现。

周辰瑜和高中同学平时很少联系，关系显得冷淡和疏远，大家也发生变化了。四人现在在不同大学读硕士。瑜城中学读书期间，四人声名远播，自封为"瑜城四大才子"。虽然只是明朝"江南四大才子"的赝品，但是赝品总觉得自己货真价实，才高八斗。四人经常慷慨陈词，指点校园，头头是道。瑜城老师无比汗颜,吓得半死。倘若外交部发言人听了,都自愧不如。美国国务卿更是目瞪口呆,直接不会说英语了。在这个世界上,没有谁比他们更才华横溢了,除了青春貌美的王艺芸。

"四大才子"还隔三岔五,刨根问底,问得老师们歇斯底里,痛不欲生。老师们生活无聊,夜夜趴在麻将桌上研究,教学知识荒废不少,自然才疏学浅,吞吞吐吐不敢回答,以防被直截了当指出错误,那丢人就丢大了。有一个复华大学刚毕业的自认为有真才实学的男老师,已经惨死在"四大才子"的唇间,皮肤黝黑的他差点儿咬唇自尽,以洗屈辱,结果皮肤更黑了。故老师们十分厌恶"四大才子",埋怨他们不该问那么刁钻的问题,让自己脸色跟朦胧夜色般浪漫。可"四大才子"的父母在瑜城都是有头有脸的人物,哪敢轻易得罪,甚至有的老师发自肺腑地拍马屁道:"你们才华横溢,如果以后不成名成家,瑜城中学就没有人了。""四大才子"自鸣得意,没有听出一点儿弦外之音,没有人怎么可能,反而喜不自禁,越发癫狂——凭借父辈关系,在《瑜城晚报》文艺副刊陆陆续续发表了八篇被周父修改得面目全非的"豆腐块"文章。这在瑜城中学引起了不小的轰动。这个学校竟然也有文人,实属罕见,而且是四位,可谓群星璀璨。瑜城中学一时声名大噪,全靠"四大才子"撑面子,他们才华横溢。比如,他们联名创作的现代诗《雪》,完全可以载入中国文学史,至今在互联网上流传甚广,被戏称为"水水体":

雪

我们三人,
雪天绘画。

你画抛物线，

我绘直线，

他绘成圆，

好一幅山水画，

我们都是大画家。

成名后的"四大才子"现在已经"江郎才尽"了。年少时，发表了不少文章，没有用回车键，非常罕见。只有陈君遇到了兴趣相投的女朋友，两人躲在被窝里面，创作了一首情感真挚的现代诗，其中"爱一个人，就应该坦诚相见，回到出生时的模样"这句诗的水平，堪比唐诗的绝句。其他人早就"千山鸟飞绝"，存诗（寸草）不生了。周辰瑜近两年，也仅仅因为思念唇红齿白的陈晓雅，才写出了此生的巅峰之作——《小乔》。其中一句"让月光儿，揉了她的肌肤如雪花"，大有古词风韵，比"坦诚相见"形象多了，高明得何止百倍，千倍都不止，可谓孤篇压全唐，远远超过唐朝诗人张若虚的《春江花月夜》。

但湖花岛别墅的创造者——大腹便便的王土，就不同了。由于肚子大，墨水装得多，那是诗兴大发，佳作迭出。如果要比诗歌作品的影响力，"四大才子"那不是逊色一点点，而是小小巫见大大巫。王土灵感涌现，直抒胸臆写出了二十首打工诗歌，内容都是建筑工地的亲身体验，语言是用一砖一瓦垒砌起来的，确实是好诗。不过，所有的诗歌都是王土花钱购买的，都是瑜城一个不如意的文人精心修改润色的。比如：

故乡的楼

你如小乔般前凸后翘，
却是坚硬的钢铁水泥锻就。
不是妩媚，而是静默。
不是孤独，而是幸福。
一幢幢相熟相知的楼。
甚至比小乔，
更懂得如何化妆打扮。

改编成歌曲后，一些要过气的明星大腕抢着演唱，美其名曰响应文艺下乡的政策，其实瑜城是跟复华省城掰手腕的区域第二大经济体，根本不是乡下，不需要文艺下乡。宛如银行总是喜欢借钱给不需要钞票的企业。其实，王土的原作是这样写的：

故乡的楼

你如小乔般凸凸鼓鼓，
却是钢筋混凝土造的。
一个个大楼房，
不用打扮，
也挺好看的。
让我想起小乔怀孕的感觉，
哦，故乡的楼，
弧线更优美。

复华出版社社长亲自为王土的诗集作序，他把"贝"字放在自己的口袋里面,把"才"字留在诗集的白纸上,把"财"字铭刻在心里。这位也大腹便便的社长,在收到一笔不菲的题序费用后,气节都不要了,吹捧王土是当代诗王,比美国大诗人沃尔特·惠特曼牛多了。社长的点评,在瑜城引起巨大轰动,人们惊讶得目瞪口呆,王土竟然是世界级大文豪。如此这般,瑜城仿佛已经成为现代文化名城,比沃尔特·惠特曼的出生地——纽约州的名气大多了,已经是太阳系的中心了。

瑜城主流媒体为了给员工发薪水,纷纷折腰,一片赞誉,宛如千树万树梨花开。尤其是跟千科集团签订了广告宣传业务的媒体,媚眼抛得已经甩掉了眼球,全变为瞎眼瞎,胡说瞎说。有媒体这样评价道:"当代诗王的诗歌,是现代诗歌真正的一股清流,散发着浓浓的乡土气息,开辟了中国诗歌的先河。"仿佛现代诗歌清一色都是浊流,徐志摩、冰心的诗歌开辟的不是先河,都是尾河——河的臀部。

王土的名气如日中天,穷酸的瑜城市作协主席,吓得魂不附体,超越光速(这是人类第一次突破了宇宙的速度极限)向瑜城市委打报告,尊封王土为作协名誉主席。从此主席位置高枕无忧,他只需优哉游哉喝茶看纸了,唯一的遗憾是虽然绞尽脑汁,但是依然喷不出有灵魂的作品,跟王土差好几个档次。

可见,比诗歌作品的影响力,"四大才子"确实黯淡无光。如果比人脉关系,"四大才子"更是无法比拟,千科集团创始人王土,是复华省政协委员,跟复华省政协副主席郑阳同志关系亲密。高中肄业的王土,在百业待兴的改革开放初期到上海打工,把五年的积蓄全部送给了一个包工头,承包了区政府的绿化生意,挣了第一桶金。后来,依法炮制,王土拿下了三个比较大的绿化项目。中间的过程艰辛而心酸，王土睡过桥洞，滚过泥泞，贴过冷脸，但终于挺了过来。后来，年轻的王土认识了来上海招商引资的瑜城市发展改革局副局长郑阳同志，两人都是热血青年，两人相互欣赏，都想干一番事业，友谊之树便常青了。二零零零年，随着中国城市化道路的蓬勃发展，在郑阳同志的支持下，千科集团在瑜城获得前所未有的壮大和发展，瑜城很多楼盘都是千科集团开发的。十年后，精明能干的王土成为瑜城首富，拥有房产、矿业和金融等一大片一大片"江山"，自然吸引得美人们前赴后继："我爱王土的才，王土比诗仙李白牛多了。"在这些女人的眼里，王土是诗国的国王，她们都想挤下正宫娘娘，自己成为皇后。有惨遭王土拒绝的美人骂道："你要不是亿万富豪，谁能看中你这个大肚子，跟猪八戒似的，还有那大白话的诗，三岁小孩都比你写得好！"说到动情处，情不自禁泪流满面，心里十分委屈，达到了"鸟为食死"的境界。

"四大才子"除周辰瑜外，三人都喜欢微胖丰满的王艺芸。当然是否垂涎她家的美元，无须历史学家考证，因为他们的眼睛绿光闪闪，可谓"狼性文化"无师自通。倘若跨国公司招聘销售精英，即使英语结结巴巴，他们也能开疆拓土，所向无敌。即使元朝蒙古铁骑狭路相逢，也要退避三舍。

湖花岛封顶仪式非常简单，连鞭炮都没有放，更没有媒体进行报道。这让"四大才子"无比震惊，王土何时如此低调过。不过，"四大才子"被别墅的"中国画"风格，彻底震惊了，确实太美了。碧波荡漾的瑜湖，万顷波光，风光旖旎。湖花岛在瑜湖南边，瑜山山脚下，一幢幢白墙黑瓦的别墅依山傍水而建造，宛如一幅天高云淡的水墨画。比齐白石画的虾，还要简洁灵动，富有神韵。而小乔女神像，就在一公里之外。两者遥相呼应，别有一番风味。这是王土参加北京大学国学班，听教授讲课后，茅塞顿开，将中国山水画精髓，运用到现代建筑上去，引领了瑜城市建筑的美学审美风格。"四大才子"佩服得五体投地，亲吻了大地的味道，感慨王土确实才华横溢，王艺芸的确是有福之人。

只是清新淡雅的湖花岛部分别墅，侵占了瑜湖的生态保护区，令"四大才子"再一次震惊了，不仅感慨道："这真不是一般人能够玩的，也只有诗王有这个胆量和魄力。不知瑜城市委、市政府怎么处理这个超生子，也许放开三孩政策呢！"这正是王土最担心的事情，现在瑜城市正在贯彻落实习近平新时代中国特色社会主义思想，加强生态文明建设，都严了，都认真了，马虎不得了。忐忑不安的王土三番五次亲自去谱渡寺烧香许愿，祈求平安顺利，并请教慈眉善目的宏益法师，有无良策。宏益法师笑道："凡事自有因果，您只要多做好事，一定会有福报。"于是，王土又捐献了一大笔慈善款，用于教育和养老，获得一片赞誉。但是王土心中的一块石头始终悬在半空。

10

瑜城四大才子风尘仆仆地回到了山清水秀的故乡瑜城，这都是王艺芸的面子。他们不是看别墅封顶仪式，而是看这位美女的穿衣打扮。可惜计划赶不上变化。浦东新区市政绿化项目，提前一个星期验收。心思缜密的王土，指示心腹王艺芸负责此事。王艺芸见小鲜肉的想法落空，有点郁闷，多算了客户五十万元。不过，倘若她心情愉悦，多算一百万元也是常事。这就是王艺芸的财务天赋——从来都是多算，没有少算过一分钱，这让王土十分放心。

由于赞助钞票占据了半壁江山的王艺芸缺席，瑜城中学二班同学聚会一事，主动延期举行了。可见，王艺芸的魅力可以倾校倾班。三大才子汪国强、张文杰、陈君，精心准备的"孔雀开屏"也枉费心机了。没有雌鸟的欣赏，翅膀绽放的美艳已毫无意义。倍感痛心的三人甚感无聊，所幸个个身怀麻将绝技，故"开屏"于周辰瑜家的麻将桌子上了。盛世麻将，在瑜城甚为流行，不会打麻将的官员难以进入政治的核心圈，只能像孙子般听话，才能获得一席容身之地。"四大才子"技艺精湛，什么圈子都可以来去自如，包括偷税亿万的娱乐圈。其实，大家搓的不是麻将，搓的是社会地位和功名利禄，搓的是青春岁月、命运和前途。

哗啦啦几圈下来，周辰瑜兴趣骤减，聊起了高新远考上自然资源部的传奇故事。魁梧结实的汪国强哈哈笑道："倘若姑娘貌美如花，高新远早就缴械投降了，也就不会发生留校被取消的事情了。其实，是否漂亮不是娶媳妇的唯一标准，人品好、家境好才是关键。可惜，我们都没有遇到被潜规则的良好机遇啊！"承包土木工程项目亏损严重的汪父，比大思想家孔子还要诲人不倦，孔子教的是向善向仁，而汪父却苦口婆心劝说儿子一定要娶富人家的姑娘："只有胸怀软饭吃到底的宏伟志向，才能达到富裕的彼岸。"汪国强深得真传，眼神犀利得能够把脸上的油脂扫下来，"触角"伸的范围之广令周父都无比汗颜。

瘦瘦弱弱的张文杰有点娘娘腔，他扑哧一笑道："强哥，英俊帅气，才有可能被潜规则。"张父是瑜城市瑜城区区长，曾经亲授"胆大心细脸皮厚"的追女孩心法。区长大人在鲁班面前班门弄斧，真是小看了"鲁班"的实力，倘若不采取有效措施，区长大人早就被提拔一级了——成为爷爷。汪国强哈哈笑道："杰老弟胆子肥了，竟然说我不帅。"文质彬彬的陈君看着汪国强，甩出了一张麻将六筒，笑道："强哥挺帅，强哥不帅，就没有人帅了。"汪国强开心地爽朗大笑："就是，就是。"张文杰微微一笑，表示不认可的意思。周辰瑜看着麻将，沉默不语，思考打一筒还是一万更好。陈君接着感慨道："高新远能够考上国家部委，不简单啊！我们不一定能够考上。"陈父是瑜城中学副校长，他希望儿子考公务员，为大众服务。陈君已经拉开了备战国考的序幕。周辰瑜平时跟陈君关系好点，陈君做事比较稳重。

周辰瑜仿佛伯牙弹琴遇到了知音，笑道："是啊！国考毕竟是千里挑一，竞争当然残酷啦！不过，高大哥说只要精心准备，是有可能考上的。"周辰瑜有点虚荣，张嘴闭口都是"高大哥"，仿佛"高大哥"是口香糖的著名品牌，咀嚼后吐出来的是一片芳香。汪国强翻了一下白眼看向周辰瑜，冷嘲道："瑜哥，那以后我们要拍你马屁了。"王艺芸多次和汪国强微信聊天，对周辰瑜赞不绝口。汪国强气得抓狂，眼睁睁地看着王艺芸在眼前晃荡，却始终遥不可及。他认为这都是周辰瑜这块绊脚石的缘故，恨不能立刻用锤子将其敲得粉碎，随风而散。汪国强早已暗下决心，务必破坏掉周辰瑜在王艺芸心目中的良好印象，他心中已有良策，准备付诸实施。周辰瑜没有搭理汪国强，空气里面充满火药的味道。张文杰和陈君四目相视，意味深长地呵呵一笑。鹬蚌相争，管那么多，只需要坐收渔翁之利即可。哗啦啦，大家又开始重新来一局。

周辰瑜没有意识到自己已经得罪了汪国强。他秉性善良,满脸和气地自嘲道:"还拍我马屁,强哥不要开玩笑了。"心里却想:"等着你拍我马屁。"汪国强哈哈笑着嘲讽道:"你的本事很大,大家都知道,就不要谦虚了。"他的声音悠长,将嘲讽的意味表现得更加明显,充满醋意,他暗指周辰瑜追求王艺芸的事情。陈君和张文杰仿佛突然顿悟,都嘎嘎地笑了起来。汪国强继续笑道:"不过,我对公务员兴趣不大,还是当企业家好。你们看看,王土多牛啊!《瑜城晚报》都报道千科集团战略入股瑜城商业银行了。"千科集团还参与了瑜城财险公司的投资。汪国强炯炯有神的眼睛里面,流露出亮晶晶的贪欲光泽,吓得周辰瑜不敢直视,害怕燃烧了自己,这就是金钱的巨大魅力。张文杰笑着拍马屁道:"以后我们跟强哥后面混。我们四人之中,只有强哥具备一代商业枭雄的潜质。我们三个都不行。"汪国强十分开心,甩出一张一条,他在校园里面代理了一点通快递,业务做得不错,挣了点小钱。今年,汪国强又在家乡瑜城注册了一家渔业公司。在汪国强的心里,二十年后,他将超越王土,成为瑜城的新首富。

事不关己高高挂起,汪国强的人生沉浮,周辰瑜并不感兴趣。他淡淡地轻声笑道:"人各有志,随缘即好。"说完,随手扔出一张一筒,却没有想到一炮点两响,汪国强和陈君都和牌了。两人呱呱直叫,兴奋得手舞足蹈,欢乐得仿佛和情人花前月下。周辰瑜靠在椅背上摇头苦笑,心想:"真是一石二鸟啊!还好不是一石三鸟。"这时候,张文杰把麻将轻轻地推倒,嚷道:"你们看看我和的是什么?"周辰瑜看了一眼,差点儿晕了过去,竟然也和一筒,他苦笑不已。汪国强和陈君惊诧无比,瞪大了眼睛，虽然达不到汉初名将樊哙在鸿门宴上的"目眦尽裂"，但也到了青蛙般鼓眼努睛的程度，眼睛快要被挤碎了。汪国强走过来拍了拍周辰瑜的肩膀，哈哈笑道："瑜哥是情场得意，赌场失意啊！"陈君和张文杰哈哈大笑，笑得光怪陆离，像青蛙般哇哇直叫，几乎掀翻了屋顶。周辰瑜露出洁白的牙齿，无奈地笑了，心想："只要考场不失意就可以了，"井底之蛙们认为这是最奇葩的一牌，可以载入瑜城的吉尼斯世界纪录，中国纸业的所有库存纸张，也写不下他们创造的奇迹。最重要的是，他们都赢了自己的情敌。

汪国强为了讨王艺芸欢心，屁颠屁颠地分享这个"世界纪录"。王艺芸回复道："你们三人合伙欺负辰瑜了吧？"又给周辰瑜发微信道："输惨了吧？麻将技艺不行啊！"然后继续审核浦东新区绿化项目的验收财务单据，合同和票据真多，累得她头晕目眩。周辰瑜心情愉悦地回复道："是啊，一炮三响！"周辰瑜发完微信，将手机放到桌子上，抬头撞到汪国强的目光，四目相视，可谓火花四射，让客厅一片光明，宛如氢弹爆炸。周辰瑜扭头，避开汪国强的怨恨目光，看向窗外，阳光普照的黛青色的瑜山，郁郁葱葱，真的很美，街道上商贩的吆喝声隐约传来。周辰瑜的心里有点伤感，不知道汪国强对自己的态度，为何发生了这么大的变化，以前可不是这样，难道真的跟王艺芸有关系？可见，天下没有永远的朋友，只有永远的利益。

晚上十点钟，夜色朦胧。四人去瑜城中学前的大排档喝啤酒、吃夜宵后，带着各自的心事散了。

第二天夕阳余晖笼罩小乔女神像的时候，周父从图书馆下班。他和周辰瑜谈得并不愉快。周父认为王艺芸是周辰瑜这一辈子最好的人生伴侣。周父振振有词，说出此生的绝句："没有钱，就没有爱情。"水平之高，直接超越了唐诗宋词元曲，描写爱情的词句。周辰瑜心想父亲不到复华大学当中文教授，确实怀才不遇。他反驳周父，即使自己不依靠别人，也会有一番作为的，没有钱也有爱情。两人争论了半个小时，谁也没有搞定谁，都十分郁闷。吃完晚饭后，周父站在阳台上一边抽烟，一边仰望星空，有点失望："怎么生了这么个榆木脑袋呢！"周父认为年轻气盛的周辰瑜，不知人间疾苦，迟早会栽大跟头。似乎走自己的老路已成定局。周父决定从长计议，慢慢做儿子的思想工作。而周辰瑜却酣然入睡，这些天挑战千里挑一，确实太累太辛苦了。

当晨曦笼罩瑜城时，周辰瑜起床准备回复华大学，因为神龙见首不见尾的导师要求他提交毕业论文提纲。临走时，为了周父心情愉快，周辰瑜笑道："我会和王艺芸好好交往。"心想将在外，君命有所不受。周父将信半疑地看着周辰瑜，仿佛秦朝兵马俑复活了，恍如一梦的感觉，幸福得周父差点儿喜极落泪，有着一夜暴富的感觉。周辰瑜告诉王艺芸返校的消息，王艺芸若有所失地回微信道："我两天后就回瑜城，不见一面吗？"那种渴望相见的气息，扑面而来。周辰瑜急忙转发导师的微信截屏，委屈道："我也很想，只是身不由己啊！"王艺芸只好依依不舍地作罢，心里的失落，宛如瑜湖荡漾的波浪。周辰瑜却没有感到遗憾，他对王艺芸没有那么浓的感觉，他只想回学校全力以赴备战国考。

第三天下午两点钟，陈君由于在Y学院兼职讲课，极不情愿地离开了瑜城，他心里十分复杂和矛盾，他有女朋友了，心里却想着王艺芸。虽然陈君设置了微信朋友圈权限，瑜城中学同学无法阅览，但是汪国强的情报工作成绩依然斐然——可以载入间谍史册，明朝的东、西厂也不如汪国强，他将陈君和女朋友的合影照片，一张又一张提供给了王艺芸。陈君永远不知道，他设置微信朋友圈查看权限，百密一疏，漏了瑜城中学一个同学的妹妹，在两百元红包的糖衣炮弹下，她便做了内应。汪国强用尽心机搜查周辰瑜女友的证据，可毫无蛛丝马迹。汪国强感慨不已，觉得周辰瑜的保密工作做得比大内密探强多了。其实，周辰瑜孤身一人，本来无一物，哪有蛛丝马迹，反而因祸得福了。汪国强绞尽脑汁，终于想出了一条一剑封喉的妙计，他静静地等待这一天的到来，必将周辰瑜掀翻马下。而周辰瑜没有嗅到一点危险的气息。

11

四天后，王艺芸处理完浦东新区绿化项目的验收结算事情。她累得头昏脑涨，精疲力尽。休息了半天时间，便开着奔驰轿车，从上海浦东回到瑜城。一路上，王艺芸看着绿色盎然的原野，感到莫名的开心和欢乐，大自然真的很美。一帮高中同学都在等着这位瑜城名人，王艺芸可谓衣锦还乡。大家都希望在周瑜新区大建设中，傍上王艺芸的关系，一夜暴富。

欢呼雀跃宛如小女孩的是魁梧的汪国强，他的心脏差点儿蹦了出来。他开着白色大众轿车，风驰电掣般地赶到湖花岛别墅区。在二号别墅一棵枝繁叶茂的香樟树下，看见正在自拍照片发给周辰瑜欣赏的王艺芸，仿佛见到一颗价值连城的夜明珠。汪国强心里万分欢喜，下车后屁颠屁颠地跑过去，热情地聊天，连水都泼不进去。张文杰满脸堆笑地站在旁边,心里不爽地翻了好几次白眼。王艺芸见冷淡了张文杰,主动跟娘娘腔开玩笑道:"辰瑜怎么不学习你们呢?"

"女朋友催得比较急呗!"汪国强欲一箭封喉周辰瑜。大战来临了,张文杰眼睛骨碌一转,心想先斩下一位悍将再说,于是幸灾乐祸地落井下石做伪证,表示此乃周辰瑜亲口所说,他是亲耳所听,就差亲眼所见了。两人配合得天衣无缝,宛如《封神演义》中的哼哈二将,一哼一哈,威力巨大。见王艺芸脸上的表情,阴晴不定,充满怀疑,汪国强再次一口咬死:"此事,千真万确,我亲耳所听。"汪国强递了个眼色,张文杰明白开弓没有回头箭,索性像乌龟般一口咬死了。

王艺芸心里乱如瑜湖湖面的落雨,霹雳啦啦打着荷叶,她的脸色乌云满天。她心绪不宁地尴尬地走向奔驰轿车,心想周辰瑜说他没有女朋友,是在欺骗自己吗?在美女如云的复华大学,周辰瑜能不心动,哼哈二将之言不可不信。不过,诚实守信的宏益法师说,周辰瑜单身应该属实,但周辰瑜未必不撒谎,伪君子遍地都是,那就应该毫不犹豫地 pass 掉,今世永不相见。王艺芸回头漫不经心地核实道:"知道叫什么名字吗?"

"叫什么,晓雅。对,叫陈晓雅。"汪国强走在后面大声回答道。"四大才子"欣赏湖花岛别墅群封顶仪式时,陈君曾经意味深长地故意在汪国强的耳旁小声嘀咕道:"辰瑜一直追求复华大学的校花陈晓雅,两人经常一起到图书馆看书。"周辰瑜曾经诚恳地请教陈君,如何追求女孩,这方面他没有什么智慧。没有想到,成了汪国强攻击的靶子。汪国强高兴得差点儿散了骨架,幸亏筋肉结实,拉着了魁梧的躯体,要不然灰飞烟灭。当时他心想:"周辰瑜这次不死,也会扒层皮。"

张文杰看着汪国强的背影,担心他所言不实,于是悬崖勒马。他担心说错话,会影响区长父亲大人找王土升职区委书记的事情。张文杰的风流韵事,早就被汪国强添油加醋地出卖了,只是张文杰一无所知,还帮汪国强数钱。汪国强换女朋友比较勤,宛如三国时期刘备所言的"女人如衣服",但是也没有把"兄弟如手足"。不过,汪国强的朋友圈宛如雁过留声般痕迹全无。无人知道汪国强的真实情况,其他人也没有汪国强的心计,无人告状也就上不了王艺芸的热搜,故汪国强高枕无忧。

王艺芸钻入黑色的奔驰车,心里五味杂陈,汪国强的话真假难辨。轿车沿着绿草如茵的瑜河畔,向前快速行驶,风呼呼地刮着,大乔面容冷峻。两岸绿树浓郁,河水缓缓流动。汪国强开着白色大众轿车,尾随其后,两人笑得十分开心,他们联手灭了一个情敌。

那时候,温暖的阳光,射入瑜城大酒店小乔厅里面,十七个在瑜城的同学坐在大圆桌旁笑着喝茶聊天。他们正在等待宴会的主角——班级首富王艺芸。当王艺芸带着主角光环走进小乔厅的时候,所有的同学都站了起来,笑语拍掌欢迎,仿佛欢迎一国元首。宴会开始,王艺芸发表了热情洋溢的讲话,大家纷纷鼓掌,共同敬王艺芸酒。宴会高潮时,大家推杯换盏,海阔天空地聊东聊西,热闹非凡。即将落幕时,汪国强再次敬了大家一圈,表现可谓可圈可点,有集团公司董事长的风范。王艺芸向汪国强竖起了大拇指,他高兴得血压飙升,差点儿脑卒中了,幸亏张文杰全力搀扶着,汪国强才摇摇晃晃,没有摔倒。宴会后,大家提议去湖花岛参观游玩,累得同学们之间的感情都变得冷淡了,恨不得立刻分离，但嘴里依然表达恋恋不舍之语。

　　第二天整整一天时间，王艺芸对千科集团在周瑜新区的项目进行了考察调研，项目负责人——周辰瑜二叔周家俊，笑容可掬地全程陪同。晚上，王艺芸回到湖花岛的别墅居住，凉爽的风儿送来了瑜湖湖水拍岸的声音，一浪随着一浪，宛如女孩跟心爱的男孩诉说自己的心事。夜深时分，她看着窗外的天空繁星似锦，想起周家俊的话："我的侄儿辰瑜确实没有交女朋友。"她决定亲自核实周辰瑜女朋友的事情。当然，王艺芸确实一无所知，周辰瑜追求陈晓雅已经"走火入魔"，并且到了"沉迷沦陷"的不可救药的地步。而冰雪聪明的陈晓雅，始终保持若离若即的距离，令周辰瑜更加欲罢不能，稳坐复华大学第一备胎的宝座。倘若中国股市能够如此坚挺，那股民就太 happy 了。

　　三天后，一个小雨淅沥的晚上。已经回到上海的王艺芸，在微信里面跟周辰瑜寒暄几句后，便直奔主题："听说你的女朋友挺漂亮，发张照片给我看看，帮你把把关。"王艺芸的性格干脆而直爽，不拖泥带水。不过，这句话妙得很，询问结果不留一点痕迹。在复华大学图书馆自习室看书的周辰瑜，看到微信后摇摇头，扑哧一笑，诧异王艺芸为何问这个问题，回复道："没有啊！哪有照片发给你啊！"王艺芸激将道："老同学，你跟我还隐瞒。"周辰瑜回复道："真的没有啊！"王艺芸咄咄逼人，一针见血道："晓雅不是你女朋友？"

　　"不是啊！我们只是普通朋友。你怎么知道晓雅的？"周辰瑜心想这是谁在给我造谣呢，莫非是陈君，他曾经告诉过陈君，他没有意识到是汪国强，真正的阴谋家总是躲在幕后，汪国强果然手段老辣。王艺芸有点不高兴，气鼓鼓地说："这个保密。反正发一张照片过来，看看呗！"

周辰瑜比较憨厚，没有想那么多，他禁不住王艺芸的反复催促，发了一张陈晓雅在北京大学未名湖畔游玩时的照片。王艺芸看着清纯漂亮的陈晓雅照片，表情凝重，一股怒气从心中腾腾升起。她冷冷地说："很漂亮啊，你和她挺般配的。"

周辰瑜摇头苦笑："还般配，我们只是普通朋友。她的男朋友可是在北京大学读法学硕士，很优秀，非常有能力。"

王艺芸哦了一声，心里明白了三分，转怒而笑，问道："你喜欢她？"

"不喜欢。"周辰瑜迅速地回复道，爱一个人得不到，就会因爱而恨。最近两天陈晓雅去北京和男朋友沈鸿聚会游玩，微信朋友圈里面，她的照片都是未名湖畔、月潭公园的花朵盛开的景色，都是沈鸿拍摄的，周辰瑜郁闷而失望，也十分痛苦，一线希望彻底完完了。他的奋斗都失去了意义，但人生必然受苦，必须盛开，故他反而更努力看书了。

王艺芸脱口而出道："骗人吧？"周辰瑜继续让恨意蔓延："没有骗人，真的不喜欢。"为了证明自己没有骗人，周辰瑜发了一张陈晓雅和男友沈鸿在未名湖畔的合影照。王艺芸看了合影照，感到心满意足，对周辰瑜的气，顿时消了一大半，调侃道："被人家横刀夺爱了吧，把她抢回来。"周辰瑜心里无比失望："哪有的事情。老同学，就别开我的玩笑了。"王艺芸没有立刻回复微信，周辰瑜继续埋头看书。自习室里面的白炽灯光线明亮，照射在黑压压的学生头上，充满着勃勃生机的奋斗精神。

过了一会儿，王艺芸发来一张在瑜湖湖花岛的自拍照，她想跟"小乔"掰掰手腕。只见照片的背景——碧波荡漾的瑜湖远处是黛青色的山峰，身材微胖、皮肤白皙的"大乔"，穿着花边白裙，站在湖花岛的岛岸。"大乔"端正大方的鸭蛋脸上，大眼睛笑意连连，有着蒙娜丽莎的淡淡微笑。脸蛋嫩得像令人忍不住要咬一口的荔枝果仁。白皙的手腕上，戴着闪闪发亮的铂金手镯。宏益法师说王艺芸端庄秀丽，果然不假。王艺芸又发过来两张她的自拍照片，她一定要打赢这场战役。

　　班级首富王艺芸已经引吭高歌三首了，周辰瑜自然要"白毛浮绿水，曲项向天歌"了。他停下看书。不过想了半天，也没有想出合适新颖的赞美词语。后来，灵感一现，将发给陈晓雅的赞美之词稍微修改后，转发了过去："艺芸，你好漂亮，宛如美丽的朝霞，艳红的牡丹，美得令人目眩。"周辰瑜删除了"倾城倾校"这个陈晓雅的专属词语。"美得空前绝后"这句话也惨死在指尖间，但依然使用了"美得令人目眩"这句话。此时此刻，周辰瑜确实感觉王艺芸挺漂亮，确实有点目眩。在周辰瑜情绪低落的时刻，王艺芸走进了他的心田。

　　王艺芸开心大笑，她赢得相当容易，又故意问道："谁漂亮？"心情失落的周辰瑜，天平自然向王艺芸倾斜："你漂亮。"王艺芸哈哈大笑，心情非常愉悦："小嘴真甜。"宛如喝了槐花蜂蜜水。不过，在王艺芸的心里，依然对"小乔"耿耿于怀，虽然两人在三国时期是亲姐妹，还差点儿被"铜雀春深锁二乔"了。不过，王艺芸有点开心，她感觉在周辰瑜心里，她还是独一无二的。

12

暑假刚开始的7月初,学生们都纷纷离开了校园,校园里面显得非常空旷。一个阳光明媚的上午,树荫浓郁、蝉声聒噪的复华大学英语系楼前,周辰瑜碰见了裙如蝉翼的陈晓雅,仿佛看到了一只翩翩起舞的美丽绿蝴蝶,周辰瑜恨不得自己立刻变成一朵娇艳的玫瑰,让这只蝴蝶飞到粉红色的花瓣上采蜜。要不是"采花大盗"是犯罪,真想把这个名词赐给唇红齿白的陈晓雅,幸亏周辰瑜不是皇帝没有随心所欲的权力,要不然法律的部分条款就遭殃了。

陈晓雅眉开眼笑地跑到花瓣身旁,兴奋地采蜜道:"辰瑜,暑假出去旅游了吗?我和父母到韩国旅游了半个月,那边挺好玩的。"

周辰瑜羡慕不已,开玩笑道:"你这么貌美如花,就不要整容了吧!"听说有不少人到韩国整容。在陈晓雅笑得一脸灿烂时,他笑道:"暑期我要复习国考,哪儿也不去。"他的语气十分坚决。在陈晓雅韩国旅游的那些天,周辰瑜每天坚持看书九个小时。此时此刻,海鸥鸣叫和海水拍岸的声音,在他的脑海深处轻轻地荡漾,差点儿摧毁了他的坚守。陈晓雅一家人应该玩得十分happy。周辰瑜也非常想出国旅游,可是他要努力奋斗自己的前途。他不想依靠任何人,他要凭自己本事吃饭。

二十天后,大暑节气刚过的一天清晨,从韩国回来的陈晓雅发微信跟周辰瑜说,要送给他一瓶可以缓解疲劳的韩国品牌Sayaao香水。周辰瑜激动得想以身相许,可惜人家不同意,只好将前天发现的"无我"的解题心法,无私奉献给陈晓雅,可谓以心相许,也许这是真正的爱情。周辰瑜说这是"独家秘籍",解题准确率显著提高,只给你一人。宛如初吻般珍贵,激发了陈晓雅浓厚的兴趣。她想借鉴"无我"大法偷偷懒,决定傍晚时分约会见面。周辰瑜心潮澎湃,宛如渤海湾的风浪。

两人接头的地点是陈晓雅家附近一凡商城的瑜菜馆,这家瑜菜馆在复华城名气极大,每天客人爆满。陈晓雅百倍呵护白皙的肌肤,将护肤霜涂了两遍,还是让周辰瑜跋涉此程,理由是担心皮肤晒黑了,其实她的皮肤只会越晒越白。周辰瑜没有半点怨言,他心甘情愿穿越大半个复华城,只为见梦中情人一面,就心生欢喜。也许为了陈晓雅,周辰瑜什么都愿意去做,结束生命除外。而陈晓雅更需要"无我"解题心法。

傍晚六点钟,穿浅绿色T恤的周辰瑜,面带微笑,走进温馨雅致、人声鼎沸的瑜菜馆。他浑身充满活力,矮个子年轻女服务员不由得多看了几眼,便对这位清秀儒雅的小伙子一见钟情,她走上前询问后,热情地引导周辰瑜往餐馆里面走去。大厅和包间里面,坐满了穿着打扮体面的客人,说说笑笑,他们脸上洋溢着愉快而幸福的表情。周辰瑜看在眼里,心想虽然新闻上有大国贸易争端的报道,但瑜菜馆一片祥和繁华,没有一点儿浪花,气定神闲的客人们,脸上荡漾着大国崛起的气质:"该吃吃,该喝喝,明天会更加美好。"周辰瑜心想国泰民安,盛世繁华,大致如此。虽然人们也会遇到这样或那样的困难,但是未来可期。他十分庆幸活在新时代的中国,可以安安心心地履行第一备胎的重要职责,还可以像某个著名女诗人所写的那样畅想:"I crossed half of china to sleep with you",倘若生活在风雨飘摇的大清王朝末期,能够"to life"已经很不错了,还穿越大半个中国,连大半个复华城也穿越不了,还"sleep",醒醒吧!疫情高峰的时候,周辰瑜就穿不了大半个城市。

在矮个子年轻女服务员媚眼的引导下,周辰瑜宛如公子哥儿般风度翩翩地走进了嫦娥奔月包间。雅致的包间南边墙上,挂着一幅嫦娥奔月的中国画,令人想到美丽的神话故事。周辰瑜心想今夜两人要奔月了,其实两人要奔三了,年龄也不小了。周辰瑜走到原木桌子旁,满脸笑容地坐了下来,他翻开菜谱打发时间,静静地等待奔月的嫦娥。矮个子年轻女服务员说,扫微信便可以点。周辰瑜点了点头,轻声道:"谢谢。"他嘴角上扬,露出洁白的牙齿,显得比较英俊。

十分钟后,一袭淡绿色裙子的陈晓雅,优雅地飘进了嫦娥奔月包间。远远望去,宛如一个肌肤如雪的古典美女从唐诗宋词里面款款飘出。她肤如凝脂的脸蛋上,漆黑而明亮的大眼睛,似笑非笑,嫣然一笑地向周辰瑜挥手打招呼。她的声音是那么悦耳动听,能够拆散周辰瑜的骨架。周辰瑜笑着看着婀娜多姿的陈晓雅,宛如喝了杯冰镇甜葡萄汁般清爽,只是牙齿更酸,真应了那句古语"吃不到葡萄说葡萄酸",心里却知道贼甜,宛如喝了口芳香的蜂蜜,真的迷着了周辰瑜。

陈晓雅优雅地坐下后,要了一杯芒果汁,聊起了韩国旅游的趣事,并递给周辰瑜缓解疲劳的韩国品牌Sayaao香水。陈晓雅说他们去了韩国首都汉城,看了首尔塔和汉江夜景等。周辰瑜爱不释手地接了过来,香水放在桌子上。他一边用微信下单,一边微笑地倾听说话,耳旁尽是海鸥的鸣叫声和海浪的拍岸声,恨不得自己和陈晓雅宛如两只海豚般嬉笑同游。周辰瑜显得非常大方,点了镇店名菜：石锅臭鳜鱼。还点了香煎毛豆腐、笋尖刀板香、胡适一品锅。都是陈晓雅喜欢吃的菜，她心中暗喜，却假装阻拦道："够了，够了，辰瑜。我们两个人，吃不了这么多。"恨不得将菜单一网打尽，满足一个吃货的口腹之欲。

虽然周辰瑜囊中羞涩，但依然表现得十分大方，还装了一回有钱人，顺便吹嘘了拆二代的身份："我家周庄的别墅拆迁了，多点两个菜，庆贺庆贺。"周辰瑜想用财富吸引陈晓雅。用周父的话来说就是"女人都是爱财的"，那时候周辰瑜反驳道："也有的爱才。"周父意味深长地笑道："才变为财，才爱才，要不然就不爱了。"吓得周辰瑜从此以后，不再将豆腐块文章拿出来，给陈晓雅欣赏了，因为他的"才"从来没有收获一分钱的"财"，还倒贴了两百元。后来，周辰瑜经常提起别墅拆迁的事，惹得陈晓雅十分羡慕周辰瑜的不劳而获。

陈晓雅对美味佳肴持放纵态度，顺水推舟道："那好吧！随你吧！"周辰瑜又豪气地添加了桂圆燕窝和麻辣小龙虾，陈晓雅甚为满意。

点完菜后，周辰瑜眉飞色舞地讲解"无我"的解题心法。原来一个美丽的黄昏，他从"菩提本无树，明镜亦非台。本来无一物，何处惹尘埃"四句偈言里面，用唯物主义哲学思想思考，突然领悟出"心"即是"无我"，不喜不悲，不怒不愁，宛如一面镜子，静静地映照世世万事万物。智慧从"无我之心"中诞生，始终保持这份寂静，就会爆发生命本能的天赋。因此，运用智慧就要心静如水，减少主观臆想的各种杂念，根据事物发展的基本规律，让题目自己去推出答案。这就是解题的最高境界——"无我"解题法，比如题目说"西施是一只威风凛凛的狮王"，那

"心"就不能认为"西施是一只蝴蝶,或者是闭月羞花的绝世美女"。西施就应该巡视领地守护家园,跟流浪雄狮争斗撕咬,成为草原的王。这就是事物本身所具有的规律。周辰瑜在讲解"无我"解题法时,自我感觉宛如华山论剑,一招一式都是绝学,他尽心尽力了。陈晓雅的樱桃嘴微微张着,眼睛发亮地看着周辰瑜,认真地倾听精髓要义,不时地微微点头,表示认可周辰瑜的观点。

周辰瑜讲完后,陈晓雅嫣然一笑地肯定道:"无我,确实是解题的关键。你说得非常好,我回去后好好试一试。"周辰瑜喜不自禁,笑道:"无我,是真正的心法秘诀。"不是心爱的姑娘绝不外传。陈晓雅仿佛也感觉到周辰瑜的心意,对他态度极好,柔情似水般的感觉,让周辰瑜心里十分舒服。

可口的菜肴,已经被笑容可掬的矮个子年轻服务员端上了桌子。两人开始品尝美味了。陈晓雅一边用勺子轻轻地喝燕窝,一边轻声细语道:"辰瑜,我也要做到无我。"周辰瑜点了点头,心里赞叹道:"晓雅,你果然天资聪慧。这么快就听懂了'无我'解题心法。"陈晓雅调皮地嫣然一笑道:"我是谁。"周辰瑜用筷子夹了一块香煎毛豆腐送进嘴里,咀嚼起来葱香扑鼻、鲜汁四溢。陈晓雅也吃得非常开心,不禁摇头感慨道:"还是家乡菜好吃,韩国料理的味道,还是吃不惯。"周辰瑜说:"我也不喜欢料理的味道。"

两人聊东聊西,抬头相笑,埋头乐(苦)吃,气氛越来越浓稠,堪比胡适一品锅的汤汁。周辰瑜想起了包办婚姻的曾经担任北京大学校长的胡适,也想起了自由恋爱的北京大学法学硕士沈鸿。周辰瑜十分郁闷,恨不得一口吃掉沈鸿一品锅。而今陈晓雅只字未提沈鸿，以前见面经常提起。周辰瑜感到有点奇怪，猜测两人的关系是不是发生了某种变化，甚至已经分手了，当然这是他最希望发生的事情。不过，他更希望自己考上国家部委，陈晓雅心甘情愿地飞过来采蜜。从复华大学来瑜菜馆的出租车上，周辰瑜认真翻看陈晓雅的微信朋友圈，没有发现两人相伴出行的蛛丝马迹，心中窃喜，又心存疑惑。为何炎炎夏日，沈鸿不陪一陪陈晓雅呢！她可是清凉的冰镇饮料啊！喝下去浑身舒服。这个疑问的气泡，在周辰瑜的胸膛里面越来越大，后来终于憋不住了，漫不经心地吐了出来："沈鸿干吗去了？"心里期望沈鸿早已经三心二意，故没有来复华城，陪同陈晓雅品尝外焦内嫩的香煎毛豆腐。周辰瑜表面装得若无其事，内心却汹涌澎湃，宛如好望角的风浪。他看着陈晓雅，等待心中希望的答案。

　　陈晓雅眸色明亮，有点失望地轻声道："他啊，不知道有多忙。华瑞医药集团邀请他，去昆明调研中草药市场去了。"周辰瑜听了此话，特别开心。此时，陈晓雅不知真相。其实，沈鸿去云南是华瑞医疗集团董事长女儿的盛情邀约。后来，当周辰瑜考上国家部委后，跟陈晓雅开玩笑地称呼这位姑娘为"千金方"，《千金方》是唐代伟大的医药学家孙思邈的著作。当然周辰瑜的重点不在"方"，而在"千金"。"千金方"和沈鸿相识，颇有点意外。"千金方"就读北京华瑞医学专科学校。刚放暑假一个凉风习习的黄昏，"千金方"跟闺蜜到未名湖畔欣赏湖光塔影。"千金方"向路过的风流倜傥的沈鸿问路，她只是想搭讪这位笑起来露出洁白牙齿的大帅哥。沈鸿没有想到这位长相普通的姑娘，竟然是大名鼎鼎的华瑞医疗集团公司董事长的千金，自然另眼相看。"千金方"眸色明亮，笑着恳请沈鸿讲解未名湖畔那些大师们的传奇故事。于是,沈鸿陪她们在未名湖畔漫步,聊得十分愉快。那时候,沈鸿才心想倘若自己不在北京大学读书,必然无缘与"千金方"相识,更不可能侃侃而谈学术大师的传奇故事了。香港著名企业家李嘉诚先生说"知识改变命运"完全正确。不过,沈鸿在学校也是风流人物。迎新晚会,他一首情深义重的歌曲,收获了一大批女粉儿,追求他的女生从日本首都东京排到泰国首都曼谷,覆盖全亚洲四十七个国家,都可以举办亚洲小姐大赛了。对于"千金方"而言,沈鸿确实英俊潇洒,才华横溢,令她春心荡漾。她对沈鸿一见钟情,宛如周辰瑜看到陈晓雅时内心的电闪雷鸣,风雨涌动。于是,在"千金方"糖衣炮弹的狂轰乱炸下,沈鸿的内心世界宛如前线战场般被炸得千疮百孔,不由自主地接受了"千金方"的好。从此以后,两人便开始了你侬我侬的沟通交流。两人宛如深陷沼泽,越陷越深,淹没了自我。沈鸿自然而然疏远了远在千里的陈晓雅。距离产生美,距离也产生了孤独,需要心灵的慰藉,"千金方"轰然闯进了沈鸿的心里。

"晓雅,你确定沈鸿去昆明,身边没有其他女孩?"后来,周辰瑜嬉皮笑脸地攻击道,却没有想到一语成谶。

陈晓雅看着一脸坏笑的周辰瑜,一脸不屑,淡淡道:"不会的。"众星捧月的陈晓雅十分自信,没有失去爱的风险,沈鸿的山盟海誓已经冰封了万里雪飘的寒冷,陈晓雅心里永远春暖花开。

周辰瑜本想通过揭露大部分男人花心的属性,重创陈晓雅对沈鸿的信任。但是最终因为自己也是男人,这不是说自己也花心吗?于是"男人都花心"这句话惨死在唇齿间。他抬头看了一眼墙上中国画上的奔月嫦娥,感受着陈晓雅的楚楚动人和柔情似水,对唇红齿白的陈晓雅微微一笑,表示认可陈晓雅的说法。陈晓雅心领神会地嫣然一笑,低头吃鲜美香气的臭鳜鱼。空气里面充满了温馨和暧昧的气息,仿佛今夜两人要奔月。只是两人都没有想到,半年后嫦娥四号探测器,首次成功着陆在月球背面,探索月背之谜,实现了周辰瑜实现不了的梦想。

13

8月上旬,火热的校园里面,学生不见影儿,周辰瑜依然挥汗如雨地奋斗。周瑜新区也在热火朝天的建设中,复华城的喧嚣声轰轰地震动周辰瑜胸膛的心弦,争分夺秒地发展与崛起,这是民族复兴的声音。前进,构成了新时代的主旋律。

这一天傍晚,蝉鸣深深,夏意正浓。周辰瑜品尝孤独滋味,心里思念父母,准备回瑜城在家里纵情书海。宿舍里面,电风扇送的凉爽的风,让哼唱Susan演唱的《你的万水千山》的周辰瑜,感觉比较舒服。他看着对面甲骨文公寓楼深红色墙体,心想无论如何在新时代都要走遍千山万水,待到白发苍苍衣锦还乡时,还有点故事可以吹吹牛,否则活着有何趣味呢!只是随着瑜城城市的蓬勃发展,周庄将彻底在地球上消失,周瑜新区异军突起,想"还乡"都没有"乡"可还了,乡愁将何处寄放。周辰瑜感到有点遗憾,但也无可奈何,毕竟这是历史发展的必然。倘若爷爷活在人间,一定会非常高兴这一历史巨变。

这些天日夜兼程的复习,让周辰瑜有点疲倦,他闭上了眼睛,酣然入睡。醒来时,侧头看见手机闪烁绿光,提示有新的微信消息，是王艺芸发来的自拍短视频。视频里面一袭白裙的王艺芸落落大方，满脸笑容，正在参加瑜城上海商会联谊宴会。举办宴会的浦东大酒店辉煌华丽，出席的嘉宾都是瑜城有头有脸的人物，周辰瑜没有入场资格。龚副市长点头哈腰向王艺芸举杯敬酒，王艺芸也热情地碰杯。龚副市长和蔼可亲皱纹如花，一改在下属和老百姓面前高高在上的姿态。因为新阶层的王艺芸，才是他需要密切联系的群众，至于群众，那是基层领导的职责，和他十分遥远。

周辰瑜起床后，好奇地问道："什么活动，这么高大上？艺芸，你今天真漂亮。"周辰瑜点击微信语言，传来王艺芸悦耳的声音："周瑜新区上海招商会。"周瑜新区作为复华省的名片——人工智能产业基地，在中国占有一席之地，焕发出勃勃生机。复华省、工业和信息化部都十分重视周瑜新区的建设，领导们三番五次视察工作。电信运营商、商业银行和互联网公司，纷纷落户周瑜新区。全国语音呼叫中心接二连三地拔地而起。瑜城已经顺利进入百强市，在复华省电视台做了人工智能产业蓬勃发展的专题宣传，市委书记唐君和一帮瑜城企业家进行了精彩对话，显示屏公司创始人夸下海口："请唐书记放心，我们的显示屏三年内超过三星显示屏。"网上有很多评语，说："这个市委书记是实干家，瑜城的发展必将更上一层楼。"千科集团也遇到了千载难逢的发展机遇，王土董事长全力以赴应对房产项目的公开招标，大肚子都瘦了好多，连酷似"小乔"的女友都无心照顾了。可惜的是，绝大部分项目千科集团都落选了，只获得周庄西南一块地皮的开发权。郁闷的王土开奔驰车去复华城，拜访郑阳副主席寻求帮助，故才安排心腹大将王艺芸参加招商会。郑阳副主席也十分为难，瑜城的管理越来越规范透明了。唐君书记也不是他的人，而且此人公正公平，干事创业热情很高。

周辰瑜回复了一个"哦"字后，便突然莫名地伤感了，他想起了周庄那棵沧桑的老槐树，那是1978年周庄实现家庭联产承包责任制，心情异常愉快的爷爷栽下的，那时候周辰瑜还没有出生。这棵老槐树见证了周庄改革开放四十多年的历史沧桑和辉煌。从茅草屋、瓦房、平房到高楼林立和一幢幢别墅。一个崭新的周瑜新区轰然而起。记忆深处，老槐树下荡漾着周辰瑜儿时的欢歌笑语，还有爷爷洪亮的"不要爬树，小心摔了"的关爱声。"一庄之主"的爷爷以前参加过游击队，承包过周庄梨园，是周庄有名的能人，七十六岁那年得了胃癌。周辰瑜的眼睛湿润了，仿佛回到小时候温暖的岁月，王艺芸也在老槐树下一起捉迷藏。王艺芸家离周庄的距离并不远，小时候两人也经常见面，只是印象不深。王家庄，现在也发生了翻天覆地的变化。

半个小时后，王艺芸告诉周辰瑜，她明天回瑜城，邀请周辰瑜聚聚。周辰瑜真的想家了，爽快地答应了。于是第二天清晨，他行色匆匆地乘动车回瑜城，一路上乡愁浓郁。王艺芸也从繁华的上海，开车回山清水秀的瑜城，路上心情愉悦，憧憬着约会的欢乐。她要给周辰瑜一个意外的惊喜。

夕阳笼罩瑜城，王艺芸突然发微信跟周辰瑜说，明天是她的生日，他必须陪同。周辰瑜也没有心情在书海里面邀游，他感到王艺芸的生日真的很及时。于是次日黄昏，带着兰蔻化妆品，去瑜湖旁的湖畔酒家给王艺芸过生日。周父的恋爱基金挽救了周辰瑜的体面，他穷得只剩下"书生"两个字了。那时候，王艺芸刚刚认识一位相亲对象——国内知名上市企业——檬阳奶业股份有限公司副董事长——四十五岁的刘彦洪。倘若血压偏高的周父，知晓此事，血管会瞬间破裂，喷射的血液能够汇成一幅浓墨重彩的水彩画，用生命染成的绘画绝对令人震撼。这个世界又多了一位大师级画家，比凡·高还要出名。不过，王艺芸特别喜欢周辰瑜这幅初春季节的山水画，而刘彦洪是成熟的秋季景色，她并不是特别喜欢。周父受伤的心灵，似乎能够得到一点儿安慰。

湖畔酒家就在瑜湖南岸高楼耸立的步行街入口处。王艺芸打扮得花枝招展，宛如大学生般的感觉。她穿着绿色T恤和黑色紧身裤，将身材凸显得曲线玲珑，在步行街那回头率高得吓人。在湖畔酒家装修淡雅的包间里面，肤白貌美的王艺芸非常开心地接受了周辰瑜的生日礼物。两人点了鱼火锅。吃饭时，两人四目相视，笑容满面，有着浓浓的恋爱感觉。周辰瑜吃得十分开心，享受了不少瑜湖鱼虾，还有瑜山羔羊肉等美味佳肴。周辰瑜对王艺芸有着淡淡的好感，不那么强烈，故十分放松地侃侃而谈复华大学的趣事、新闻娱乐八卦等。两人都喜欢青年女歌星Susan，对Susan的感情状况颇感兴趣。而王艺芸对这个清秀英俊的老同学，却情有独钟，她也聊起了叔叔王土和千科集团的事情，让周辰瑜非常佩服王土。两人聊得比较happy。

吃完饭，王艺芸大方地付了款，笑道："谢谢你陪我过生日，我请客。"周父的恋爱资金已经消耗了一大半，周辰瑜自然喜不自禁，心想："反正艺芸有的是钱。"倘若周父知道此事，肯定又喜又惊，喜的是两人终于有了实质交往，惊的是周辰瑜如此愚蠢，如此吝啬，该大方时不大方，没有周母精明能干的基因，跟自己有一拼，都是糊涂虫。

吃完饭后，两人行走在湖畔步行街的夜风里，步行在满天星辉的夜色里。两人来到了湖花岛电影院，在幽暗的电影放映厅第五排相依而坐。电影《大偷家族》悬念迭起，幽默而搞笑，两人笑得十分开心。不知何时，王艺芸将头靠在周辰瑜的肩膀上，周辰瑜嗅到了秀发的淡淡香味，静静地享受着愉悦的亲近感觉。王艺芸牵他的手的时候，一阵凉凉的感觉传遍全身。突然间，他有着心动的感觉。他轻轻抚摸王艺芸柔软的手指，不想放开。王艺芸确实给周辰瑜一个大大的惊喜。那时那刻，周辰瑜恍如一梦，仿佛王艺芸就是他的女朋友，虽然他依然无法忘记摘不到的星星——陈晓雅，但是眼前的一切是那么温馨而温暖。他喜欢这种愉快而舒服的感觉，让心灵瞬间沦陷。

　　晚风凉送月色皎洁，散场后两人并肩走在霓虹闪烁、人影稀少的步行街，小声欢乐地诉说心里的情愫，街灯的灯光也变得浪漫朦胧。路过周父工作的瑜城市教育局图书馆的时候，周辰瑜想起电影《大偷家族》的故事情节，呵呵笑道："小时候，我偷过书。我是买一本，偷一本，将书藏在裤腰带里面带了出来。"王艺芸爽朗地笑道："难怪你学习成绩那么好，原来都是从你爸爸的图书馆偷来的啊！"周辰瑜看着沐浴在月色里面步行街楼房的霓虹汉字，也哈哈笑了起来："我爸是教育局图书馆，我偷的是新华书店的书。"

　　王艺芸笑道："我小时候也偷过叔叔家的小白兔奶糖。"周辰瑜开玩笑道："我们两个都是小偷啊！"王艺芸突然挽紧周辰瑜的胳膊，哈哈笑道："我们就是小偷家族。"周辰瑜心里想离开王艺芸，但胳膊在外，君命有所不受，死活不愿意保持距离，反而越贴越近。

　　夜深时分，王艺芸开着奔驰车送神态疲倦的周辰瑜回家。周辰瑜死活不愿去王艺芸家的别墅，他怕控制不着自己，犯下不可饶恕的错误。他还不想这么早就结婚生子。王艺芸也没有这个心理准备，她还要继续考察周辰瑜。轿车离开了瑜湖畔，远处湖花岛别墅的灯火隐隐约约在夜色里面闪烁，显得美丽而朦胧，王艺芸开心地说："这次中央生态环境专项活动，没有将复华省作为重点，湖花岛别墅算是逃过一劫了。要不然我们家投资的五千万元就打水漂了。"凉爽的晚风，呼呼地吹拂着周辰瑜的脸庞，空气清新而潮湿。周辰瑜看着王艺芸白皙的脸庞，问道："你们违建了啊？"五千万对于周辰瑜而言，那是天文数字。

王艺芸叹了一口气道："也不是，只是多占了一些地皮，审批手续正在补办之中。我们以前都是这么干的，也没有出过事情。而且郑阳伯伯打过招呼了，没有什么问题。"

周辰瑜哦了一声，他确实不懂商场上的事情。他相信有权有势的王土，有能力解决这点小事，不过湖花岛的别墅确实宛如江南的烟雨，美不胜收。

14

昨夜周辰瑜跟王艺芸玩得太晚了，非常疲倦，睡了整整一个白天。周父陪同唐君书记去小乔县调研生态文明建设去了，周母依然在麻坛上纵横商战，乐不知疲。傍晚时分，周辰瑜走出家，来到人群熙攘的街头，准备打车去谱渡寺拜访宏益法师，请教人生发展的问题。

落日的余晖，染红了瑜城大街小巷的楼房。繁华的街景令人陶醉，空气的热浪一波一波地荡漾着汽车的鸣叫声，扑面而来。街道两旁枝繁叶茂的香樟树，树叶哗啦啦地翻飞，两棵树中间是五颜六色的广告牌。周辰瑜觉得瑜城焕然一新，宛如清新脱俗的小乔，出落得楚楚动人，比复华省省会城市——复华城更漂亮，更新一些。周辰瑜走进小乔便利店，买了一根檬阳雪糕舔食，"檬阳"是王艺芸相亲对象刘彦洪副董事长任职的檬阳公司的品牌，味道非常不错，周辰瑜好好享受。周辰瑜走出便利店，看见街边广告牌上湖花岛别墅群的宣传语——花开雨暖，美好的记忆藏在湖花岛里。好一个"藏"字，令人想起汉武帝"金屋藏娇"的故事。周辰瑜扑哧一笑，心想："王土还挺有创意，不愧是瑜城市作协名誉主席。瑜城文坛就没有人才，能够想出令人浮想联翩的广告语，包括瑜城著名散文家——父亲。"

十天前，瑜城市文联、作协、音协果断出手，"作协名誉主席王土诗歌朗诵演唱会"落下了帷幕。此乃是瑜城百年来的文化盛事，《瑜城简史》上绝对能够留下浓墨重彩的一笔。主编周父心中盘算，准备让王土捐钱出版修订版《瑜城简史》。如果不捐款，这一笔就一笔勾销了。王土诗歌朗诵演唱会，复华省不少名流大腕友情表演，还有韩国不出名的明星也来凑热闹，当然都给了厚厚的一沓钞票，否则就不想"串"了。瑜城市政界、商界和文化界，有头有脸的重要人物，约一百人参加了朗诵演唱会，轰动一时。比王母娘娘的蟠桃会，还要热闹三分，只是少了孙悟空大闹天宫这出戏。王土的声誉和影响力在瑜城空前绝后，当然这是money的功劳，否则盛会难现。

当时，坐在第一排的郑阳副主席，面露微笑，欣赏舞台上舞蹈的奔放和深情。瑜城市领导依次而坐。可惜市委书记唐君由于参加复华省省委紧急会议，没有出席盛会。龚副市长俨然一副老大派头，代表市委、市政府，发表了热情洋溢的致辞，强调一如既往地支持民营经济发展，尤其推进文化强市建设，并对王土的诗歌赞美了一番。王土却郁郁寡欢，这次精心准备的戏是唱给"主角"——市委书记唐君听的，让他见识自己的才华和实力，却百密一疏，没有想到"主角"缺席了，算是另一种形式的"大闹天宫"了。王土心乱如麻，看着第一排端坐的郑阳副主席，内心一阵一阵洼凉洼凉般的感觉，毕竟政协副主席的"含权量"已经到了枯水季节，难以奔腾不息了。

郑阳副主席亲自为王土站台，就是最大的支持，都要给点面子给他。这也是他最后的光芒了，再过八个月，就要退休了。朗诵演唱会结束后，郑阳副主席乘黑色的奥迪车去谱渡寺了，他心事重重。慈眉善目的宏益法师亲自点燃一束香，递给郑阳副主席，祈求平安顺利。郑阳副主席语气凝重地说："王土不听我劝，非要举办这个演唱会，这样不好。罢了，罢了，是福不是祸，是祸躲不过。"宏益法师沉默不语，达到了不动心起念的境界："凡所有相，皆是虚妄。"他心想："你们的事情，都是你们的因果。与佛与我何干。其实，心即是佛，拜佛就是拜心，心坏了，外求拜佛有何用。"

郑阳副主席上香后，抽到平安富贵的上上签，心情愉悦地笑道："这是天意啊！"宏益法师满脸慈祥地说："您大人有大福，福报多多。"宏益法师对每位布施的香客都是如此言语。郑阳副主席笑得十分开心。后来，郑阳副主席来到接待室，他希望摘下墙壁上那张有他的合影照片："我要退休了，希望这个世界把我忘记。"宏益法师摘下时，心里有着隐隐约约不妙的感觉，他觉得郑阳副主席可能会落马。临走时,郑阳副主席站在寺庙大门,喃喃自语道:"王土……商人嘛,也就那个境界。"郑阳副主席的话,令宏益法师印象深刻。他心想:"因果律,这是天规,谁也逃不掉。"

宏益法师跟周辰瑜说王土的故事的时候,周辰瑜只是静心倾听,他不关心千科集团的荣辱沉浮,这和他没有什么关系。两人睡在床上,小声聊天。那时候,夜色已深,瑜山寂静,月光空空地静照谱渡寺的院子里面,鸟儿的鸣叫声清晰传来。后来,宏益法师感慨道:"人世间,一切如梦幻泡影,如露亦如电,世人又为何那么执着功名利碌呢!"周辰瑜笑道:"活着需要能量支持,活着就要奋斗,否则让人瞧不起,没有办法啊!"

"是啊!但要遵循大道之法,多做善事,才有福报。"宏益法师继续说,"辰瑜,你说的'人生如花,必然受苦,必须盛开'这句话是对的,这是事物发展的必然规律。"

周辰瑜笑道:"每当我看书注意力难以集中的时候,我便默念这句话,我安慰自己必须受苦,才能盛开,心就安静下来了。"

"那就好。静能生慧。"宏益法师高兴地说,"辰瑜,你天资聪慧,好好发挥本来具有的智慧,果自然成。"

周辰瑜嗯了一声,说:"您说过因上努力,果上随缘。可是,我永远也做不到果上随缘。"

宏益法师笑道:"真正能够做到'果上随缘'的人,那是开悟之人,寥寥无几。我只是希望你经常思考这句话,有所领悟就可以了。不过,你要好好努力,争取考上国家部委,为中华民族伟大复兴做点有益的事情。"

周辰瑜苦笑道:"现在硕士多如牛毛,毕业能够找到一份好工作,已经心满意足了。为中华民族伟大复兴而努力奋斗,有点志向高远了。"

宏益法师笑道:"辰瑜,你理解狭隘了,把自己和家庭搞好,就是为中华民族伟大复兴事业做出贡献了。"

这个月光皎洁的夜晚,两人聊了很久。宏益法师也聊起了王艺芸,他告诉周辰瑜,王艺芸是这么评价他的:"在瑜城中学同学里面,只有周辰瑜朴实踏实,努力肯干。如遇良机,以后能够成就一番事业。"周辰瑜愉快地笑出声。宏益法师劝说道:"艺芸这个姑娘不错,虽然性格有点强势,但本性善良,顾家,你要好好珍惜。"

15

为了周辰瑜的就业,周父权力的"触角",一直没有停止向更大的空间搜寻,在伟大导师周母的革命军事斗争理论指导下,超越瑜城的"三维时空",终于逮住了平行宇宙遨游的座头鲸。而周辰瑜走的是另一条人生道路,那就是依靠自己,艰苦奋斗,努力向前。父子之间价值观迥异,自然经常斗嘴。

座头鲸就是周辰瑜的堂哥——新夏集团党组成员、董事长助理周新林。一个月前,央视财经频道采访周新林,在瑜城的"三维时空"引起轰动。这是瑜城人的骄傲,更是周庄人的莫大荣誉。儒雅而睿智的周新林,侃侃而谈世界贸易形势,他头头是道地分析道:"如果有病毒、战争等黑天鹅事件,世界经济发展,会充满诸多不确定因素,国际贸易也会受到巨大影响。"当然,那时候周新林并不知道会暴发新冠疫情和俄乌战争，对世界经济影响非常大。两年后，周新林也惊讶自己竟然蒙对了，吓得不轻，因为中国经济学家每次都蒙错了，还以为自己是聪明绝顶的预言家。

周新林才气逼人，影响力巨大。瑜城市委书记唐君同志认为周新林博士能够提升自己在瑜城的权威，显得自己也才华横溢，毕竟近朱者赤，近墨者黑。于是一个星期前，唐君书记亲自邀请周新林给市管干部，做了一场新时代经济形势分析和国际贸易趋势的专题讲座。周父也幸运参加了这场载入《瑜城简史》的盛事，暗下决心修订《瑜城简史》时，一定要添加此事，即使不给一分钱赞助费。周新林的待遇果然不同于瑜城首富王土，王土需要捐大款。

瑜城市电视台台长见市委书记唐君同志出手了，也慌忙抛出橄榄枝，三顾茅庐，终于获得了周新林的芳心。电视荧屏上，穿白衬衣的周新林讲话儒雅亲切，圈粉无数。周新林还调侃瑜城第一美女主持人："如果特朗普总统观看了李小芽的节目，全球贸易可能就一片温柔了。"这句幽默话竟然成为瑜城新闻界捕风捉影的娱乐大事，有的标题为："一片温柔的贸易才是贸易？"还有的标题是："一片温柔的贸易不温柔"。非常夺人眼球，令人内心一片温柔。周父在瑜城教育局图书馆被尊称为"温柔馆长"，无比美好般的感觉，令周父喜不自禁。图书馆员工开始传言周父马上将升官了。不过，令周父十分开心的是：龚副市长跟在新林小哥后面打圈圈儿，想拍马屁都拍不上，周新林懒得搭理龚副市长。因为唐君书记打过招呼，龚副市长的为人，周新林也有所耳闻。

周父的大脑里面早已燃起熊熊大火，并且浴火重生，很快奇迹便诞生了——他夜袭了住在瑜城大酒店的周新林。周新林也特别爱面子，听了周父的需求，当场表示会尽全力帮助周辰瑜。周父开心得宛如牵了年轻周母的纤纤玉手。但是周父自己想升职为瑜城市教育局副局长的心愿，闭口不提，因为周父想把最好的资源都给周辰瑜。

所以当周父说"新林小哥已经答应帮你解决就业"这句话的时候，周辰瑜高兴得掉了筷子。刘备论英雄时掉了筷子是内心十分恐慌——担心曹操要了他的性命。而周辰瑜掉了筷子是万分欢喜，他满面笑容地大声道："如果新林小哥愿意帮忙的话，那就太好了！"他恨不得立刻亲吻周父一顿。周父也觉得自己做了巨大贡献，感觉此次非常"有用"，得意洋洋的笑容在脸上泛滥成灾，从此摘了"无用"的贫困户帽子。

周辰瑜从复华大学回瑜城城南花园小区家里的那三天，劳苦功高的周父，一直想跟周辰瑜促膝夜谈。宏益法师打电话跟周父说："辰瑜给王艺芸过生日了，两人有戏。"周父这才发现儿子够机灵，宛如共产党的游击队神出鬼没，他心想这么大的事情竟然不主动跟他汇报，可谓没有把自己当作知心朋友。周父决定要跟周辰瑜好好聊聊，改善父子两人的关系，却异常开心。当然，这都是王艺芸家的钞票在周父心里发生的化学反应。周父认为儿子和王艺芸应该有故事了，年轻人精神旺盛，可以理解，心里更加欢喜了。

周辰瑜从谱渡寺回来后，便准备回复华大学，继续挑战千里挑一。吃晚饭时，周辰瑜对心情愉悦的父亲说："我准备明天回学校。"

周父吃了一惊，喝了一口鱼汤后，劝说道："你妈妈明天就回家了。"

周辰瑜皱了皱眉道："周学进，研二就考上了省交通厅。我再不努力，亲戚朋友们就看扁我了。"这两天，街坊邻居们都关心地询问周辰瑜的就业情况，让周辰瑜心惊胆战，压力倍增，慌忙撒谎说已经有了意向单位，但还没有最终确定。其实，周辰瑜没有一个意向单位。有街坊邻居羡慕地说："辰瑜，有新林小哥，工作不用愁。"周辰瑜一脸尴尬，心想赶快回学校努力奋斗，一定要找份好工作，否则丢脸就丢大了。

周父嗯了一声，表示同意儿子回学校。他已经在脑海里面反复温习与周辰瑜促膝长谈的方案。

注定这一晚是硝烟四起、内心碰撞火花的夜晚。吃完饭后，两人躺靠在客厅的沙发上边看电视，边聊天。周父见缝插针，抛出了谈话的重点："辰瑜，前天晚上，你给艺芸过生日啦？"

周辰瑜知道是宏益法师泄的密，笑着说："是的。艺芸邀请我，我要给这个面子。"

周父露出愉快的笑容。于是，两人你一言我一语相谈甚欢。后来，周父故意触碰到核心的婚姻问题。由于周辰瑜心有不甘，还念念不忘陈晓雅，故咕咕哝哝地小声嘀咕道："唉，美中不足，艺芸有婚史。"

周父眉头一皱，他嗅到了儿子反对的味道，心里有点郁闷。周父斜眼看了一眼周辰瑜，微笑地劝说道："有婚史，也没有什么，现在很多大学生不都同居嘛，跟结婚有什么区别呢？辰瑜，你可不能迂腐啊，要看到婚姻的本质。"周父心想婚姻的本质就是股份制公司股权投资的关系，却没有想出用什么合适的词语能够让痴愚的儿子听明白。

周辰瑜听了"迂腐"两个字，心里十分不爽，因为从小到大有很多人都说他有点迂腐，这叫哪壶不开提哪壶。他有点不耐烦地撑道："婚姻的事情，我心中有数，您就别管了。"说罢，他两腮气鼓鼓的，宛如青蛙鼓起来的肚皮，露水可以悄然滑落。

"你心中有什么数。"周父怒道。父亲的权威被挑战，周父心里十分不爽。但想到"子不教父之过"，故克制情绪，压低声音，又温和地利诱道："辰瑜，艺芸有多少人都求之不得啊！就说这王土，不仅在瑜城和省城复华城，即使在首都，也有影响力。对你以后的前途，很有帮助。"

周辰瑜想"依靠自己"，与周父的思想存在重大分歧。因此，不耐烦的情绪飙升起来了，但尊敬父亲的情感缓解了这种情绪，他声音放缓道："爸爸，您说的道理，我都懂。我心中真的有数，您就别管了，好吧？"说完，便从沙发起身走进卧室，打开灯后躺在床上刷抖音，气还没有消下去，觉得父亲十分烦人。

周父郁闷地关掉电视，走到走廊处仰望星空，点燃一根香烟，让怒气在香烟烟气里面缭绕。周父不希望儿子重走他的老路，他任劳任怨、精益求精地干工作，多年来却稳坐钓鱼台，级别纹丝不动，直到瑜城市原一把手退休二线多年，才可怜巴巴地升职为图书馆馆长助理。而郑阳抛弃了楚楚动人的周母，娶了相貌平常的原一把手的小女儿，两三年时间便提拔一次，混得风生水起。郑阳能力也非常强，为瑜城市发展做出巨大贡献，最后升职为复华省政协副主席。

普通平庸的周父，宛如大文豪苏轼的词《念奴娇·赤壁怀古》"早生华发，人生如梦，一樽还酹江月"那样，似乎看透了人生。周父的思想已经发生了沧桑变化。他已经放弃了做大事的理想抱负，踏踏实实地工作，对得起良心就万事大吉了。周父希望儿子能够出人头地，不像自己被人瞧不起。倘若能够利用婚姻，实现人生一次飞跃，那何尝不是一件好事。当然，周父也不希望子女的感情是违心的。所以当他知道儿子给艺芸过生日时，心里甭提有多高兴。他认为两人有那种感觉，是天造地设的一对。可是，没有想到，周辰瑜竟然对婚史耿耿于怀，确实比较迂腐。

半个小时后，周父的情绪恢复平静。周父不敢跟周辰瑜发火，倘若儿子牛脾气上来了，他也束手无策。周父反复思考，权衡利弊后，走进儿子的卧室，看着躺在床上打哈欠伸懒腰的儿子，周父满脸笑容，声音非常温和，抛出了宏益法师的良策。周父以情动人，发自肺腑地说："辰瑜，爸爸仕途不顺，也很想为群众多做一点事情，想当瑜城市教育局副局长。你要多跟王艺芸沟通交流，有机会说说此事，只要王土愿意出力，此事八字就有一撇了。"其实，周父对教育局副局长职位有兴趣，但并不必须得到此职位，他已经认命了，不得志就不得志吧！天下不得志的人不计其数，小商小贩也活得有滋有味。

周辰瑜有点怜悯和同情郁郁不得志的父亲，他一口答应道："我会和王艺芸处好关系。您的事情，我全力以赴。"一个念头突然冒出，"您找下新林小哥，跟唐君书记打声招呼，不就行了。"

周父呵呵笑道："新林小哥还要给你解决就业，事事麻烦他，也不好意思。"

周辰瑜立刻萎了，沉默不语，若有所思地望着明亮的灯光，静静地照在淡黄色排满书籍的书架上，心想还是靠自己吧！

事情已经谈妥，周父离开了房间。他在阳台处吸烟，心情愉快地享受香烟甜甜的感觉。他仰望星空，心里祈祷老祖宗周瑜，保佑周辰瑜顺利,以后能够做出一番事业。

卧室里面,周辰瑜跟周母心情愉快地视频聊天,空调窸窸窣窣地送来舒服的凉风,周辰瑜觉得十分凉快。周母因为生气周父不愿意送礼跑官,回娘家待了四天时间了。周母思儿心切,准备明天回瑜城,亲自下厨做美味佳肴犒劳儿子。周母对周父依然怒火中烧,语重心长地说:"辰瑜,你可不能学习你的爸爸,他年轻时性格倔,老了性格依然不改,比以前更倔了。让他托周新林找市委书记唐君,或者送礼给领导。他偏偏跟我对着干,说他一辈子清廉,不愿意求人。唉,再过十年就要退休了,现在不跑,就没有机会了。"

16

9月初的校园,依然酷热难耐。周辰瑜已是硕士三年级,几乎不上课了。蝉在一棵棵浓郁的树上悠闲地鸣叫,学生们的酸甜苦辣与蝉无关。蝉们让盛世繁华和平的气息,一波一波地在校园里面荡漾,但是学生们并不珍惜拥有的安宁和幸福,肆意挥霍青春岁月的孤独、苦闷和欢喜,直到印度尼西亚中苏拉威西省发生7.4级地震死亡了八百多人,他们才深刻体会到活在新时代的中国,是多么美好而幸福的事情,但很快又陷入嬉戏玩耍的汪洋大海里面不可自拔。毕业生们身在福里不知福,沉浸在就业的挫折或喜悦里面,或泪流满面,或得意忘形,或感慨社会冷漠,或赞扬社会充满成功的机遇。

周辰瑜没有这么多复杂多变的情绪起伏,他比较苦恼的是,国考复习效果不佳。这一天傍晚，夕阳的余晖，静静地照射在凉风习习的宿舍走廊处，一片金灿灿的，周辰瑜打电话给前途似锦的高新远。在周辰瑜的心里，英俊帅气的高新远是座头鲸，更是复华大学著名校友，两人的社会地位有天壤之别，仿佛两人已经是不同生活区域的生物——一个是淡水湖畅游的小鱼虾，一个是汪洋大海里面遨游的庞然巨物。周辰瑜担心师哥不理自己了，两人有两个月时间没有联系了，关系也冷淡了很多。周辰瑜怀疑高新远忙碌得已经忘掉了还有一个小师弟这种生物存活于世。反正周辰瑜心里七上八下，忐忑不安。宛如一个九品芝麻官向皇帝汇报工作，哆哆嗦嗦，说不出话，只是他稍能说话而已。不过，在周辰瑜的心目中，两人已经有一道难以超越的鸿沟了，距离比马六甲海峡还要宽。高新远没有贵贱区分，他只是融入了新的生活和工作圈，对过去的朋友较少关心，他们的生死浮沉是他们自己的因果，处理好自己的事情身心已经十分疲倦了。

  周辰瑜内心不安地拨打电话，当一声"喂"的浑厚的声音传来，周辰瑜激动地大声喊道："师哥，您好啊！"周辰瑜声音里面充满了浓浓的校友友情，通过卫星信号扑面而去，他对高新远十分信任，无比崇拜。

  高新远早已习惯校友的恭维，声音波澜不惊："是辰瑜啊，你好啊！全面从严治党越来越严了，后天部里要召开警示教育大会，我把部长的讲话稿，刚刚写完，累死我了。"高新远文笔流畅，深得领导喜爱。尤其，近期喜讯不断，不断有司长给他介绍女朋友。高新远香喷喷的，宛如一只即将要上市的科技潜力股，机构大户都在着急排队购买！

  周辰瑜佩服的声音飙升到了口腔的高声部："师哥太厉害了，

前途无量啊！"最后"啊"的声音，达到钢琴清脆的最高音，特别悦耳，直接穿透两人无形的隔阂墙。

此时此刻，自我感觉良好的高新远，听了"前途无量"四个字，心里畅快得宛如高铁在铁轨上高速行驶，开心得一口能够把琴音咬碎，嘴里却谦虚地说："混口饭吃而已。"接着询问周辰瑜国考准备怎么样了，他也懒得关心周辰瑜的命运沉浮，只是随口一问。只要周辰瑜不提"让他找工作"之类令他头疼的话，一切都好。即使提出也会被委婉地拒绝，他真没有这个本事。周辰瑜言简意赅地汇报了国考的复习情况后，大声请教道："师哥，我现在模拟成绩时高时低，有何秘诀提高解题的准确率呢？"

"多做题，反复做，慢慢就会提高成绩，这就是秘诀。"

"谢谢师哥的指导！"周辰瑜有点失望，觉得这也不是秘诀，师哥有隐瞒的嫌疑，心里有点不舒服。

周辰瑜正准备结束这次通话，高新远突然问道："辰瑜，你认识瑜城的王土吗？"此时，高新远的目光落在淡黄色的办公桌上，躺着一封匿名举报湖花岛违建的信访件。

周辰瑜的脑子宛如高速运转的陀螺，思考高新远为何询问这个问题，担心师哥想要低价购买千科集团开发的房产，自己未必办得了此事，便干脆地拒绝道："师哥，我不认识王土。不过，王土，在瑜城那可是响当当的风流人物，著名的民营企业家。"接着又表示愿意帮助高新远，"师哥，你有什么事情？我可以让我的父亲帮助问问。""问问"两个字神来之笔，留有再次拒绝的余地，仅仅问问而已，甚至没有问，反正留下无限的想象空间，也给高新远留了面子。

高新远不高兴地淡淡道："没有事情需要你办理。他有一封告状信，告到我们部了。"高新远在自然资源部负责综合文秘职责，包括处理信访件工作。著名诗人王土诗歌朗诵演唱会那天，瑜城市委书记唐君同志，到复华省委参加会议也因为此事。一个星期后，市委书记唐君同志因为招商活动，拜访生态环境部有关部门负责人。中午食堂吃饭时，该负责人也聊起了湖花岛别墅的问题，敲打敲打这位老朋友。唐君脸色难堪，表示他的想法是大事化小，从轻处理此事。该负责人微微一笑表示，中央抓环境保护的力度，空前绝后，从轻处理万万不可，可别因小失大，丢了乌纱帽。唐君脸色大变，表示感谢提醒。唐君书记在北京招商访问期间，还特地拜访了他的中央党校青干部同学——新夏集团党组成员、董事长助理周新林同志，希望新夏集团加大对周瑜新区开发建设的金融支持力度。英俊儒雅的专家型领导周新林，开玩笑道："只要你们不报道什么一片温柔不温柔的新闻，我们就会加大对金融扶持力度，如果报道了，那就免谈了。"唐君书记哈哈大笑："这是对老兄最亲切的赞誉啊！新林兄不为家乡做贡献，那就是一点不温柔了。"周新林笑道："对你们就不应该有半点温柔。"

后来，周新林送唐君去首都国际机场乘飞机回瑜城。奥迪车摇上车窗玻璃时，唐君伸出头，突然大声说："你本家图书馆馆长老周是老黄牛式的好干部，他主编的《瑜城简史》不错！"周新林点头微微一笑，并没有说关照之类的言语。他心里清楚，他不说，唐君书记也会关照他的堂叔。当然，这一切周辰瑜并不知晓，他准备跟王艺芸说，希望王土为这头"老黄牛"的前途出把力。

听闻著名民营企业家王土被告了，周辰瑜暗暗吃惊。他眉毛一挑，正准备询问犯了何事，却被"你的家人朋友亲戚认识王土吗"这句问话突然打断了。高新远异常警觉，担心周辰瑜泄密会给自己带来麻烦，防人之心不能无，毕竟对周辰瑜的关系网并不是知根知底。高新远暗暗责怪自己失言了。

高新远的语气惊吓了周辰瑜，他不由自主地撒谎道："他们都不认识王土。"潜台词是"我没有一点危险，你可以放心大胆地告诉我"。

高新远如释重负，脸上露出浅浅的微笑，窗外的天空今天没有雾霾，一眼能够望到远处朦胧的香山山峰，汽车的轰鸣声隐约传来，北京城有条不紊地运转着。他若无其事地说："湖花岛部分别墅违建了。"说完后，便反复叮嘱道："辰瑜，这个事情一定要保密，不准跟任何人透露。要不然……"高新远故意放缓语速，让周辰瑜掂量掂量，倘若泄密，就是"对你就不客气，永远绝交"诸如此类的言语。

周辰瑜被"要不然"三个字震慑了，慌忙道："师哥，放心吧！我，你还不了解，绝对忠诚大哥的。"

高新远嗯了一声，依然放心不下，他恨自己说话不谨慎，但考虑周辰瑜也不会造成任何危害，心里顿时轻松多了。

两人又聊了一会儿，便挂了电话。周辰瑜毫无心情，没有回自习室看书，他十分疲倦，回宿舍躺在床上休息。阳光静静地从阳台照射到宿舍里面，温馨而安静，闹钟的秒针在嘀嗒嘀嗒地证明时间在悄声无息地流逝，生命在走向消失的道路上而不自觉。周辰瑜已经答应了高新远，对王土被告状的事情保密，如果泄密良心过意不去，但不了解保密的相关纪律规定的周辰瑜，又觉得泄密了，也不是什么大不了的事情。周辰瑜认为高新远不会知道此事，一切都是安全的，不会对高新远产生任何影响。况且自己和王艺芸的关系更近，他有义务保护她。于是，他拨打王艺芸的手机号码，耳旁响起了Susan熟悉的歌声。王艺芸听了后，大吃一惊，有点慌张地问道："辰瑜，你知道是谁在告状吗？"

"不知道。高新远没有说。他打招呼，不让我跟任何人透露，我现在也不好再询问了。"

挂了电话后，王艺芸迅速向叔叔王土汇报此事。千科集团上海总部，王土坐在真皮椅子上，颤巍巍地点燃了一支雪茄。过了一会儿，王土额头上沁出了细细的汗珠。一场风雨可能来了。经过反复思考，他决定拨打郑阳副主席的手机号码，想听听郑阳副主席的建议和指示。

17

9月中旬，复华城飘起了淅淅沥沥的小雨，天气变得凉爽起来。风儿翩翩起舞掀起学生的衣角，让雨儿凉凉地亲吻肌肤。这样的天气特别适合泡杯茶，在教室戴着耳机惬意地看书，荡漾在波澜起伏的音乐声里沉醉。宽敞明亮的自习室里面，复习国考的学生骤然增多。黑压压的一片，宛如非洲大草原啃草的牛群。经常一座难找，"鸠占鹊巢"的事情屡禁不止，安心下蛋的地方都找不到。所幸大家不是雄壮有力的斗牛，故没有发生碰撞的激烈行为。尤其那么多姑娘在场，男同学总要表现温文尔雅的绅士风度，即使心里恨得咬牙切齿。当然，男同学更害怕校规的惩罚，要不然肯定用拳头征服，跟牛用牛角解决战斗差不多。

周辰瑜宛如"孔乙己"是"咸亨酒店"的老主顾。学生们都知道自习室靠窗边的座位是穿黑色大衣的瘦高子——"孔乙己"的专属座位，无人抢占地盘。因为桌子上摆满了书籍，强行挪开必然引起纷争。周辰瑜的块头，令人不敢轻易挑战，他毕竟是年轻的雄牛，狮王也要顾忌三分。

周辰瑜经常为唇红齿白的陈晓雅占位，她的脸蛋比以前更加丰韵了，秋季果然是成熟的季节。两人坐一排看书，难免有胳膊的接触。其实，这是周辰瑜创造的机会，宇宙中两个星球还会擦肩而过，何况陈晓雅的引力大于银河系。尤其，窗外雨声淅沥的时候，温馨的天气，让两人突然挨得很近，温暖如春般的感觉。周辰瑜的心沸腾了，胳膊上的细菌也沸腾了，纷纷抓着星际恋爱的重要机遇，来了一次大迁徙运动，成功实现了大融合。如此沧桑巨变，两人毫不知情，沉浸在"同桌异梦"的看书之中，可谓是沉醉不知归路。连细菌都感慨道："近在咫尺，却遥隔千里。"其实很多时候，周辰瑜在战场上纵情驰骋，已经忽略了身旁还有一位貌美如花的考友，也没有感觉自己正在缥缈的宇宙里急速旋转。甚至忽视了秋风染黄了复华大学那些参天古树的树叶纷纷扬扬，翩翩起舞，演绎着生命的一岁一枯荣。"奋斗"两个字在心头激荡澎湃，任凭脑细胞们英勇地战死了一大堆又一大堆，宛如瑜湖浪花卷起的千堆雪。每当复习劳累疲倦之时，周辰瑜便默念"此生如花，必然受苦，必须盛开"这句话，激发自己的斗志。周辰瑜认为受苦是人生常态，盛开那是一种必然。其实人生处处受苦，也处处盛开，这是周辰瑜尚没有领悟的生命常态，他只是像"孔乙己"般经过光顾"咸亨酒店"，奋斗的酒意人生应该如此。只是"孔乙己"神情黯然，而周辰瑜勇往直前。

陈晓雅也受到周辰瑜奋斗"酒香"的影响，也成了"咸亨酒店"的老主客。沸腾的不仅仅是细菌，还有眸色明亮的男学生们。他们目不转睛地看着陈晓雅，享受着美的心灵震撼。很多学生误认为周辰瑜和陈晓雅是男女朋友关系，有的小声开玩笑道："小两口又来看书啦！"还有的埋怨道："真的是夫唱妇随，每次靠窗户的好座位，都被他们占了！"当然，周辰瑜经常要驱赶一匹又一匹觊觎雌狮的流浪狮，恨不得在座位三米范围外撒泡尿，标识领地的主权范围。每次他都用犀利的眼神，表达护花领地的不可侵犯："犯我领地者，虽远必诛。"每当此时，陈晓雅都意味深长地向周辰瑜甜蜜地微微一笑，享受被保护的疼爱之情。那种眼眸一笑的感觉，令周辰瑜陶醉不已。

每当两人看书看累了，便到图书馆走廊处的落地窗前休息。夜色朦胧，两人通过厚厚的玻璃，欣赏复华城霓虹闪烁的夜景，别有一番情趣和韵致。两人聊起了戴维公司倒闭的事情。此事在复华大学引起的轰动，比三星堆出土的文物都石破天惊。周辰瑜惋惜地嘲笑道："戴维，怎么这么愚蠢呢，破产了，自己都不知道。宛如在闹市裸奔，还以为穿着皇帝的新装。"陈晓雅微微一笑，露出洁白的牙齿，一副幸灾乐祸与我何干的表情，仿佛脱口而出"活该"两个字。

9月份开学的第一天上午十点钟，复华大学图书馆玻璃旋转门前，戴维接受复华城《青年报》美女记者的独家采访。那时候，人高马大的戴维口若悬河地吹牛，校园共享读书事业，未来不可估量，惹得美女记者频频抛媚眼，恨不得立刻嫁给戴维。只是戴维没有想到一语成谶，果然未来不可估量——一个星期后就轰的一声倒闭了，确实令人目瞪口呆。宛如男足参加世界杯比赛，原想可以进入三十二强。没有想到第一轮小组赛，就踢了两个乌龙球把自己淘汰了，令人哭笑不得。事前戴维一点儿风险意识都没有，因为贪腐成风的大学区域经理们，都谎报形势一片大好，其实只等发完绩效工资后，他们便打算远走高飞，彻底拜拜，只留下脑子狂热的戴维独自悲秋伤冬。

周辰瑜继续嘲笑道："我早就知道戴维会黄的。一个乳臭未干的在校研究生，不踏踏实实地学习知识，瞎胡闹什么啊！他以为自己是不喜欢 money 的马云，踏实智慧的俞敏洪。"周辰瑜瞧不上戴维，认为他不具备企业家的综合素质——不仅要吹牛，而且要脚踏实地。窗外霓虹闪烁，烟雨朦胧，仿佛在演唱戴维商业失败的悲歌。其实，每天都有创业失败的案例，戴维只是波浪中的一朵浪花。

陈晓雅异常开心，毕竟戴维曾经不安好心，令她无比厌恶。她暗自庆幸没有答应做共享读书形象代言人，否则现在的名声毁于一旦。陈晓雅未卜先知，笑道："我早就说过，此人浮躁愚蠢得很。你还说他组织能力强，在学生中出类拔萃。"

周辰瑜尴尬地附和道："晓雅，你说得对。我有眼无珠，戴维就是一个傻瓜。"戴维竟然认为只要公司的兄弟们无私奉献，便可以战胜一切困难险阻。他写了一封让梦想继续窒息的信，其中有一句话被自媒体广泛宣传：他强任他强，清风拂山岗，我自岿然不动。"戴维以为他是金庸笔下的绝世武林高手，只要他岿然不动，公司就会度过此难。周辰瑜认为大势所趋，还如此愚昧，糊涂到家了。就算戴维像冬眠的刺猬般一动不动，兄弟们也不会岿然不动，而是动得稀里哗啦！谁还跟一个没有钱和前途的老板后面混呢！

陈晓雅笑道:"戴维的破产,也充分体现了市场经济理论的精髓要义,有一只无形的手在掌控命运。"周辰瑜联想到自己国考也会失败,对戴维的创业失败,不免有着兔死狐悲的感觉,这是一个自我奋斗失败的典型案例,戴维还不具备企业创始人的基本素质,也没有丰富的企业经营管理经验。他轻轻地叹了一口气,问陈晓雅:"那么在市场竞争里面,我们怎么掌控命运?"陈晓雅微微一笑道:"命运很难掌控,只能顺势而为,才能获得成功。"

三天后,周辰瑜在自习室小声对陈晓雅说:"戴维已经疯了。"原来复华城自媒体报道,互联网巨头 ALMM 抛出收购戴维公司的橄榄枝。戴维却固执己见,舍不得出售,开出的收购价格高得离谱,依然沉浸在"改变世界"的幻想之中,并且尝试各种方法自救。这是一次千载难逢的逢凶化吉的机会,可惜由于戴维的贪婪和愚蠢,让共享读书公司奄奄一息,再也很难翻身了。戴维成了"固执己见、不识时务"的代名词,由同情对象变为被人唾弃的对象,真正成为一个傻瓜。学生们的一声声叹息不绝于耳,纷纷嘲讽道:"此人迂腐至极。"复华大学没追上戴维的小师妹暗自庆幸运气棒极了,否则失去很多,还一无所得,除了得到郁闷的情绪。

周辰瑜总结道:"戴维的失败是必然的,学生能有多少商业和企业管理经验,也无法驾驭复杂的商业运作规律。"陈晓雅冷哼了一声,愤怒道:"他人品不行,一个品行不行的人,干任何事情都不会成功。"可惜两人都不知道如何顺势而为,只能奋力随波逐流。

一天傍晚,周辰瑜听音乐思考人生,独自漫步到柳树成林的校园湖畔。他远远地惊讶地看见憔悴颓废的戴维,坐在湖畔一块巨石上，望着湖面发呆。只见五只白天鹅在欢快地嬉戏，而他孤零零地面对失意的人生，真的达到了"我自岿然不动"的境界。周辰瑜虽然有点同情和怜悯戴维，但也怕见面，觉得十分尴尬，于是准备逃之夭夭了。周辰瑜快速躲进树木茂密的相思林里面，心里得意洋洋地感慨道："戴维果然有痛哭流涕的一天，自己果然料事如神。"周辰瑜对自己的智慧相当满意，千里挑一应该不在话下，他盲目自信起来了。

那时候，胡子拉碴的戴维，深得大清王朝闭关锁国的对外政策的精髓要义，把自己关在学校北门垃圾堆积的出租屋里面，三天三夜未进一粒米饭和一口水。他心如刀割，哭干了眼泪。只是大清朝是块被列强惦记的肥肉，而戴维是狗都不理的坏骨头。戴维无脸见投资人、亲朋好友和同学师长，他们怜悯的眼神能够杀死他。他的心情糟糕到极点，无数次想学习楚霸王项羽乌江自刎的壮举，可他毫无勇气，实在怕疼也怕死，试了几次不敢下手，终于不试了。在生命最后的时光，楚霸王尚有美人虞姬相伴，流淌出千古绝唱："力拔山兮气盖世，时不利兮骓不逝。骓不逝兮可奈何，虞兮虞兮奈若何！"而戴维身旁无一女孩相伴，他也流淌不出千古悲歌，只知道："他妈的，都是那帮贪污腐败的区域经理和主管们害的！"

戴维坐在巨石上泪如泉涌，他恨死了那帮获取利益后便一走了之的下属，他们都在撒谎，他们不会坚持到底。他们早就把戴维扔到爪哇国去了，戴维的死活与他们没有半分钱关系。这个世界就是这么残酷，大家冷淡而疏远。戴维终于领悟了何为世态炎凉，何为痛打落水狗。可惜此时的戴维依然没有醒悟，将失败的原因归结为他人的陷害和客观因素，其实他才是倒闭的最大因素。德不配位，能也不配位，一代学生枭雄悲情地落幕了，周辰瑜也永远不说戴维曾经是他的朋友，除非戴维东山再起，否则戴维人活着但实际上已经死了。

18

9月20日是陈晓雅的生日，对于周辰瑜而言，注定要发生刻骨铭心的事情。作为复华大学校花陈晓雅的"第一备胎"，周辰瑜要体现"首席"的重要作用，认真筹划了两天时间，比对待王艺芸的生日卖力多了。周父赐予周辰瑜的恋爱专项经费再次越轨了，周辰瑜犯了挪用专项资金罪，倘若被周父当场抓住，父子两人可能也会到民政局办理"离亲"手续。

晚上十点半，校园里面月色朦胧，喝了三罐青岛啤酒壮了胆的周辰瑜，捧着十一枝红色郁金香，走在甲骨文公寓凉风习习的走廊处。周辰瑜认为送玫瑰花不符合第一备胎的候补委员地位，子曰："不在其位，不谋其政。"备胎就应该履行好"候补"职责，不越位，要备出水平和境界，真正成为优秀的备胎。于是，周辰瑜购买了象征美丽、永恒开心、真心祝福的郁金香，代表了都有"裸史"的考友友谊常青。送郁金香花，这是周辰瑜处女作。跟人类历史上第一次有记载的金融泡沫——荷兰郁金香泡沫事件有一拼，都是首次。郁金香较好地反映了两人微妙的关系——介于男女朋友和普通朋友之间的模糊地带，宛如介于正处和副处之间的一个档次——二级调研员待遇。

当周辰瑜将郁金花送给陈晓雅，并满面笑容祝福生日快乐的时候，他非常紧张，心怦怦直跳，差点儿蹦出了嗓子眼。太紧张刺激了，这里可是女生宿舍楼。陈晓雅的目光充满惊喜，情不自禁地称赞道："哇，好漂亮的花儿！我还以为是凝凝她们敲门呢，稍等啊。"陈晓雅转身进入宿舍，将郁金香花放在堆满了生日礼物的桌子上。女孩收到的生日礼物，应该跟汉初战神韩信带兵般多多益善，才能体现抢手程度和魅力指数。陈晓雅收到的生日礼物，可以开个便利店了，倘若陈晓雅创业开连锁便利店，全国布局也是指日可待，亿万富妹轰然诞生，比原著名企业家戴威牛多了。不过也带来了个别宿友的嫉妒。陈晓雅走出宿舍的瞬间，周辰瑜听到一个女孩娇滴滴的感慨声："晓雅的朋友可真多啊！"周辰瑜心想那些朋友也许都是备胎，不过只有自己才是官方授权的合法备胎，是复华大学唯一的代理商或者经销商，具有独天独厚的垄断地位。

两人相视一笑，走到甲骨文公寓楼转弯的走廊处，空无一人，窗内窗外月色朦朦胧胧，显得浪漫而多情。两人你一言我一语，小声说话，从小时候过生日的激动喜悦，聊到长大后过生日的既开心又落寂的感觉。陈晓雅咯咯笑道："又老了一岁。"周辰瑜称赞道："可我感觉你又年轻了一岁，如此闭月羞花呢！"陈晓雅妩媚一笑，右手轻轻地捶了一下周辰瑜的胸膛，一双水汪汪的大眼睛含情脉脉地望着周辰瑜。

窗外的明月似乎突然明亮了起来，月光朦朦胧胧地飘浮在走廊里面，陈晓雅的漂亮脸蛋显得更加楚楚动人，宛如一朵不胜娇羞的花儿，尤其那双水灵灵的大眼睛充满柔情蜜意闪闪发亮，空气之中充满着梦幻般的感觉，周辰瑜醉眼蒙眬地看着妩媚迷人的陈晓雅，瞳孔逐渐扩大又缩小，在酒精的作用下，一种神秘的巨大力量使他的脑子一片空白。突然间,周辰瑜猛地将陈晓雅壁咚在墙角处,深情地亲吻陈晓雅的脸颊。陈晓雅脑子一时短路,竟然没有反应过来,满脸绯红地小声抗拒道:"辰瑜,有人来啦!"其实走廊处空无一人,陈晓雅又惊喜,又娇怒,又恋恋不舍。

"对不起,我酒喝多了。"周辰瑜终于松开了浑身颤抖的陈晓雅,小声道,"我的头好晕,我得回去休息了。"周辰瑜转身踉踉跄跄地跑向楼梯,消失在陈晓雅惊讶的意味深长的视线里面,刚才刺激而眩晕的感觉,依然意犹未尽。陈晓雅微微一笑,暗想道:"没有想到斯斯文文的周辰瑜,竟然如此霸道。"陈晓雅四处看看,没有学生看见,也心情愉快地回宿舍上床睡觉。

周辰瑜回到宿舍,又咕噜咕噜地喝了一罐青岛啤酒。对于周辰瑜而言,此时世间万象,如梦如幻,只有一醉方可解愁。靠在床上看书的张子浩侧过头,关心地问道:"瑜哥,没事吧,怎么独自喝酒?"周辰瑜笑道:"喝点酒好睡。"其实他的心里非常难受,也不知道什么原因。周辰瑜不胜酒力,后来迷迷糊糊地倒在床上,钻进棉被蒙头而睡,温热的泪水从眼角慢慢地流出。亲吻的感觉太奇妙了,好想一生拥有,但爱而不得之痛,宛如切肤之痛。周辰瑜也无能为力,只能努力看书,奋斗前途。

周辰瑜酣然入睡的时候,李茂霖依然靠在床头看手机新闻,其中有一句话是:中华民族具有五千年文明,什么风风雨雨没有经历过,还是照样屹立在世界的东方。李茂霖心想祖国强大了,底气十足,周辰瑜还很弱小,于是跟张子浩笑道:"瑜哥酒量不行啊!"张子浩如实说:"瑜哥喝酒伤脸,不能喝。"后来,两人聊起了中美关系,认为两国应该加强合作,共同担负全球更多责任,但是相互竞争也是不可避免。两人对祖国充满自信,相信中华民族伟大复兴，会为全球做出更多贡献。

陈晓雅蜷缩在温暖的棉被里面，脑海里面浮现匆匆而别的周辰瑜，那高大而魁梧的背影令人心生爱慕。陈晓雅心想倘若自己没有男朋友，会重点考虑周辰瑜，虽然他未来未必有大出息，中文专业有几个有出息呢！陈晓雅有点生气，男友沈鸿今年显然用心不够，跟周辰瑜的热烈行为形成鲜明对比。沈鸿只是微信发了生日祝福和"520"元红包。往年沈鸿为了陈晓雅的生日，那是充满罗曼蒂克的气息。陈晓雅认为自己今年不被重视，不被宠爱，越想越生气。于是，拿起银白色的苹果手机，回复微信道："谢谢鸿哥的生日红包。可你不是那么在乎我了，你都没有来复华城看我。"陈晓雅等待沈鸿回复信息，伴随着失落的情绪，直到自己迷迷糊糊地进入了梦乡。

清晨时分，陈晓雅醒了，看到了沈鸿的微信留言："晓雅妹妹，我在深圳出差，无法回复华城陪你过生日，真的非常抱歉。平时复习不要累了，多注意休息。爱你的鸿。"沈鸿不在深圳，他早从深圳飞回了北京。沈鸿撒谎有他的原因。

"你忙我也能够理解，你忙得都没有时间发微信了吗？"陈晓雅一言穿心，心里有点不舒服。沈鸿这段时间投入"千金方"的感情更多了，实习单位项目千头万绪，有意无意，忽略了陈晓雅的内心感受。沈鸿深爱窈窕有内涵的陈晓雅，但他和"千金方"已经同床共眠了。他对陈晓雅的感情深厚，宛如北极永远不会融化的积雪，不过现在随着沈鸿变心，也开始融化了。不过，陈晓雅始终是沈鸿最爱的女人，无人能够替代。他依然想拥有这份感情，甚至有很多次他想跟"千金方"提出分手，但对资本情有独钟的沈鸿始终难以开口。沈鸿感慨回归传统特别必要，古代三妻四妾制度，在解决此矛盾方面就优势明显。如此这般，他就可以随心所欲了。沈鸿恨自己太过于懦弱，家里也过于贫穷，让他经常陷入两难境地。当然，这一切都来源于他的贪婪，他可以放弃财富，选择爱情。

"晓雅，我想你了，想得都睡不着觉。"沈鸿哄道。昨晚他一夜好睡，现在精神抖擞。接着沈鸿又甜言蜜语地说了许多悦耳而动听的言语。沈鸿妙语连珠，不愧是语言学大师，比周辰瑜高几万倍都不止，获得诺贝尔文学奖那是迟早的事情。陈晓雅愉悦地笑了起来，她忘记了之前的不愉快。

陈晓雅有点心疼沈鸿，认为沈鸿为了他们的未来而努力奋斗，确实压力山大，于是跟沈鸿和好如初，并告诉一个好消息："北京映山红证券公司，通知我下周五面试，到时候见面聊吧！"沈鸿非常开心，表示一定好好陪陪陈晓雅。北京映山红证券公司是新夏集团三级子公司，可见周新林权力非常大。

"中国华尔街"——北京金融街面试的那天，学生装打扮的陈晓雅宛如电影里面男人们心痒痒的初恋对象，美丽而清纯。可惜面试考官是一位妒忌心较强的半老徐娘——北京映山红证券公司首席经济学家兼稽核审计部总经理，她曾经是司花，她对女学生不感兴趣，故陈晓雅毫无优势。虽然她风韵犹存，但毕竟是"半老"——"半嫩"的近义词。倘若招聘"全嫩"的陈晓雅，"半嫩"司花的宝座不稳，自己失宠将是必然。"半嫩"对北京大学硕士生的那个小帅哥，情有独钟，恨不得当场签了劳动合同。稽核审计部副总经理是一名三十六岁的男士，特别喜欢"全嫩"，想要招聘过来。面试后被"半嫩"一顿奚落："我们招聘员工要内外兼修，而不是秀色可餐。北大不招，还有天理吗？"副总经理心疼不已，自己尚未婚娶，怎么不可以秀色可餐。事后，偷偷加了陈晓雅的微信，打算追求唇红齿白的江南美女。两人的聊天不咸不淡，副总经理秉承"心急吃不了热豆腐"的务实精神，进入了马拉松赛跑的流程。

　　面试后，沈鸿陪着心情失落的陈晓雅，在金融街大湘湘菜馆，吃了一顿无滋无味的中饭。吃完后，两人在金融街电影院，看了幽默搞笑的电影《一出好戏》。陈晓雅心想今天的面试真是"一出好戏"，她真的很想得到这个岗位，可惜没有遇到伯乐。看完电影后，沈鸿想留陈晓雅多住一夜，明天再回复华城。沈鸿还有一出好戏呢！"千金方"已经约了沈鸿，晚上看电影《一出好戏》，这场戏必须演好，才能无愧于影帝的称号。沈鸿虽然对影帝称号不感兴趣，但是实力不允许啊！情绪低落的陈晓雅拒绝了沈鸿的建议，她想早点回复华城备战国考。她已经购买了晚上回复华城的动车票。于是，两人在复兴门地铁站，挤上了人满为患的地铁。二十分钟，两人来到了漂亮的北京南站，里面人群拥挤，都在为生活忙碌，为前途而奔走。

　　临别时，两人在北京南站二楼13号检票口，紧紧地相拥。陈晓雅的头埋在沈鸿魁梧的怀里，忍不住热泪盈眶。面试失败的打击太大了，这一路走得好辛苦，几乎用尽了全力，她真的太难了。沈鸿心里也非常难受，鼻子酸涩，泪眼模糊。他心疼不已，轻轻地拍陈晓雅柔软的后背，安慰道："晓雅，慢慢来，一定会找到合适的工作，北京的机会多。"沈鸿想到内心的委屈和目前的境遇，也情不自禁地流泪。他也太难了，走得太辛苦。陈晓雅抬起头，强忍着泪水，深情地看着沈鸿，小声说："你别难过啦！我们会有机会的，我们会好的。"沈鸿安慰道："明年我正式入职美林医疗集团,你就来北京,我们一起奋斗,一起生活。我想先积累企业经营管理经验,以后创业做自己的医疗品牌。"这时候,沈鸿特别想娶陈晓雅为妻子。美林医疗集团是世界五百强,声名显赫,陈晓雅面露微笑,嗯了一声,表示愿意夫唱妇随。检票时,两人不免又是一阵伤感,依依不舍,宛如生死离别。两人都是本色演出,演技绝对超过《一出好戏》的著名影星,陈晓雅无愧影后称号——周辰瑜封的,她哭得梨花带雨,伤心欲绝。陈晓雅的一颦一笑都让周辰瑜心醉,可惜他不知道沈鸿有了新欢,否则他不会选择放弃陈晓雅,虽然他内心不甘,心如刀割,但依然在心里接受了这个事实。

夜色朦胧,华灯初上,动车急速在北京城的高楼大厦间飞驰而去。隔窗而望的陈晓雅,不由自主地思念沈鸿,发微信道:"你的胃不好,要注意吃早餐。"她心想倘若沈鸿像周辰瑜那样,随时可以陪伴自己就太好啦!不过,这也不能怪身不由己的沈鸿——"千金方"盯得太紧,严防沈鸿飞越了地月系"二人世界"的轨道。沈鸿回微信道:"等忙完这段时间,回瑜城好好陪陪你。你是这个世界最温柔最贤惠的姑娘,永远爱你。"陈晓雅内心感动不已,喜上眉梢,沉浸在爱情的甜蜜里。

生活本来就是一出好戏,这在沈鸿身上表现得十分明显。在陈晓雅回复华城的动车上,沈鸿和"千金方"牵手漫步在北京海淀区街头,走进电影院,观看幽默搞笑的电影《一出好戏》。沈鸿又认真看了一遍,果然十分幽默搞笑。"千金方"非常喜欢胖乎乎的演员白渤,爱屋及乌地喜欢上肉乎乎的沈鸿。"千金方"依偎在沈鸿的怀里,娇声问道:"鸿哥,你会像电影里面的男主角爱那个女人般爱我吗?"沈鸿轻声细语道:"会的,我会的。你是我心中最温柔最贤惠的姑娘，永远爱你。"台词相似，意蕴迥异。沈鸿对陈晓雅那是发自肺腑的深爱，对"千金方"那是黄金引力的重要作用。沈鸿是当之无愧的百花奖影帝，影帝陈道明、葛优都自愧不如他的演技，真的是一出好戏，演得真的惟妙惟肖。这时候，沈鸿不得不向现实低头，有娶"千金方"为妻子的念头。

陈晓雅回到复华大学后，便默默地来到自习室，一声不吭地复习国考书籍。周辰瑜也懒得搭理陈晓雅，他的心洼凉洼凉的，仿佛已经冰封了。周辰瑜在心里默念："人生如花，必然受苦，必须盛开。"他全力以赴地为自己的前途而努力奋斗，他一直相信会盛开，会面朝大海，春暖花开。

晚上自习室熄灯后，两人在树影婆娑的校园里面散步。晚风轻轻地吟唱，吸入肺腑的全是清新和芳香。流泻如水的月光，舞动着穿着白色衬衣、浅蓝色牛仔裤的陈晓雅的曲线优美，让周辰瑜有着人间仙境的感觉。周辰瑜走在陈晓雅的右边，目光偶尔落在她白得宛如一块美玉的脖子上那颗美人痣，嗅着陈晓雅的秀发散发出的淡淡香味，令他心潮起伏。周辰瑜无意之中触碰到了陈晓雅白皙而柔软的胳膊，一阵冰凉的舒服感觉传遍全身，宛如放电般令人晕眩。陈晓雅善意提醒道："保持一定距离，不准像上次那样了。"周辰瑜口是心非道："放心吧！我今天没有喝酒，上次喝多了，不胜酒力，一时晕了犯了天规，我愿意像天蓬元帅一样贬到人间。晓雅，你不说，我都忘记了。"周辰瑜永远不会忘记强吻陈晓雅，他装糊涂的样子比"冰墩墩"熊猫还要可爱，他心想惩罚的措施最好是陈晓雅再吻回去，而不是贬到人间。陈晓雅笑得花枝乱颤，说："你已经贬在人间啦！"周辰瑜忍不住哈哈大笑。

校园里面一片寂静，树叶的瑟瑟响声随风传来。陈晓雅详细地说了北京映山红证券公司面试过程后，周辰瑜很有经验地得出结论："估计早已经内定了。"此时周辰瑜一次面试机会都没有，心里十分羡慕陈晓雅还有被淘汰的机会。

这个理由让陈晓雅心里舒服："就是，就是。要不是内定，那个女主考官怎么当场说我不合适稽核审计部呢！"周辰瑜拍马屁道："你长得太漂亮了，她心生嫉妒，故意歪曲事实。"

陈晓雅笑道："我猜也是这样的情况。不过，竞争确实比较激烈！"接着，陈晓雅啊呀一声，感慨道："辰瑜，我突然想起北京映山红证券公司是新夏集团的三级子公司，那时候找你的堂哥周新林打声招呼就好了。"周辰瑜埋怨道："你怎么不早告诉我，这不就是我的堂哥一句话的事情。唉，太可惜了，下次记得提前跟我说。"其实周辰瑜心里大吃一惊，暗自庆幸陈晓雅没有想起，否则自己无能为力，脸丢尽了。周辰瑜心里偷偷地乐。

陈晓雅也有点懊悔："已经过去了，算啦！再过两个月国考就要开始了，我们好好准备吧！"周辰瑜求之不得："那我们多交流，共同提高成绩。"这天晚上，周辰瑜的思想也发生了微妙的变化，他心想"三陪"的美好岁月即将逝去，能够陪一天就陪一天吧！即使未来不是护花使者，享受了护花使者的待遇也就心满意足了。于是，周辰瑜情不自禁地说："只要好好努力，我们会有一个好的结果。"陈晓雅边走边说："但愿如此！希望你美梦成真。"周辰瑜的脸上荡漾着愉快的笑容，他也不知道是否能实现梦想，但一直坚持向前走，走向自己的梦中情人。

那晚的月色格外迷人，两人聊得十分 happy，宛如喝了点葡萄酒般微醺愉快。十二点钟，周辰瑜送陈晓雅到宿舍楼门口后，然后哼着Susan的歌曲《择决》，回宿舍休息。善良而可爱的Susan，是周辰瑜最喜欢的女歌星，拥有宛如陈晓雅一头柔顺的秀发。歌词有一句："你选择了我，还是我选择了你。"让周辰瑜动情不已。周辰瑜轻轻地推开门走进宿舍，宿友张子浩和李茂霖正在讨论国家大事——中国申请2022年冬奥会的事情。宿友徐智鹏不回宿舍了，他跟女友陈菲菲双宿双飞了，令李茂霖十分羡慕。周辰瑜非常疲倦，爬上床睡觉，很快就昏昏沉沉地进入了梦乡。梦里，老祖宗周瑜拍了拍他的肩膀，声音洪亮："辰瑜，要一心一意地超越自我，爆发出本来的我具有的无穷无尽的智慧，你就会成功，命运在等着你，召唤着你，陈晓雅属于你。"周辰瑜想起大文豪苏轼赞叹老祖宗周瑜的诗词——"遥想公瑾当年，小乔初嫁了"。心想自己只能写诗自夸了："遥想辰瑜当年，晓雅初嫁了。"不知道这个梦何时碎，或者早已碎了，自己不知而已。

19

周辰瑜追求陈晓雅的那些岁月，王艺芸也被其他爱慕者追求。9月20日，当周辰瑜送陈晓雅郁金香花的那天清晨，檬阳奶业公司刘彦洪副董事长发微信道："艺芸总，你好。9月25日有时间吗？我到上海参加渠道商沟通会，想见你一面，方便吗？"狩猎者终于忍不住主动出击了，他想跟她见一面，使两人关系更亲密，最好拥抱亲吻诉说情话。

自8月份两人相识，两人也只是偶尔聊聊天，主要原因是王艺芸忙得一塌糊涂。每天催付款的电话铃声不时地响起，她要风风火火雷厉风行地处理工作。每周都要盯着千科集团房产、金融跌宕起伏的交易曲线，在输赢之间拨动心弦。每月月底资金紧张都会要了王艺芸的命。流动资本是一个企业的灵魂，而王艺芸是灵魂上绽放的舞者。她已经不是冰上个人自由滑了，而是戴着镣铐的舞者，无可奈何地落实王土董事长对资金的调配指令。瑜城的房地产受政策的影响，交易量持续低迷，房产企业太难了，千科集团流动资金非常紧张，岌岌可危，好像随时会破产，可把王艺芸愁晕了。工作忙了，谈恋爱的时间，宛如二战时期东西两线作战的德国，顾了头顾不了尾，也就荒废了。储备的候选人，在购物车里面经常被电商自动清空了。幸亏刘彦洪副董事长坚持躺在微信通讯录里面一动不动，要不然也被清得一干二净。刘彦洪副董事长分管檬阳奶业销售业务，大健康产业蒸蒸日上，忙得头昏脑涨。而且领导当惯了，喜欢别人向他汇报。再说刘彦洪不擅长微信聊天，两人关系始终原地踏步。

　　王艺芸和刘彦洪副董事长微信聊天的时候，突然记得自己是一个女人，一个劲儿地矜持，更加不主动了。不过，刘彦洪对王艺芸的姿色和气质比较满意，虽然这是美图秀秀的巨大功劳。作为头部奶业企业的高管，刘彦洪副董事长捕捉猎物的方式——习惯波澜不惊地等待猎物自投罗网。可惜猎物并没有对他表示浓厚的兴趣，在远处若即若离地保持距离，甚至宛如麋鹿看到雄狮般逃之夭夭了。狩猎者终于按捺不住内心的渴望，寻找机会想见面深入谈谈，希望在细雨霏霏的上海擦出爱情的火花，冒着被雨浇灭的风险。

　　后来，刘彦洪副董事长为了吸引猎物，扔了不少诱饵——媒体关于他的新闻报道。

王艺芸兴趣骤起，在调拨两千万元资金投入湖花岛别墅周边基础设施建设后，特地阅读了这些新闻报道。其中一篇是刘彦洪副董事长参加全国奶业论坛的新闻报道，让王艺芸眼前一亮，短发方脸的刘彦洪站在发言席讲话，他的眼神坚定有神，显得温文尔雅，散发着帅气而稳重的气质。王艺芸突然发现此人相当厉害，是商界的风流人物。王艺芸比较佩服这位奶业商业大佬，认为他的影响力和社会地位胜于她的前夫，她那波澜不惊的湖面上，顿时荡漾起一圈圈波浪，内心产生了欣赏和崇拜的情愫。

王艺芸非常开心地回复微信，表示欢迎刘彦洪来上海，她将到上海浦东国际机场接站，并宴请彦洪总。

这并不是一个简单的朋友见面，而是事关双方姻缘的里程碑事件。而另一头年轻流浪狮，陪着一头美丽的雌狮，在复华大学苦修内功，正走向成为狮王的道路上。王艺芸都为这头流浪狮着急，自己的新郎即将呼之欲出，这头流浪狮却磨磨蹭蹭，迟迟没有吹响征服的号角。周辰瑜送陈晓雅郁金香的那晚，王艺芸梦里梦见了高中时期雨声潺潺的傍晚，周辰瑜将雨伞塞给她后奔跑在雨中的背影。王艺芸喜欢周辰瑜，她看中周辰瑜老实而厚道的品质，有时候显得颇有智慧，有时候显得有点愚痴。于是，王艺芸决定跟周辰瑜聊聊他们的感情，敲打敲打周辰瑜，使他清醒认识到现在十万火急的竞争形势，宛如千科集团业务发展形势。

三天后的晚上，王艺芸跟周辰瑜微信聊天，她略施小计，说有四个实力不凡的男生向自己表白。言下之意便是"花开堪折直须折，莫待无花空折枝"。其实"折枝"的何止四人，是四的 n 次方，倘若如实相告，周辰瑜佩服得脑神经会突然痉挛，目瞪口呆成为植物人。王艺芸离影后稍有距离，"逼宫戏"效果不佳，毕竟论点需要论据证明，她没有举例说明，朦朦胧胧的周辰瑜没有特别重视，心想有人追求王艺芸也实属正常，他没有办法阻止王艺芸，他只能选择随缘。

见周辰瑜反应不激烈，王艺芸痛下狠手，果断炫耀刘彦洪副董事长那令人敬佩的事业线。可谓横看成岭侧成峰，巍峨壮实，大气磅礴。当周辰瑜第一眼看到刘彦洪帅气的照片，作为男士也有点怦然心动，他认为女人更受不了这款稳重睿智的味道了。于是，一个观点在周辰瑜的脑海深处绽放如花——两人有可能喜结良缘。想到这里，周辰瑜心里却莫名其妙地失落，浅浅的忧愁悄然涌上心头。周辰瑜的心灵受到了强烈的洗礼。原来自己对王艺芸的爱恋感觉，被陈晓雅浓浓的牵挂掩盖了，自己没有察觉而已。周辰瑜表达了内心的纠结和难受。王艺芸觉得火候有点过了，怕烫伤了周辰瑜，立刻表示她和刘彦洪刚刚认识，关系并未确定。周辰瑜终于按捺不住了，回复微信道："艺芸，不要着急。"其义简洁明了。王艺芸感觉到了周辰瑜心里有她，于是停止了针灸的中医治疗法。不过，王艺芸无法体验周辰瑜复杂细腻的内心世界。周辰瑜一直认为他跟王艺芸是持久战，决不可能宛如德国占领波兰般闪电战。他经历了旧书的抗拒，到对王艺芸产生了淡淡的情感，他的思想发生了深刻变化，认为好书跟新旧没有关系，内涵和品质才是关键。而他的梦中情人陈晓雅三番两次去首都寻找定居的机会，他未必能够考上国家部委，他的单相思最终会如梦幻泡影。另外，周父的影响也与日俱增："娶王艺芸是辰瑜此生最好的归宿，那是实现了家族的伟大复兴。"周辰瑜心想家族在三国时期那是兴旺发达，现在他是没有能力达到过去的辉煌，但会努力超越周父。这些综合因素，让周辰瑜对王艺芸的态度发生了深刻的变化。

王艺芸一针扎下，感受到周辰瑜神经的颤抖，心里十分高兴。后来王艺芸觉得有必要用服猛药，看看周辰瑜的内心真实反应的深浅程度。于是，一天晚上，在淅淅沥沥的细雨声中，在上海浦东新区豪华的房间里面，王艺芸介绍汤药的基本情况："刘总的妻子得肝癌走了。他有一个十九岁的女儿，美国哥伦比亚大学学生。刘总工资、项目和股票市场投资收入，每年合计一千多万元。另外，他拥有檬阳奶业少量股份。"这服汤药药性太猛，果然良药苦口，周辰瑜接受不了，差点儿从图书馆的窗户跳下。刘彦洪的条件太好了，周辰瑜心生自卑，内心又不服气。

最终，流浪雄狮还是勇敢地挑战老狮王的权威，攻击弱点，呵呵笑道："条件确实挺好，就是年龄太大了，你比他的女儿也大不了几岁，该叫你姐姐了。"王艺芸也担忧地说："年龄确实大了一点点，我也有所顾忌。"周辰瑜抗议道："那是大一点点吗？如果他早恋，女儿都比我们大了。"顺便试探道："你的父母同意吗？"

"我的爸妈不同意。"王艺芸回复道。周辰瑜心中大喜，仿佛遇到了知音。不过，他很快被王艺芸接下来的言语深深刺激了："让我有归属感的是，刘总也是非常虔诚的佛教徒。"至于虔诚到何种程度，周辰瑜无法想象，用王艺芸的话形容就是："修为极深，宛如一尊佛。"自小对佛学兴趣浓厚的王艺芸拜宏益法师为上师，并在前夫出轨后皈依了佛教。王艺芸每日都诵读《金刚经》，研读《金刚经释义》，深入研究佛学思想，寻找离苦得乐的方法。宏益法师曾经告诉周辰瑜："陪伴王艺芸终生之人与佛有缘。"周辰瑜并不是佛教徒，故扑哧一笑道："那您还说我们有缘。"当时，宏益法师看着周辰瑜的笑脸，语重心长地说："小时候，你经常到谱渡寺玩，就是与佛有缘。"周辰瑜笑道："那看过《西游记》都与佛有缘？"宏益法师说："佛祖说众生皆佛，人人都有佛性。有慧根的人与佛更有缘，你有这个慧根。"周辰瑜瞪大了眼睛，不知如何表达无法理解的意思。

王艺芸担心打击了周辰瑜的积极性，安慰道："如果刘总的年龄跟你差不多大，我就深深地爱上了。"

"我要是那么有钱，也会深深爱上的。"周辰瑜宛如螺蛳吐泥般表白道。王艺芸笑道："感情跟金钱没有关系。再说等你到刘总那么大年龄也会成功的，你有这个能力。"

周辰瑜"哦"了一声，心想感情跟金钱还是关系密切——有房有车是复华城结婚的标配。他不敢确定自己未来能够超过刘总，但依然回复道："我有这个信心。"其实他十分心虚。王艺芸为了安抚周辰瑜受伤的心，盛情邀请他国庆节到上海游玩。周辰瑜堂姐硕士毕业后，定居在浦东新区，已经要求周辰瑜国庆假期来上海游玩。于是，周辰瑜毫不犹豫地答应了王艺芸的邀请。夜深时，王艺芸将刘彦洪副董事长来上海的经过一五一十告诉了周辰瑜。

那天上午十点钟，稳重儒雅的刘彦洪，穿着一身青蓝色西服，皮鞋锃亮，千里迢迢乘庞大的波音客机，从广州降落在浦东国际机场。老狮王特别喜欢体态丰盈的王艺芸，有着宛如杨贵妃般"回眸一笑百媚生"的感觉。倘若刘彦洪是唐玄宗，也会毫不犹豫地抢儿媳妇，甚至会夺孙媳妇。王艺芸开着蔚来ES8到浦东国际机场，路上两人话并不多，刘彦洪彬彬有礼沉默寡言，他本来就不是一个话多的人，只是关心地询问工作是否忙碌，聊了聊房地产投资环境发生了深刻变化的话题。刘总说："经济'三期叠加'，已进入新常态，经济发展速度面临着换档节奏，房地产市场也不会像前几年那么红火了。"王艺芸为了装淑女形象累得够呛，她有点不自在地回答刘彦洪的问题，宛如回答初中老师提问的感觉。因为王艺芸确实不懂经济，如果跟她聊化妆品，她比专家还要专业："化妆品购买力下降了，也证明人们挣钱难了。"

王艺芸将刘彦洪接到千科（上海）公司，富丽堂皇的贵宾室里面，修行颇深的刘彦洪，宛如大领导般端坐在沙发上，仿佛进入了禅定的境地。这是商场摸爬滚打多年形成的城府深沉的性格特点，有着不可捉摸的神秘感，让谈判对手主动缴械投降。刘彦洪满脸笑容，温和地看着王艺芸麻利地弯腰沏茶。他十分有礼貌，总是那么客气地跟王艺芸说话。王艺芸无法揣摩刘彦洪的所思所想，还需要继续装淑女，时刻保持动作优雅和说话温柔动听，这一切都让王艺芸感觉有点难受，不自在，不自然。空气中飘散着尴尬的气息。王艺芸心想："你这个死老头，你是来泡妞，还是来比城府的。"

那时那刻，王艺芸不由自主地想起周辰瑜。两人平时嘻嘻哈哈地聊天，十分放肆，宛如肆意生长的青藤。简直就是两个不知天高地厚的青春叛逆期的大野孩子，比美国政客还敢胡说八道，可谓是啥话都敢当原子弹般扔出，即使把太平洋炸了也心不惊肉不跳。两人聊天内容，可以用成语"汪洋恣肆"来形容。不过，却轻松快乐得宛如瑜湖自由自在遨游的鱼儿。

中午，王艺芸在"在水一方"瑜菜馆，宴请沉默少语的刘彦洪。两人相敬如宾，王艺芸继续辛苦地表演淑女形象，刘彦洪本色演出谦谦君子的形象。两人演得不错，男女主角都比较称职。

吃完饭后，满脸笑容的刘彦洪没有说多少话，便离开了浦东新区，参加下午四点在闸北区举办的檬阳奶业公司华东经销商研讨会，檬阳奶业市场在华东区域占有率并不高，需要重新安排营销重点工作。刘彦洪对王艺芸姿色、淑女性格和管理能力非常满意。临别时，赠送了一串价格昂贵的紫檀佛串作为定情信物。王艺芸没有准备礼物，送了一本她经常朗读的《金刚经》。

王艺芸告诉周辰瑜："跟刘总在一起，我不太舒服，不自由自在，还是感觉跟你在一起放得开。"

"那不太合适啊！"周辰瑜笑道。王艺芸回复道："交个普通朋友，公司业务可能会有合作。"周辰瑜关心地问道："叔叔有什么意见？"王艺芸说："叔叔还不知道此事。"

第二天中午，垂头丧气的王土，坐奔驰轿车从复华城回到上海。郑阳副主席说由于匿名告状信，复华省拉开了生态环境保护战的序幕，要求王土静观其变，做好相机而动的准备。在陆家嘴豪华的别墅里面，心情低落的王土，支持王艺芸选择刘彦洪的理由是："刘死了，可以继承檬阳奶业公司的股份。"一时糊涂的王土没有想那么深远，倘若刘彦洪长命百岁，或者立下书面遗嘱：股份由女儿继承，岂不是竹篮打水一场空。后来精明能干的王土幡然醒悟，建议道："艺芸，先交个普通朋友，以后再说吧！你还年轻，有钱的青年才俊一大把，不用那么着急婚事。你要全力以赴做好集团的财务工作，今年年底到期的贷款总额比较多，你要亲自督促各房产销售中心加快资金回笼，降低集团负债率，保证集团流动资金安全。要是流动资金出问题了，我们就完了。听明白了没有？"王艺芸吓得脸色发白，仿佛千科集团破产了般的感觉，但确实非常困难。

此时，刘彦洪通过千合相亲网站专属红娘，表达了内心最深沉的渴望："我们前世是夫妻，今生还要续前缘。"王艺芸思来想去，决定吊下刘彦洪："前世是夫妻，今生还需要努力。"言下之意，还需要努力追求。刘彦洪光荣地登上了第一备胎的宝座，堪比周辰瑜的专属地位。刘彦洪让专属红娘传话道："我等你，天荒地老。"王艺芸得意地跟周辰瑜分享，周辰瑜心里跟吃醋般酸苦，心想人能够活多少年，还地老天荒。他忍不住模仿道："我也等你到天荒地老。"

王艺芸哈哈大笑道："都是骗子，你们男人遇到美女，早就跑了，还天荒地老。"不过，王艺芸没有说叔叔王土对周辰瑜持保留意见："你们两个谈谈恋爱，无可厚非。结婚就算啦！周辰瑜家太穷了，跟我们不是一个社会圈子。"瑜城著名企业家——大腹便便的王土，早已忘记一无所有、衣衫褴褛的年轻时代。在宴会的觥筹交错中，王土的思想和价值观已经物是人非，他认为王艺芸是深海里面的美人鱼，而周辰瑜是瑜湖里的小白虾，是两个时空不同世界的两个物种，存在基因绝缘，难度直接超越了不同国度和肤色人类的融合。

"叔叔，您也是从一无所有，到富甲一方的！"王艺芸忍不住提醒道。王土笑着反驳道："艺芸，时代变了，我们早就进入信息革命时代了，满大街的各种品牌，比瑜湖的小白虾还要多。现在创业太难了，竞争太激烈了。不像我年轻时创业，改革开放初期，市场一片空白，只要胆子大，勇往直前，就能够获得成功。现在没有一点脑子，那是成不了事的。"王艺芸心里不服，认为新时代是创业最好的历史时期，未来的中国更加充满机遇。她气鼓鼓地回到办公室，心想等周辰瑜国庆假期来上海游玩时，深入聊一聊创业的事情，以后用实际业绩啪啪打叔叔的胖脸。

没有想到两天后，细雨蒙蒙的下午，一个晴天霹雳的信息，让王艺芸心里很受伤。汪国强发微信道："周辰瑜在复华大学有女朋友，两人形影不离。"并发送了周辰瑜和陈晓雅合影照片。铁证如山，王艺芸气得脸色发青，堪比青铜器的颜色，倘若拍卖绝对价值超过周瑜新区。王艺芸生气了很多天，下属吓得瑟瑟发抖。一场不见硝烟的爱情争夺战打响了，鹿死谁手，拭目以待。王艺芸对周辰瑜冷如冰霜了。

原来，汪国强花言巧语，重金收买，通过瑜城中学校友——脸上有雀斑的复华大学大三学生，跟踪拍照周辰瑜跟女朋友的合影照片。汪国强果然聪慧过人，想出如此妙计。可惜雀斑男非常懒惰，只在图书馆自习室里面守株待兔，没有跟踪偷拍。故两人校园漫步的画面，没有了珍藏版也实属遗憾。最后，雀斑男敷衍了事，拍照了三张照片，便发给了汪国强。汪国强如获珍宝，国字脸上荡漾起愉悦的笑容，比盗掘慈禧太后陵墓还兴奋百倍。他认为证据确凿，年初受过感情背叛伤害的王艺芸，一定会一脚踹飞周辰瑜。湖花岛别墅群封顶仪式那一次汪国强告状，没有想到周辰瑜如此无能——竟然没有追上陈晓雅而逃过一劫。这次一定要破坏王艺芸和周辰瑜之间的感情。汪国强"宁可玉碎，不求瓦全"的性格，注定他和周辰瑜的鸿沟里面永远冰峰汹涌，不是你死就是我活。

三张亲密照片通过微信发给了王艺芸，宛如氢弹在她的大脑深处爆炸，升起了巨大的蘑菇云。其中，两人交头接耳、四目对视的两张照片，有点模糊看不清楚。只有第三张照片抓拍得非常清晰，获得普利策新闻摄影奖没有一点问题。只见周围的学生都在埋头看书，只有周辰瑜鹤立鸡群，微微抬头，眸色明亮，出神地看着秀发披肩、皮肤白皙、低头看书的陈晓雅。周辰瑜的眼神里面，充满了浓浓的爱意，比槐树花蜂蜜还要浓三分。陈晓雅非常漂亮，美得宛如瑜城大街小巷张贴的"小乔"形象照，那乌黑的秀发半掩着楚楚动人的脸蛋，眼睛清澈明亮，气质清纯婉约。照片里这个唇红齿白的姑娘，仿佛刚刚才低下头，她在暗暗地微笑，眉目传情。一向挑剔的王艺芸，也情不自禁地喜欢上眉清目秀的陈晓雅，何况年轻小伙子呢！王艺芸闭上了眼睛，怒火中烧，几乎想把周辰瑜烧成焦炭。"大乔"没有想到却被自己的妹妹"小乔"击败，心里宛如被一根细针轻轻地戳了进去，一阵阵疼痛席卷而来。王艺芸对爱情深深失望，"背叛"两个字在她的脑海里面，宛如红绿灯般不停地闪烁，所有运输思想的车辆，全部堵在纸醉金迷的上海陆家嘴。

那天下午，财务和投资管理部十六名工作人员，被王艺芸莫名其妙地骂得心惊胆战。下班时，王艺芸愤怒地发微信道："国庆节，我有紧急的事情需要处理。你来上海，不能陪你了！"王艺芸想静下心来，思考周辰瑜和她的事情。

周辰瑜有点感冒发烧，不打算国庆期间去上海游玩了。不过，周辰瑜即使生病了，头昏脑涨，也依然坚守信念，像受伤的红军战士般继续过草地爬雪山，为信仰而战。周辰瑜心里默念："人生如花，必然受苦，必须盛开。"并在申论书第一页的空白处，奋笔疾书："为一次璀璨的盛开，决一死战吧！"只是周辰瑜不知道，瑜城中学好友汪国强已经跟他决一死战了，谁输谁赢似乎已成定局。

20

全国积极开展"不忘初心、牢记使命"主题教育,复华大学对研究生党支部做了专门部署安排。国庆节后第二天,中文系硕士研究生党支部,在灰青色的苏式主教学楼,召开全体党员大会。主题是硕士研究生如何不负韶华,努力学习,为中华民族伟大复兴做出贡献。大家都在疯狂投简历,也有很多学生在备战国考。周辰瑜不得不参加,因为通知写得非常清楚:原则上不允许请假。

党支部书记是一个矮个子偏瘦的中年男子,他戴深度近视眼镜,文绉绉的感觉,他是这一届中文系硕士班的辅导员。他照本宣科,令学生们提不起兴趣。倘若举几个生动的典型案例,肯定比北京冬奥会的"冰墩墩"更受欢迎。可同学们都惧怕党支部书记的权威,即使一肚子意见,也仅仅在五脏六腑里纠结,当面不仅不会提意见,还会拍马屁道:"您讲得太精彩了,让我们受益匪浅!"其实,党支部书记的口才非常好,分析股票市场时,那是口若悬河,头头是道,仿佛他比股神巴菲特还要厉害好几倍。不过,他经常令同事们在股市里面深深套牢,亏了不少钞票。

照本朗读时,党支部书记想起年少时吃不饱饭,现在天天研究如何健康养生不长肚子,心里感慨生活确实好多了,确实令人神情振奋。他突然宛如分析股票市场般激情四射,慷慨陈词道:"中华民族伟大复兴之时,在座的各位有生之年,肯定能够看见。那时候,世界各国友人都将纷纷来中国留学,我们的北京、上海、深圳,必然成为全球资本市场的中心,股市也会潮起潮涌,可以直挂云帆济沧海。倘若我再年轻二十岁，肯定会大干一场，成就一番大的事业。"话音刚落，掌声四起。周辰瑜心想党支部书记都四十五岁了，不再年轻了，难以成就一番事业了。党支部书记深受学生的鼓舞，倍感洋洋得意，继而讲得更加激情四射。他慷慨陈词："中华民族伟大复兴已春风浩荡，同学们要努力干一番事业，不枉来人世一遭。"甚至他暗下决心，要全身心投入科研事业里面，可是第二天他依然浑浑噩噩地虚度光阴，他觉得自己天赋如此，已经尽力了。

党员大会散会后，学生们拥出青灰色的苏式主教学楼，也从百年中华民族实现伟大复兴的历史回忆里面走了出来，走向未来的时间洪流里面。周辰瑜带着决战国考的想法，来到湖水清澈到底的学校眼镜湖。湖岸有学生在漫步，还有旅客用手机拍摄湖景。蓝天白云悠悠地荡漾于水底，阳光在浪花上闪烁着点点光泽。六只白天鹅在湖中心嬉戏。周辰瑜踩着校园湖畔松软的草地，心情欢乐地向前走。此时，情绪澎湃的是周辰瑜，国考已经到了决战的赛程，仿佛已经听见赛车车轮急速摩擦地面时的轰鸣声音，他决定学习战神韩信背水一战的战术，实现人生理想，为中华民族伟大复兴贡献毕生的精力。

周辰瑜快乐地漫步眼镜湖畔的假山脚下，他突然瞥见一块大石块上躺着一身黑色衣服的短发小伙子，竟然是失魂落魄的校园原企业家戴维。戴维一脸茫然地望着蔚蓝色的天空的浮云飘动在想着心事。周辰瑜宛如遇到了麻烦事，急忙逃之夭夭，一不小心将一块小石头扑通一声踢入湖里。戴维侧过头，看见了转身欲走、尴尬笑容的周辰瑜。戴维的眼神充满淡淡的忧伤，周辰瑜心生怜悯之情。于是，他改变方向，笑容满面地走了过去："戴维，你好啊！"虽然周辰瑜心存鄙视之意，但并未"鄙"形于色，只是友善地微笑，宛如遇到了街头乞讨的乞丐，准备布施点爱心的感觉。消瘦的戴维，起身从石块上滑下，露出尴尬的笑容。假山的"太湖山"造型神奇，瘦骨嶙峋，有玲珑剔透、重峦叠嶂之趣。

两人寒暄了几句后，戴维宛如祥林嫂般自责地解释道："辰瑜，我真傻，真的。我单知道做大市场可以更好地融资，却没有注意公司的商业赢利模式要适应市场。我单知道要激励员工，却没有想到区域经理那么贪婪，他们合伙撒谎欺骗我，才让我连连犯错，要不然我不会失败的。我真傻，真的。"

周辰瑜看着戴维的大眼睛，真诚地鼓励道："戴维，你的经历，就是一笔非常难得的财富，一般人都没有这个经历。这是一个伟大的充满机遇的新的时代，我们还很年轻，东山再起有的是机会。再说谁创业不历经坎坷，俞敏洪的新东方不是关闭了现在直播卖货了，还不是混得风生水起。戴维，我相信你，你一定会像俞敏洪一样伟大的。"周辰瑜本想吟诗一首——杜牧《题乌江亭》："胜败兵家事不期，包羞忍耻是男儿。江东子弟多才俊，卷土重来未可知。"但转念想到项羽在乌江自刎了，戴维绝对没有这个勇气，还是不要鼓动戴维这个狗熊成为英雄了，于是放弃了吟诗的念头。

魁梧的戴维开心地笑了说："我还没有吃饭呢！能不能借一千元给我！"曾经的复华大学学生首富如今混得如此凄惨，周辰瑜心里感觉挺爽，十分慷慨地从裤子口袋里面拿出黑色的手机，用微信转了这份爱心，心里却无比惋惜："肉包子打狗，有去无回了。全当掉了吧！"

戴维的眼神里面充满了感激之情，借遍了亲戚好友的钱后再也借不到钱了,他发自肺腑地说:"谢谢兄弟,我一定还这次恩情,后会有期。"便转身匆匆走了,走向去学校北门的校道,走在继续奋斗的风雨路上。周辰瑜看着戴维的背影,陷入了深思,心想一个人一个命运吧!不知戴维未来的人生道路如何。

虽然戴维失败了,在复华大学影响很大,但学生们创业的热情依然潮起潮涌,那是英勇向前滚滚而流。也就是当天下午两点钟,复华大学还举行了声势浩大的"大众创业、万众创新"活动启动仪式,只是演讲嘉宾不是曾经的校园风流人物——戴维,而是另一个校园风云人物——李魏,同样的慷慨陈词,同样的意气风发,同样的掌声雷鸣,同样的嘲笑和怀疑,也许同样的结局和泪水。戴维的经历,也说明商业成败相随是亘古不变的真理。失败者成为茶余饭后的谈资和笑料,也成功地成为学生们创业警醒的反面典型案例。很多年后,聊起戴维时,也只是淡淡地一句疑问,表达对命运沉浮的感慨:"他现在怎么样了?"心里想着是跳楼了,还是高朋满座,反正跟自己毫无关系。人世的冷漠,大致如此。

周辰瑜心情愉悦地独自沿校园湖畔转了一圈后,便走回甲骨文研究生公寓。路上遇到不少去图书馆自习室看书的学生,他们手里拿着书籍。回到公寓后,躺在床上边休息边听音乐。宿友们都不在。后来,宿友李茂霖推开门,大声嚷道:"瑜哥,陈菲菲怀孕了,未婚先孕!你知道吗?"李茂霖的声音充满惊讶和羡慕。

宿舍内定的复华大学第一校花陈菲菲,是宿友徐智鹏女朋友。虎背熊腰、大大咧咧的徐智鹏是宿舍老大,他的嗓音十分洪亮,直接可以让白马寺的钟提前"退休",让思念唐高宗李治的武媚娘晚上更睡不着了。当初徐智鹏追求英语系的陈菲菲,一句"你好漂亮啊"的声音，把陪伴陈菲菲的三个女孩震得情迷意乱，都以为在夸奖自己而开心不已，纷纷向徐智鹏抛媚眼，色彩相当斑斓，比月光还要温柔。当然，倘若这声音是宿舍老三李茂霖尖声尖气地发出的，恐怕迎接的都是女生的白眼，比国画大师齐白石画虾留白还要传神。毕竟徐智鹏是复华省省城——复华市政协副主席唯一的公子，这些女孩自然期望不已。徐父和甲骨文研究造诣颇深的校长是同班同学。这层关系，在追求陈菲菲起了海啸般汹涌的影响，陈菲菲被淹得直翻白眼，昏迷了过去。另外徐智鹏特别会哄女孩，更是吸引陈菲菲飞蛾扑火，最终彻底燃烧了。这跟周辰瑜追求陈晓雅的"飞蛾扑火"完全不同，周辰瑜只是跟氧气燃烧为二氧化碳，烧焦了翅膀，散发出难闻的烧焦味。

周辰瑜十分羡慕徐智鹏，听李茂霖的话只是哦了一声，他没有感到那么吃惊，心里却有点妒忌。李茂霖从书桌子上拿起考博英语单词字典扔到床上，羡慕地大声道："TMD，鹏哥什么都有了。"妒忌声里面含有深深的失望。其实，陈菲菲怀孕，并没有引起李茂霖心理多么失衡，他和周辰瑜的能力确实比徐智鹏差一大截，配不上陈菲菲。真正产生强烈失落感觉的是，英语系公告栏三天前公示陈菲菲留校了。李茂霖愤愤不平，认为这是复华市政协副主席徐父的功劳，因为复华大学校长是徐父的同班同学。留在高校做学问，是李茂霖人生终极理想，他正在积极备考南京大学博士，想博士毕业后有机会到高校任教。李茂霖失落地感慨道："唉，有的人不费吹灰之力，就拥有了别人一辈子想得到却无法得到的东西。"李茂霖的声音里面充满深深的绝望，仿佛已经吐完胸中最后一口气了——该与世长辞了。李茂霖独处时，暗自流泪，他对自己的前途感到迷茫，不知道自己未来在哪个城市生活。但又不得不面对现实，努力寻找人生的突破口。

周辰瑜笑道："那怎么办，这是祖上的阴德，无法比拟啊！"接着呵呵笑道，"再说，得到的，也未必想要啊！"周辰瑜暗指李茂霖女友"馒头"逼婚的事情。李茂霖和"馒头"都来自农村，家庭条件不是很富裕。李茂霖脸色一沉，看着周辰瑜削瘦的脸庞，不客气地嚷道："闭嘴，你连陈晓雅的手都没有碰过，还好意思说我。"周辰瑜没有吭声，想起陈晓雅过生日那晚，亲吻了她的脸颊的画面，至今回味无穷。他心想我才不告诉你呢！

"馒头"见陈菲菲的腰杆挺得更直了，十分羡慕，毕竟东宫有人，地位稳固。于是，焦虑的"馒头"经常催促李茂霖见双方家长，而且经常创造二人世界的机会。可惜李茂霖宛如保守党般保守，"馒头"始终安插不了自己的嫡系部队——东宫始终无人，自然无法挟"储君"以令天子，"天子"可自由了。心里一片迷茫的李茂霖想甩掉"馒头"，又于心不忍，于是找了个理由拖延："等就业定了，一定见父母。"也许，到时候两人自然而然就分手了。心有灵犀一点通，"馒头"似乎预知了结局，她也没有任何办法，毕竟"东宫"无人，即使有人，"天子"也无法要挟，李茂霖不是徐智鹏，他泥菩萨过河自身难保。"馒头"该靠自己了。

21

对于周辰瑜而言，这一个普通的日子，也是一个记忆深刻的一天。10月10日上午，阳光温暖地照进一片安静的宿舍。新夏集团在央视发布利润规模连续四年国内领先，表明中国经济虽然有很多困难，但也非常有韧性，潜力大。周辰瑜在黑色的笔记本电脑上浏览新闻，看到瑞典皇家科学院10月8日宣布，将2018年诺贝尔经济学奖授予美国经济学家威廉·诺德豪斯和保罗·罗默，以表彰他们在可持续经济增长研究领域做出的突出贡献。周辰瑜并不是很关注经济领域，他觉得他的堂哥周新林可以获得诺贝尔经济学奖，因为堂哥"一片温柔的贸易才是好贸易"的经济学原理，才真正有资格获得诺贝尔经济学奖，可惜周辰瑜不是评委。也就是这一天上午，周新林在瑜城市市委书记唐君的陪同下，一片温柔地考察了周瑜新区，所到之处，皆受到热烈的欢迎。而复华大学毕业生们正在千方百计找工作，师妹师弟们努力学习或者努力谈恋爱。

周辰瑜浏览应届生招聘网站，惊喜地发现堂哥周新林任职的新夏集团发布了应届生岗位招聘信息。中央金融机构果然气度不凡，蔚蓝色的招聘页面，占据了招聘网站的显著位置，比孔雀开屏还要引人关注，宛如座头鲸跃出海面，令人们一阵惊呼。金融航空母舰果然地位崇高，高亢的汽笛声惊动了学子之心。倘若不是堂哥周新林的缘故，对于此类声名赫赫的中央金融机构，周辰瑜是不屑一顾的，因为他非常自卑。宛如中国四大美女，周辰瑜是断然不会追求的。正因为风流人物周新林给了周辰瑜的胆子，他是两眼放光，一顾再顾，顾顾顾顾，鼠标按钮都被点出了恋爱的感觉，几乎要燃烧了。

自9月以来，周辰瑜就开始疯狂地投简历，投给上海市企事业单位的简历都石沉大海。复华大学在上海果然不是一流大学，地位宛如通房的丫鬟，确实难以跟名校正夫人抗衡。不过，复华大学在复华省内还比较出名。复华省国源证券公司和威莱新能源汽车公司都抛来了橄榄枝——周辰瑜已通过了简历筛选，他比较开心。但此时，周辰瑜更希望能够进入新夏集团工作，大央企多少人梦寐以求的尊位，宛如要了唇红齿白的陈晓雅的感觉。

一个大胆的思想，从笔记本的液晶屏膜，折射到脑膜上："如果堂哥出手相助，自己胜出的把握比较大。"这个想法宛如风雨欲来，旋起了无数落叶和花瓣。虽然周辰瑜感到有点惭愧，但又十分渴望拥有这张优惠券。周父曾经也发表过"关系就是生产力"的言论，周父振振有词道："王土在复华省人脉极广，如果娶了艺芸，辰瑜以后前途无量！"走捷径的思想，在周辰瑜的脑海里面，宛如汽水瓶里面的气泡，一个接着一个咕噜咕噜地向上冒，不停地突破水面界面的束缚。但是，另一个担忧的思想冒出一个更大的气泡："这位周庄第一风流人物，是否愿意出手相助呢？毕竟两家没有什么深交。"气泡越来越大，即将破裂时，周辰瑜喝了一口水，又安慰自己："好歹大家都是周瑜的后代！不看僧面看佛面，应该会出手帮忙。"于是，气泡并没有破碎，而是变得更大，变得五彩斑斓，升向了蔚蓝的天空，都可以取代月球，成为地球的第一大卫星，可以移民其他星球了。

周辰瑜报名了新夏集团办公厅综合文秘岗位。投完简历后，周辰瑜伸了伸懒腰，特别想告诉不断去北京面试的陈晓雅，会获得陈晓雅对自己某种不可言说的敬佩和尊重。于是，周辰瑜发微信："晓雅，新夏集团招聘应届生了。我已经报名了，你看看什么岗位适合你？"但是"我的堂哥会帮忙"这句话，英勇不屈，死活不愿意从指尖滑出，比高新远不从"正方体"还要宁死不屈。高新远是有实力，而周辰瑜没有能力雕刻"内定版"——内定"陈晓雅进入新夏集团工作"这么完美无瑕的艺术品，没有那个实力，那份虚荣不敢要了。故写写删删，删删写写，最终"我的堂哥会帮忙"这句话冤死在指间，避免牛皮吹破后，被陈晓雅嘲笑："无能，还装什么葱烧大饼。"周辰瑜心想没有百分之百的把握，就不要许下诺言。同样原理，没有金刚钻就不要揽"内定版"的瓷器活。可见，没有实力的周辰瑜，在陈晓雅面前还是有点自卑，他特别希望通过外部力量抬高自己的身份。虽然周辰瑜每次聊天都侃侃而谈，其实他跟王艺芸装淑女的心理差不多——有点死要面子活受罪。

陈晓雅看到微信消息，喜上眉梢，翻身下床的速度比小母鸡下蛋顺溜多了。她打开笔记本电脑，登上智联招聘网站。经济学硕士陈晓雅最终投了项目风险审查岗。陈晓雅认为周辰瑜有堂哥周新林这层关系，十拿九稳会通过简历筛选，但自己未必能够进入笔试环节。她一直比较后悔面试北京映山红证券公司，没有找周辰瑜帮助，她对自己太自信了。于是发微信点拨道："辰瑜，你通过简历筛选应该没有问题吧？你的堂哥可是新夏集团的领导！"剩下的话，让周辰瑜自己说吧！她信心满满，认为周辰瑜会主动立功的。

周辰瑜惊得从宿舍的椅子上差点儿掉了下来，他惊魂未定，摸了摸额头，内心纠结得宛如天津的十八盘麻花。周辰瑜看着淡黄色的书架，心想反正不能如实相告自己无能为力，那将丢尽颜面。他十分后悔，自责以前不应该炫耀堂哥周新林是著名经济学家、央企高管，真是善心得坏报啊！后来，周辰瑜思来想去，虚晃一招："我跟堂哥说说，尽力而为。"这句话拥有无限的想象空间。宛如外交官答复敏感问题时，总是说："你懂的。"其实外交官自己也不懂，却让人感觉高深莫测，什么秘密都一清二楚。

周辰瑜的尽力，一句空话而已。陈晓雅却充满浓浓的期待，对周辰瑜的态度，却发生了明显改变，宛如春暖花开般暖洋洋的感觉。寒冷的西伯利亚气流，都被陈晓雅击退上百公里，躲在瑜城迟迟不敢南下到复华城。只是周辰瑜感觉寒气逼人，复华城在他的心里，已经结了一层厚厚的冰。但他依然装得温暖如春，见面时只字不提简历筛选的事情。虽然周辰瑜添加了件衣服保暖，但是心里已经冷如冰霜了。

陈晓雅也隐隐约约感到了寒气，对周辰瑜的期望越来越淡了。于是西伯利亚的寒气迅速笼罩了复华城，周辰瑜又添加了一件衣服，在图书馆自习室看书，依然感觉比较冷。陈晓雅觉得多穿点衣服就可以抵御寒冷了，但是真正让她感到寒冷的是，自她听说英语系的陈菲菲未婚先孕的消息后，就期望沈鸿求婚，可沈鸿懵懵懂懂的，实际由于"千金方"的影响，沈鸿始终不想触碰这条红线。有一次，陈晓雅差点儿冲动地跟沈鸿摊牌，不过思前想后，觉得一个令男人珍惜的女人应该保持高贵和矜持，最好是沈鸿主动表白，自己先假意拒绝，沈鸿痛不欲生，再苦苦相求，自己再半推半就地答应，那不仅面子十足，而且十分好玩有趣，也表现了沈鸿对自己的宠爱之至。

陈晓雅静候这一天的到来，而沈鸿也在等待命运的安排。沈鸿非常聪慧地暗示道："放寒假，春节我们好好聊一聊。"沈鸿的话比周辰瑜的"尽力而为"更有想象空间，两人都是语言大师。陈晓雅开心得宛如陈菲菲般"东宫"有人了，她在等待沈鸿谈论婚姻的事情。陈晓雅已经写完了毕业论文，主要的精力便是复习国考。

还有一个静静等候的人是周父，周母将静静等候的特权恩赐给了周父。周母主要负责美容院生意和主持麻将论坛，她地位颇高，已经荣升为常任理事国具有一票否决权了。虽然周父的权力宛如空气般可以忽略不计，但是周父的脸皮厚得宛如无形无相的大气层，高达数万米，可以自由自在地飞行重型隐形战斗机J-20（歼20），可谓厚得令人叫绝。周父厚着脸皮，终于干成了一件实事。

就在周辰瑜报名新夏集团办公厅综合文秘岗位的那天晚上九点钟。唐君书记宴请考察周瑜新区的周新林。在瑜城大酒店金碧辉煌的卫生间里面，周父尾随并成功堵截了周新林。在周新林酣畅淋漓之时，周父将"周辰瑜找工作"的这枚"导弹"，再次发射到周新林的大脑疆域，炸得他的排水系统几乎失灵。为了顺利泄洪，防止发生水灾，周新林再次毫不犹豫地答应了，心想："啊呀，我怎么把小老弟找工作的事情忘记了，这一段时间确实太忙了。我跟瑜城市委书记唐君熟悉，让周辰瑜回瑜城市单位工作，应该问题不大。新夏集团子公司也可以考虑考虑。"于是，周新林哈哈笑道："辰瑜的工作考虑好了，准备过些天打电话给您说说。唐君书记已经约了我，晚上不能陪您聊了，改天我打电话给您。"周新林已经被周父烦扰两次了，也有点不想见周父了。

周父大喜过望，求爹爹告奶奶已有半年之久，终于迎来了花苞待放的春天，而且一斤茶叶一瓶好酒都没有被骗，真是春风得意须尽欢，周父泄洪差点儿冲毁了瑜城大酒店。

此次事情办得顺利，周父扬眉吐气。多年不温柔的周母突然回到青年时代，她嗲声嗲气："死鬼，行啊！"惹得周父浑身酸麻，周辰瑜差点儿多了一份亲情。周父家庭地位徒然提高了一厘米。

三天后月光皎洁的一个晚上,周新林就周辰瑜就业的三个方向打电话跟周父商议。大概的意思是,北上首都闯前途,竞争激烈,具体单位和职位还需待定,新夏集团子公司出现合适岗位,他会极力推荐。在家乡瑜城舒服安逸竞争小,市属企事业单位十拿九稳。如果有奋发有为拼市场成为企业家的想法的话,他同学创立的民营上市公司可以用心培养。最后,儒雅厚道的周新林表示叔叔可以了解周辰瑜的心意后,再打电话回复他。周父千恩万谢,激动得语无伦次:"一切都听小哥安排。"事后,周父想到半年来被骗的遭遇,流出了五味杂陈的幸福泪水,多抽了半包烟。

在周父心目中,年轻时第一位的周母已经沦落到了第三位了,周辰瑜是第一位,第二位是香烟和茶叶。这个喜讯,周父第一个想告诉的是他的宝贝儿子。那时候,周辰瑜正在宿舍里面整理书架上的书籍,手机铃声突然响起,著名女歌星Susan悠扬而深情的歌声,在宿舍里面如水般地荡漾。周父端着父亲的架子和尊严,先沉默不语,在周辰瑜"喂喂喂"了半天后,才抑扬顿挫地"咳嗽"两声道:"辰瑜,告诉你一个好消息。"周父已经宛如男高音般"啊啊啊"地练过嗓子,故底气十足,声音洪亮,父亲的威严霸气外露。周辰瑜奇怪父亲的声音为何判如两人,好奇地问:"什么好消息?"周父得意地笑道:"新林小哥,给你安排工作了,他想听听你的想法。"

周辰瑜激动不已,大声道:"那太好啦!"吓得躺在床上看书的宿友张子浩和李茂霖,三魂丢了两魂半,还有半个魂在喘气。李茂霖埋怨道:"辰哥,你神经了吧,这么大声!"张子浩提高声音笑道:"难道陈晓雅答应你约会去了?"李茂霖小声怂道:"他有那本事。浩哥,你就惦记着美女!"张子浩笑道:"你不惦记着，大家都惦记着。"两人哈哈大笑。男生宿舍里面，女人是永恒的话题，尤其美人更是话尖上的花朵。

说了一句"sorry"后的周辰瑜，早已经三步并作两步，脚踩星辉，来到甲骨文公寓昏暗的走廊处，激动得心脏都快跳了出来。在周辰瑜的心里，周新林是呼风唤雨的大人物，堪比三国时期大都督周瑜。周辰瑜心里浓浓的期待，比夜色还要稠三分，甚至夜色自愧不如，恨不得越来越黑。而且周辰瑜的心情色彩斑斓，比远处高楼闪烁的霓虹，还要光彩夺目。他看着满天繁星，顿觉天高气爽。

周父见儿子心情愉悦，顿时觉得劳苦功高的自己，应该得到更多的尊敬。于是父亲的尊严浓得宛如浓浓的蜂蜜，跟领导的威严似的——表情凝固。周父躺在客厅的沙发上，大声笑道："新林小哥说，能帮忙肯定会帮忙，家里人不帮家里人，帮谁呢！"周父省略了他将周新林堵在厕所的尴尬之事，杜撰了他被周新林盛情约到瑜城大酒店房间里面促膝夜谈的故事情节，惟妙惟肖连自己都信以为真。

听得周辰瑜心花怒放，他十分渴望，能够得到周新林的帮助和提携，获得好的发展。充满幻想的周辰瑜，认为自己是硕士研究生，即使周新林推荐也是举贤。古人曰："举贤不避亲。"只可惜盛世"贤"者多如牛毛，从事外卖、快递职业的硕士毕业生比比皆是。

"你们总说我无用。还是有用吧！"周父爽朗地笑道。周母的经典名言是："百无一用是书生，你就是无用。"周辰瑜没有作声，微微地笑，沉浸在周新林帮忙的开心梦境里。

而周父沉醉在另一个梦境里面，他叙述了三天前周新林考察周瑜新区——衣锦还乡的风光场景。那是前呼后拥，好不神气。瑜城市委书记唐君同志亲自陪同，龚副市长跟在后面宛如一条哈巴狗般团团转。在小乔芯片公司会议室，周新林言语平缓，表示新夏集团将为解决芯片卡脖子问题，积极发挥金融促进科技企业发展的重要职责。大家掌声如雷。周新林视察千科瑜城公司时，大腹便便的王土董事长跑前跑后，点头哈腰，提到湖花岛别墅违建的事情，希望周新林跟市委唐君书记说说情，关照关照。日后定感谢不尽。周新林也只能"好好好"地婉拒。晚上，周新林在瑜城大酒店的202房间，问起了唐君书记。唐君书记很为难地说："兄弟，这事麻烦啊！相当麻烦啊！"瑜城市《新闻联播》《瑜城日报》头版头条对周新林视察周瑜新区进行了宣传报道，引起了巨大轰动。周父认为这是周氏家族的自豪和骄傲，注定要载入《周庄通史》现代篇——百年未遇之大变局的史册里面——周庄的金融巨子，堪比瑜城的巴菲特，全力支持周瑜新区科技的发展。周瑜新区可是号称东方的硅谷。

周辰瑜在手机里面，都能够感受到父亲扬眉吐气的愉快状态。等周父演讲结束后，周辰瑜关心地问道："爸爸，我报名新夏集团的事情，跟新林小哥说了吧？"周父爽快地说："小哥已经答应了。"

"我那个女同学呢？"周辰瑜话音未落，周父毫不犹豫地拒绝道："辰瑜，小哥能够帮助你，已经是托祖上的福了。别人跟我们没有关系，就不要提了。"周辰瑜叹了一口气，也没有办法，只能让陈晓雅自生自灭了。周父回到正题："你现在对就业是什么想法？"周辰瑜表示周新林小哥提出的三个就业方向非常好，他会根据实际情况到时候再进行选择，目前他想考国家部委，或者到新夏集团工作。父子两人不谋而合，周父说："最好到新夏集团工作，比国家部委不差。"

夏华城的夜色，真的很美，周辰瑜笑得霓虹闪烁。

22

第二天清晨，晨曦在瑜湖的上空缓缓穿行，笼罩在汉白玉的小乔女神像上，穿越整个瑜城。瑜城新的一天悄然开始了，周瑜新区企事业单位的员工陆陆续续走进了办公室。周父在城南花园小区家里主卧醒来时，心绪不宁，因为孽子在复华大学交往了一个女孩。周父思来想去，果断出手，打电话给二叔："家俊，辰瑜和艺芸的事情，你是知道的。作为叔叔，侄子的事情就是你的事情，你要多费心，倘若此事成了……"周父想加快儿子婚事的速度，阻止周辰瑜移情别恋。

二叔周家俊在千科（瑜城）有限公司副总经理办公室喝茶，他点了点头，言简意赅道："这个我知道，三天前你已经跟我说了。我明后天去上海有事，到时候跟艺芸好好聊聊。"两个年轻人的关系，决定了二叔能否在千科集团的地位坚如磐石。二叔年轻时是小有名气的"混世魔王"，在瑜城也是个一号人物。在"周瑜新区"开发的关键时期，王土看中了二叔能够解决很多棘手的事情，邀请二叔担任千科瑜城公司副总经理，实则协调地方的各方"诸侯"势力。经过郑阳副主席指点，王土看得更深远些——周新林和市委书记唐君的同学关系。这层关系宛如万有引力，很多星系都在围绕其运转做文章。王土和周新林相处得还和睦，二叔周家俊也起了一定的作用。

两天后清晨，二叔周家俊乘高铁千里迢迢来到了浮华如水的上海，他的女儿——周辰瑜堂姐在浦东新区定居，二叔准备拜访王艺芸后，看望自己的女儿。晚上灯火闪烁时，王艺芸邀请二叔在豪华的美林酒店吃饭后，开奔驰轿车送二叔去千科公司的贵宾套房休息。二叔乘着酒醉的千载难逢的机遇，吐露真言道："艺芸总，辰瑜特别喜欢你，说你漂亮，美貌如花，能力出众……"周辰瑜的表白权力再一次被越俎代庖了，并且"王婆卖瓜，自卖自夸"，称赞周辰瑜的优点宛如今夜的繁星，数不胜数。王艺芸沉默不语，淡淡地看着霓虹闪烁的街景急速后移，恍惚着宛如"背叛"两个字在楼房上绽放。二叔察言观色后，心里七上八下地闭了嘴，第一反应是王艺芸对侄儿的兴趣宛如火星上的空气般稀薄。二叔心想瓜是卖不出去了，"王婆"的生活费和社会地位只能另想他法了。二叔也十分奇怪，为何王艺芸的态度发生了这么大的变化，上次可不是这样。

二叔踉踉跄跄地走进千科公司贵宾室，宛如被锁喉的角马做最后一次垂死挣扎。他单刀直入地逼问道："艺芸总，你跟我说句实话，你对我那侄儿是怎么想的？"王艺芸转身而去时表情意味深长，呵呵嘲笑道："辰瑜那么优秀，在复华大学有女朋友呢！"二叔下意识地否定道："他没有，他……没有吧？"二叔郁闷地关上门，酒就醒了，他刚才不想尴尬，故意装醉。王艺芸本打算询问周家俊，见他也不知情况，兴趣骤减。王艺芸开车回家的路上，因为周辰瑜心里有点难受。

二叔打电话跟周父说了此事，周父脸都气青了，愤怒得宛如周辰瑜犯罪了，在城南花园小区家里的客厅里面踱来踱去，宛如争夺地盘的狮王落败般沮丧和失望,心想:"辰瑜竟然还欺骗我,说没有,这是什么品行啊!这是我的儿子吗?真是缺少家教啊!我这个父亲是怎么教育的啊!真是家门不幸!这是品德问题,必须问清楚辰瑜。"窗外北风呼呼地吹着西伯利亚的寒流,瑜湖开始结冰,周父的心也结了层薄冰。后来,周父打电话给复习国考疲倦酣睡的周辰瑜,大怒道:"辰瑜啊!你怎么连老父亲也欺骗啊?你在复华大学有女朋友,怎么说没有呢?"周辰瑜迷迷糊糊地小声道:"我没有撒谎啊,我真的没有。"周父勃然大怒:"那艺芸怎么说你有女朋友呢?"周辰瑜担心吵醒了宿友:"宿友们都在睡觉,明天再说吧!"周辰瑜迷迷糊糊地又睡着了。

周父一夜无眠,心想:"辰瑜就不是富贵命,指望他实现家庭伟大复兴的梦想化为泡影了。我怎么生出这么个不肖子孙。"只是"孙子"尚未出世,已经被定性"不肖"了。幸亏周母在麻将桌上挑灯夜战,要不然会反击道:"儿子是我生的,你没有资格评价他。你怎么知道儿子不能光宗耀祖?"

第二天清晨,在复华大学食堂品尝美味的周辰瑜不能对天,只能对屋顶发誓,才让周父相信他的儿子,依然是一条可怜兮兮的单身狗。周父作为"狗"的父亲,开心大笑,心想:"辰瑜的人品,还比较靠谱,王艺芸肯定弄错了。"周父利用儿子的孝心,再一次抛出"苦肉计":"辰瑜,瑜城市马上将要启动副处级领导的民主推荐,爸爸还想当教育局副局长呢!所以你要跟王艺芸处好关系,没有女朋友要跟她解释清楚,要不然王土董事长不会帮助爸爸的。"周辰瑜笑道:"这个事情,艺芸已经答应了。"周父挂了电话后,便火急火燎地打电话给二叔,请求二叔将周辰瑜没有女朋友的事实告诉王艺芸。二叔在他的女儿家,打电话给王艺芸，说了此事。千科集团上海总部大楼工作的王艺芸半信半疑，心里依然十分生气。

上午，周辰瑜在复华大学图书馆自习室靠窗桌子旁看书时，想到父亲的言语，恍然大悟，心想难怪王艺芸这一段时间不搭理自己，发微信给她也不回复。周辰瑜一心一意在题海里驰骋，也没有将此事放在心上反复思考，误认为王艺芸工作忙的缘故。于是，周辰瑜主动找王艺芸聊天，可惜半天也没有回复微信，他心里有点担心。晚上又发了条微信问候王艺芸，依然没有回复，周辰瑜心里顿觉有失落的感觉。

夜深人静时，王艺芸再次翻阅周辰瑜的微信，心潮起伏但依然比较生气。上海浦东新区的家里，她躺在席梦思床上，想到周辰瑜二叔信誓旦旦的言语，想起高中时期周辰瑜的形象，想到两人这段时间交往的点点滴滴，内心突然又有点想念周辰瑜。她觉得自己应该核实一下具体情况——听听周辰瑜的解释，才是比较正常的决定，毕竟那三张照片并非男女朋友的铁证，只能说明周辰瑜喜欢"小乔"而已。那"小乔"长得细皮嫩肉，貌美如花，作为一个女人也心生喜欢，何况视觉动物的男性动物呢！于是，王艺芸发微信道："老同学，你晚上不陪晓雅聊天，发信息给我干什么？"这句问话妙得很，简单直接一针见血，跟周辰瑜彻底摊牌，如果周辰瑜回答错了，直接把他"枪毙"了。

"晓雅不是我的女朋友，她到北京见未婚夫去了，不需要我陪。"躺在宿舍床上棉被里的周辰瑜据实说道，他的心里失落得宛如秋雨缠绵。所幸微信是文字，王艺芸不能感受到周辰瑜的心里情绪，否则直接把他废了，她幸灾乐祸道："难受吧？"周辰瑜淡然地否定道："难受啥啊，一个考友而已。"他曾经在校园里面难受得泪流满面，但是也不得不接受这个残酷的事实。

"考友？"出乎王艺芸的意料之外。后来，两人语音聊天，周辰瑜从宿舍走到无人的走廊处，他不能打扰了宿友们的休息，他一五一十把他陪考陈晓雅的事情简单概述了一遍。那时候，他的心里对陈晓雅充满恨意和排斥。当然，他省略了陈晓雅生日送郁金香花的故事情节，还自我调侃道："我就是一个两陪，陪聊陪考。"王艺芸哈哈笑道："你是不是还想三陪，陪睡啊？"周辰瑜大窘，心里正有此意，嘴唇不忍心出卖自己："我从来没有这么想过。"王艺芸冷哼一声，揭底道："你就是那么想的，你们男人都口是心非。还骗老同学我。""真的没有那么想。如果我骗你的话，天打五雷轰。"从此以后，每当刮风下雨电闪雷鸣时，周辰瑜都吓得脸色苍白，心里默默祈祷苍天保佑，安慰自己心里想的不算是犯罪行为，应该不会被雷电劈了。

王艺芸明白了周辰瑜暗恋陈晓雅，陈晓雅早就已经有了男朋友。于是王艺芸原谅了周辰瑜，虽然心里很不舒服，发微信道："那你还喜欢晓雅吗？"周辰瑜因爱而失望："不喜欢。"王艺芸喝了口温温的矿泉水后，试探地呵呵笑道："骗人的吧？"周辰瑜斩钉截铁道："骗你是小狗。"其实他口是心非。王艺芸呵呵一笑，觉得女人喜欢口是心非，没有想到男人也是如此。她回复道："那你就是小狗了。"周辰瑜惊得半天没有回复信息。他回宿舍躺在温暖的棉被里，外面太冷了。

过了一会儿，王艺芸问道："是我漂亮，还是她漂亮？"周辰瑜违心道："你漂亮。"王艺芸心中大喜："是吗？"她发了三张自拍照，竟然穿衣打扮跟陈晓雅的风格相似，有陈晓雅般清雅和秀气的感觉，只是透着淡淡的商业气息而已。周辰瑜狠狠地夸奖了一番，已经丧失了底线。不过王艺芸也确实挺漂亮，周辰瑜情不自禁地一睹再睹，喜爱之情早就生根发芽了。

随着时间的流逝，这场风波慢慢地过去了，但在王艺芸的心里却永远留下了一条细小而狭窄的缝隙，折射阳光的温度和风里雨露的凉意，有时候不由自主地会询问陈晓雅怎么样了，周辰瑜不得不继续撒善意的谎言。

23

10月份最后一周，让周辰瑜万分欢喜的是，千呼万唤的公务员考试大纲和招聘岗位，在人民网、新华网宛如春天百花豁然绽放。同学们都在思考百花丛里应该采集哪朵花的花蜜——该报名什么岗位，为中华民族春意盎然的伟大复兴贡献青春和力量。毫无实力的学生无须过多考虑，潇洒地放空水库，留下墨宝"到此一游"便也罢了。真正有实力的学生，只需要尽情享受"一览众山小"的爽感，就可以释放自我了。最难受的是实力中不溜丢的学生，宛如荡漾在水面浮浮沉沉，周辰瑜便是此类，他浮在水面分界线呼吸有点困难——生死都有可能。

一部好的电视剧总是充满悬念，结局总会那么出乎意料。千里挑一报名也是如此，比跌宕起伏的电视剧故事情节更加精彩，可谓"一念决定输赢"。但千里挑一报名也是有基本规律在起作用，宛如追求女朋友，一个穷屌丝挑战"白富美"——比如财政部、国家发改委等单位，那可能是一场笑话，除非运气特别好，宛如吃了忠诚人类动物的排泄物。这些声名赫赫的"白富美"，彩礼不厚会自取其辱。但也有相对冷门的单位，彩礼稍微少点，就可以博得考官们的欢心。这一切都是因缘而定，适合自己就是最好的，但最难判断。报名，也体现了一个学生的智慧。

倘若像宿友李茂霖高考报名那样，冒险选择"白富美"就是自取灭亡。李茂霖高考成绩全校第一名，脑子一热再热，膨胀得厉害，填报了世界名校清华大学，结果被"白富美"pass了，沦落到了"小家碧玉"的复华大学。倘若李茂霖填报"大家闺秀"中国政法大学，也是小菜一碟。为此事，李茂霖痛哭流涕，欲投河自尽，幸亏女友"馒头"前世回眸了十万次，今生注定要谈一场风花雪月的爱情，李茂霖才没有放弃生命。宛如《红楼梦》"绛珠还泪"——林黛玉要用一生的眼泪，报答贾宝玉的灌溉之恩。当李茂霖飞身投河，咕噜咕噜喝了两口水后，竟然发现自己是游泳高手，花样翻新地狗刨出国际锦标赛的水平，美国飞鱼菲尔普斯都自愧不如，海豚也吃惊不已，李茂霖更是惊讶不已。

周辰瑜觉得要吸取李茂霖的深刻教训，觉得挑战千里挑一，报考岗位是至关重要的"因"。因为遇到何种实力的竞争对手，跟报考岗位有关系。故要审时度势，认真分析。宿友张子浩、李茂霖比周辰瑜聪明多了，无须棒喝，早就"顿悟"。他们不由自主地选择了竞争较弱的中央驻地方的分支机构。张子浩、李茂霖带着"到此一游"的心态，分别报考了家乡琏城的税务局和复华城海关。徐智鹏带着"到此再游"的心态，报名了复华城税务局。徐智鹏的媳妇陈菲菲却出手不凡，直接报考了外交部。宿友们纷纷开玩笑说，这是抛弃徐智鹏的前奏。不过，"馒头"苏曼曼的"眼泪"尚未还完，于是决定陪着李茂霖一起"殉情"——也报了复华城海关——招录十个名额的岗位。张子浩深深感动了，笑道："你们两个不求同年同月生，但求同年同月考上啊！"周辰瑜心里却是"但求同年同月死！"他认为"馒头"和李茂霖光顾着"绛珠还泪，报答灌溉之恩"，没有精心准备是考不上的，"离开"是最美的绝唱——林黛玉于贾宝玉、薛宝钗大婚之夜泪尽而逝。

大家穿上翼装从悬崖一跃而下，宛如飞鸟般在崇山峻岭之间急速滑翔。只剩下晕高的周辰瑜犹豫不决，始终没有确定跳崖飞翔的地点。

周辰瑜向他瑜城中学的好友——泄露他追求陈晓雅的陈君，探讨请教此事。陈君"艺高胆大"，直接挑战国家发展改革委，把周辰瑜吓得忘记了自己是用肺呼吸的哺乳动物，直接创造了此生憋气的个人纪录。陈君无所谓地笑道："考虑啥啊！都是千里挑一，随便报考什么岗位都一样！"周辰瑜说："我还要考虑考虑。"陈君说："辰瑜，我估计你跟汪国强和张文杰差不多。他们刚开始想一日看尽北京（长安）花，最后都选择了地方机构。"汪国强报考的是上海海关，至死不渝都要在王艺芸生活的区域活动，以期待东山再起，获得芳心。汪国强卖鱼卖螃蟹，挣了点儿小钱，准备在抖音上开个店。张文杰报考的是苏州国税系统，因为女朋友家在苏州。张文杰放弃了追求王艺芸，张父差点儿断了父子关系，幸亏女朋友家境殷实，聊表安慰。

周辰瑜在校园图书馆遇到了堂弟周学进，他挑战"炙手可热"的自然资源部，也就是高新远千里挑一的单位，敬佩得周辰瑜只吐舌头，心想果然是高手。周辰瑜小心翼翼地反复权衡，最后毫不犹豫地 pass 了声名远扬的国家部委。他模仿"田忌赛马"，尽可能避开"武林高手"可能报考的单位，最终报了 M 局办公室综合文秘岗位。

周辰瑜的报名,可谓宛如孕妇般"难产"。报名截止时间——10月30日晚上,宿友张子浩忍不住再次询问baby出生了没有?周辰瑜兴奋地说:"出生了,是顺产。"他开心地阐述了报考M局的理由,以为宿友们会竖起大拇指纷纷称赞"妙妙妙",结果却是一片嘲笑的声浪。李茂霖大声笑道:"竞争如此激烈的国考,如此计较些微差别,你不觉得十分可笑吗?"张子浩也呵呵笑道:"辰哥,你太谨慎了,你还是有实力的。"

周辰瑜的决策完全正确,这一年他只有报考M局才能考上。因为他的笔试分数,离声名远扬的国家部委面试分数线,还差十五分,连相亲面试的资格都没有,别说办酒席入洞房了。

陈晓雅觉得自己的天赋远远高于周辰瑜,故报名并没有跟他请教。周辰瑜"陪考"的任务,已经顺利完成,到了"兔死狗烹"的时期了,只是韩信遭杀身之祸,而周辰瑜没有生命之忧罢了。可见,天下没有永远的朋友,只有永远的利益,这句话确实是真理。

一个星期后的一天下午,陈晓雅主动约周辰瑜到自习室里面看书。校园里面樟树叶绿得发冷,学生很少出来活动。在去往图书馆的路上,周辰瑜满脸笑容,把"田忌赛马"的报名过程说了一遍。结果陈晓雅并没有称赞,却轻声细语地反对道:"这哪说得清楚呢!如果高手都是如此想,岂不是惨了!"

陈晓雅说得也非常有道理,周辰瑜的笑容瞬间僵死在脸上,他大声说:"那就赌吧!"一个"赌"字引起陈晓雅的深思。她眉头一皱,有点后悔地说:"辰瑜,我觉得我可能报名报错了。"陈晓雅一语成谶。倘若报考国家粮食和物资储备局,不是财政部,就顺利考上了，就会明白有钱，不如有粮食，"粮食足，天下安"才是真正的治世大道。陈晓雅边走边笑道："就这样了，报名时间已经结束了。不过我报考的岗位招聘两个人，考上的概率应该大一些。"周辰瑜口是心非道："嗯嗯，概率应该大一些。"其实招聘两个名额的岗位更是高手云集，周辰瑜不敢说出口，不想惹陈晓雅不高兴。

陈晓雅告诉周辰瑜，她的男朋友沈鸿报考了国家发展改革委，碰碰运气，他已经有外资跨国集团的 offer，考上考不上也无所谓。周辰瑜感到非常自卑，心想沈鸿太优秀了，自己虽败犹荣。陈晓雅还说，有一个留学英国的闺蜜，跟周辰瑜报考的是同一个岗位。周辰瑜不禁在心里感慨，祖国确实强大了，留学生也没有了特殊待遇，也只能同台竞技。两人走进图书馆玻璃门，走向二楼明亮而干净的自习室。

千里挑一的决战马上就要拉开序幕了，两人相互鼓励加油，做最后的百米冲刺。这场战役注定跌宕起伏、惊心动魄，注定永远深深地铭刻在两人的脑海深处，此生难忘。周辰瑜也没有想到发生那么多波澜起伏的故事。

24

时光飞逝，半个月转逝而去，时间已经到了 11 月 22 日，再过十天国考决战就要开始了。寒流从遥远的西伯利亚千里迢迢，也再次席卷而来凑热闹。在校园里面枯黄的树叶纷飞如蝶的时候，消瘦的周辰瑜坐在自习室里面，模拟了几套试卷，成绩却惨不忍睹。陈晓雅笑着说她模拟试卷的效果不错，顺便问周辰瑜效果如何。周辰瑜挺直腰杆，表示效果颇好，不能让陈晓雅瞧不起，那么一流高手兼指导老师的颜面扫尽，只能打肿脸充胖子了。周辰瑜脸色难堪。但接下来两天模拟试卷的效果依然不理想，周辰瑜十分郁闷，坏脾气一下子汪洋恣肆地涌了出来，连寒冷的空气都瑟瑟发抖。

李茂霖就业不顺利，也心烦意乱，唉声叹气。故同病相怜的两人，突然亲如兄弟。于是，两人到复华大学北门的游戏厅里面，疯狂地玩了一下午游戏，发泄内心郁闷的情绪，两人几乎把鼠标点碎，惹得网管直翻白眼。夜色朦胧时，两人效仿曹操"何以解忧，唯有杜康"的豪迈情怀，来到校园北门街道的古朴淡雅的瑜菜馆，将心中的烦恼和苦闷，统统融入白酒的火焰里面。两人喝得酩酊大醉，牛皮吹得天花乱坠。第二天一整天，周辰瑜都迷迷糊糊地酣睡。李茂霖下午起床，去了"苏式"主教学楼教室复习考博书籍。在奋斗的人生道路上，两人都感到了苦涩的味道，但依然努力前进。

晚上周辰瑜才起床，去吃夜宵，路过甲骨文研究生公寓走廊处，听到了一个穿紫色棉衣的女孩跟男朋友的哭诉声："我真的不想复习国考了，实在忍受不了了。要不你从上海来瑜城工作吧！周瑜新区现在发展挺好的。"复习国考确实又苦又累，头昏脑涨的周辰瑜也极其难熬，他鼻子一酸，差点儿陪她一起哭泣，而且是免费相赠。他默念道："人生如花，必然受苦，但必须盛开。"苦乃人生常态，那么如何盛开呢？周辰瑜觉得应该向师哥高新远请教了。

此时此刻，春风得意的高新远，在西单大悦城电影院，陪同女朋友欣赏《流浪地球》露出开心而幸福的笑容。电影院里观众爆满。貌美如花的女朋友，靠在高新远的怀里"流浪"爱情的香水味道。而周辰瑜站在学生公寓走廊处，仰望星空，冷风凉月夜色朦胧，感受到地球正在宇宙里面孤独地流浪，不知未来是否会毁灭。他心里清楚如果自己不努力，毁灭的将是自己。

听了周辰瑜的话，高新远安慰道："去年，我也遇到了这个问题。是考前大脑神经过于紧张，影响了正常发挥。好好放松休息两天就好了。"周辰瑜万分欢喜，大声说："谢谢师兄的指点"——"迷津"两个字尚未说出，就被高新远掐断了："我正在陪女朋友看电影，明天再聊吧！"周辰瑜也听到了电影的声音。高新远新交的女朋友是留学英国的金融硕士，已入职小象保险公司，长相属于男人可以相伴一生流浪天涯海角的那种美人类型，父母在股份制银行分行营业部工作，家里特别有money，超过"正方体"家庭财富何止几倍。这是真正的潜规则，潜得高新远心甘情愿，心花怒放，心情舒畅。这是周辰瑜不敢想象的福报，而他依然在人生的迷雾里面流浪，他还在寻找筑巢的树枝。

周辰瑜跟高新远通完电话，去周记馄饨馆吃夜宵。一个小时后，周辰瑜回到宿舍，戴上耳机，听Susan充满淡淡的忧伤又蕴含勃勃生机的歌声："早就习惯与孤独缠绵，只为理想而弹这根多情的琴弦。"Susan的歌声，陪伴周辰瑜备战国考的孤独岁月，让他在奋斗中充满激情、感到温暖和快乐。周辰瑜想起了迎新晚会陈晓雅朗诵徐志摩《再别康桥》时的情形，一袭白裙的陈晓雅款款走来。周辰瑜心里有点莫名的忧伤，他要跟她《再别复华》了：轻轻的我该走了，这温馨安宁的港湾。后来周辰瑜又想起在瑜湖渔家给王艺芸过生日的情形，脸上露出似乎未来可期的温暖笑容。

周辰瑜找王艺芸微信聊天，她正在上海浦东新区的家里诵读《金刚经》，已经准备上床睡觉了。周辰瑜说复习效果不太好。王艺芸将刚诵读的"应无所住而生其心"发了过去。周辰瑜明白要放下这个烦恼，但是放不下，回复道："我没有那么高的境界。"王艺芸也不理解这句话的意思，只好说："你反复读就可以了。"周辰瑜沉醉在 Susan 的歌声中，反复默念这句话，慢慢放下了复习不好的念头。他想人的意念如流水潺潺，他不应该执着流过的那段流水，流过就流过了，没有流过的，即将到来。而自己的心宛如河床，不应该在意流水，保持一份安宁和寂静，便是愉快。

后来，王艺芸问："最近联系了部里的那位高同学吗？"

"今天晚上我们通过电话。"周辰瑜有点自豪地回复道。

"他有没有提湖花岛别墅的事情？"

"没有。我们聊了国考的事情。怎么了？"周辰瑜隐约感觉湖花岛别墅可能有问题。其实从高新远将自然资源部部长批示的信访件，转给复华省人民政府后，湖花岛部分别墅违建的事情，小道消息在瑜城市传得风风雨雨。环境保护是龚副市长分管的领域，他急得一夜之间白了前额的一缕头发，比春秋时期著名军事家伍子胥的一夜白发还要"白"几分。人家伍子胥"白"得伟大，"白"得有道义。龚副市长只能是形象变了，他的一缕白发，果然时尚时髦，别具一格。周父开心得在客厅里面高吼《保卫黄河》，歌声美妙，高亢澎湃，成功把世界三大男高音之一的帕瓦罗蒂挤下了排名榜。同时把楼上楼下的两个邻居也挤了进来，跟后面也咆哮了一顿。顿时世界三大男高音全军覆没——都被挤下了排名榜，差点儿惊动了警察叔叔。

"没事，没什么。"王艺芸回复道。千科集团有十亿银行短期债务年底到期。10月份，周瑜新区出台了非周瑜新区企业单位人员不得购买"周瑜新区"二套房的政策，千科瑜城公司房产销售速度断崖式下降，严重影响了千科集团的流动资金。周瑜新区也没有办法，再不限购，炒房能把房价炒到瑜山山峰上，周瑜新区太火了，短期限购十分有必要。王土急得宛如热锅上的蚂蚁，正在考虑转卖瑜城城市银行的股权，解燃眉之急，这可是优质资产，更是千科集团的心头肉。王艺芸知道周辰瑜不知道核心秘密，故不再询问了，心里默默念叨："佛祖保佑千科集团顺利平安。"王土再次去谱渡寺烧香许愿，希望生态保护的大风不要吹拂碧波荡漾的瑜湖，不要吹到湖花岛别墅群。宏益法师始终笑而不语。

　　周辰瑜并不关心瑜城首富王土的商业沉浮，他也没有体验商业的跌宕起伏，刀光剑影。他最在乎的是四天后决定命运的国考决战。周辰瑜休息了两天后，精神抖擞地在自习室里面模拟了一套试卷，潜能终于得到释放，成绩明显提高。因此，周辰瑜露出了轻松愉快的笑容，他的心变得异常安静，仿佛听到大地呼吸的深沉声音。

　　离国考决战只有两天时间了，考前疲倦不堪是兵家大忌，周辰瑜扔掉了所有兵器——国考复习书籍。他穿着一双白色运动鞋，独自悠闲地在午后的校园南门广场漫步。在时间的洪流里面，他用手和脸庞，感受空气的流动，肌肤感觉风是凉凉的。周辰瑜抬头望去，复华大学的上空，宛如凡·高的代表作《向日葵》般色彩斑斓。这个世界一片温馨和安宁，幸福愉快的感觉。周辰瑜走到碧波荡漾的眼镜湖畔，只见有学生悠闲地散步，有老人坐在长椅子上安逸地休息，还有旅客拿手机愉快地拍照片。盛世的生活如此美好和安逸，能够听见咚咚咚的心跳声。而周辰瑜内心却万马奔腾，千里挑一的决战已经来临了，那就让龙卷风来得更猛烈些吧！掀起瑜湖惊涛拍岸，淹没秀美的湖花岛。

25

决战的时间，终于要到来了。无声无息，汹涌澎湃。12月1日下午四点，周辰瑜乘出租车从复华大学，来到复华中医药大学考点。一路观赏城市景色，街道喧闹繁华，车水马龙，荡漾人间烟火，宛如大唐盛世首都长安的感觉。周辰瑜走进"一鸣惊人"小旅馆，穿褐红色毛线衣胖胖的女老板登记周辰瑜的身份证号码，感慨道："一条街的旅馆，都住满了考生，你要是再来迟一步，就没有房间了。"周辰瑜笑道："那太幸运了。"心想这就是状元楼了，脑海里面却浮现唐朝科举考试的盛大场面。仿佛自己就是即将金榜题名的秀才，与状元楼的老板娘初次相遇，可惜不是千金小姐的邂逅，没有美丽的爱情故事。接着周辰瑜想起孔乙己"窃书不算偷"的故事，心里感到有点尴尬——孔乙己可是考了多次都没有考中。又想到"范进中举"的荒诞画面，不过范进好歹考上了，算是吉兆，但转念一想范进一大把年龄，考了很多次才可怜兮兮地考上举人，顿时感觉也不吉利。因此，周辰瑜把现代著名作家鲁迅和清代小说家吴敬梓，狠狠地数落了一顿，埋怨不应该创作两位穷酸落魄的人物形象，害得自己又温习了一遍。温故而知新，想想自己有可能也那么滑稽不堪，无可奈何地笑了笑。这就是人生，无论多少苦乐。

周辰瑜用门禁卡打开房门，走入干净而温馨的房间，打开荧光灯和空调，躺在床上休息。周辰瑜十分担心晚上睡不着觉，影响了明天考场的正常发挥，于是翻看大量新闻信息，想把大脑折腾累趴下，恨不得立刻阅览完所有的天下大事。时间一分一秒嘀嘀嗒嗒地流逝，周辰瑜的脑子越来越累了。九点钟时，眯缝着眼的周辰瑜，睡意渐浓。他再一次仔细检查明天上战场的武器——身份证、准考证、铅笔和小刀之类的物件，是否齐全。还存在什么意外风险呢？周辰瑜想到倘若深夜有人打电话吵醒了自己，那么将无法入睡，第二天的千里挑一就完了，这是最大的风险。周辰瑜暗暗佩服自己聪明而谨慎——直接关机了。周辰瑜躺在被窝里面却无法入睡，他想起他和陈晓雅一起在自习室复习国考的温暖画面，想起复华大学甲骨文研究专家——校长热情四溢的演讲，想起宏益法师拜佛时的虔诚表情，想起周瑜新区的崛起……这个世界无时无刻不在变化之中，一切恍如一梦，跟自己有关系，又跟自己没有关系。周辰瑜把自己再次想累了，他心里默念："本来无一物，何处惹尘埃！"他用唯物主义哲学观理解禅宗六祖慧能的名偈，倘若自己离开了人间，哪有考上国家部委的想法，何来考上考不上的烦恼呢？权当自己已经作古了。再说心如河床任水汩汩，流执着又有何意义呢！现在该睡觉了，便是开悟。周辰瑜的睡意渐浓，最后浓得无力睁开眼睛，轰然进入了梦乡。

第二天清晨六点半，手机闹铃声响起——Susan演唱的悠扬而深情的《你的万水千山》。周辰瑜打了个哈欠，心情愉悦地伸了个懒腰，精神抖擞地起床了。当他看手机显示屏有两个未接来电短信提示时，脸色大变。一个电话是李茂霖九点半打的，另一个电话是汪国强十一点十分打的。周辰瑜心想倘若没有关机，昨夜肯定无法入睡，今天考试就彻底 over 了。周辰瑜认为，这是想陷害他，用心真的非常险恶，真是知人知面不知心。善良的周辰瑜，从来没有害人之心，这次他真的提高了警惕性。

这时候手机铃声大振，周辰瑜面容冷峻地将手机贴在耳边，熟悉的声音传到耳膜："瑜哥，昨晚打电话，想跟你聊聊天。没有想到你关机了，现在向你道歉。"李茂霖打电话的时间比较正常，周辰瑜原谅了他，笑道："没事。我担心晚上有人打电话吵醒了我，所以关了手机。茂霖，我要刷牙洗脸了，祝你和曼曼考得好成绩。"但是汪国强明显充满了杀气，让周辰瑜心里不寒而栗。汪国强音讯全无，并没有打电话解释此事。即使解释，周辰瑜也不会原谅这个卑鄙的小人。从此以后，周辰瑜渐渐疏远了汪国强，虽然见面时依然沟通交流，但是内心深处已经将汪国强拉入了黑名单，两人的关系真正结束了。

周辰瑜洗漱完毕，背着书包大步走出旅馆，走在街道上欣赏美景。复华城清晨的景色，真的非常美丽，宛如法国著名画家保罗·塞尚的印象派作品《贝西塞纳河》般色彩斑斓，甚至比印象派还要印象。只见阳光染红了护城河清澈见底的水流，一栋栋高楼大厦的倒影五颜六色，荡漾着印象派画作的韵味。灰色的街道上，车辆和人影匆匆而去，两旁的香樟树繁密的绿叶，哗哗作响。整个城市蕴藏着勃勃生机，车流如水，人影婆娑，都在为美好生活而努力奋斗。周辰瑜感到心旷神怡，情绪异常兴奋。他想起老祖宗周瑜指挥火烧赤壁战役时"羽扇纶巾"的潇洒形象，心里气势如虹，他将全力以赴挑战千里挑一，这是基因的一场战争，周瑜的后人不能输。

周辰瑜的步伐坚定有力，走进古树浓郁而幽静的复华中医药大学。他沿着木质考点指示牌，来到一栋六层楼高的教学楼，白墙上挂着一条在风中上下翻飞的红布，可见"遵守考场纪律"几个白色黑体字。教学楼下熙熙攘攘的考生，有的在独自深思，有的在谈笑风生，还有的在研究试题。一个个看起来人模人样的，都在等待激烈厮杀的决战时刻。人民网、新华网客户端、自媒体上纷纷报道这一举国盛事，确实非常热闹。陈晓雅、周学进、周辰瑜宿友和瑜城中学"三方才子"都在考场教学楼下，等待比赛的开式开始。

周辰瑜走到教学楼旁一棵枝繁叶茂的香樟树下，等待上战场冲锋陷阵。一位眉目清秀、戴眼镜的中年男子，主动走过来攀谈，他有点开心地告诉周辰瑜，他今年三十五岁最后一次参加国考了，不过只有一百二十人报名了他的岗位，今年蛮有希望。周辰瑜无法体会眼镜男的心境是何等的英勇和悲壮，反正觉得可怜兮兮的，他淡淡地笑道："我那岗位一千多人报考。"眼镜男情商较低，幸灾乐祸地笑道："这么多人报考，还有什么戏。"周辰瑜听了，不爽地白了他一眼，但又不好发作。眼镜男意识到言语唐突了，笑道："不过，你还年轻，以后机会多得是！"眼镜男宣布了周辰瑜今年国考的死刑，周辰瑜气得恨不得给他一巴掌，他有点讨厌眼镜男，于是冷冷地离开了。

过了一会儿，一名穿蓝色工作服的中年男子，打开了考场大楼的门锁。周辰瑜跟着人流，拥上楼梯，走进二楼第二考场——一间宽敞而明亮的教室。里面坐满了考生，只见有的考生低头在整理资料，有的用手指刷手机屏幕，还有的在闭目养神养精蓄锐。周辰瑜找到自己的座位,坐了下来,揉了揉太阳穴,深深呼吸一口气,缓解内心的紧张情绪。他默念"人生如花,必然受苦,必须盛开",他心想既然来了,那就接受命运的洗礼吧!周辰瑜渐渐进入"无我"——心静如水的状态。

一男一女监考老师,迈着不顾考生生死的步伐,悠悠闲闲地走进了教室。男的胡子拉碴,好像一名艺术家。女的微胖的身躯,扭得令人不能产生审美感觉。两人一脸淡然,不慌不忙的节奏令考生心急如焚。所有的考生,都用不耐烦的眼神狠狠地鞭打两人,已经达到燃烧的临界点。此时此刻,一秒钟的耽搁也让考生们害怕得瑟瑟发抖,恨不得把他们的衣服烧光,赤身裸体在寒冷的空气里面冻得瑟瑟发抖。周辰瑜早就瑟瑟发抖了,但转念一想必须保持心静如水的境界,才能发挥出与生俱来的智慧。于是,他闭上了眼睛,感觉时间一寸一寸地被拉长,宛如在拉长面条般缓慢地延伸,面条仿佛要断了,但始终却未断。

突然面条被拉断了,胡子拉碴的男监考老师大声宣布考场纪律,声音沧桑得仿佛回到远古的恐龙时代,人类还没有诞生。女监考老师扭着腰肢慢吞吞地分发试卷,宛如单身多年无人追的慵懒。没有想到考生梦寐以求的波澜不惊的考试境界,竟然被女监考老师无意中实现了——考生们的死活与她无关,她依然要随着日月交替,耕作自己的一亩三分地。

周辰瑜心里着急上火,心想:"一秒一分都是分数啊!求求你快一点吧!你要是快一点,你是我岳母,我也愿意。"等待的时间,长得宛如一个世纪的沧海桑田已过。女监考老师终于穿越时空,胖乎乎的手递试卷给周辰瑜。周辰瑜拿到试卷,立刻小心翼翼地填写好姓名和准考证号码,并用2B铅笔认真涂黑小方格。

千里挑一这场战争已经正式开始了，没有战鼓声声，只有风吹窗户的声音。周辰瑜属于临场表现型选手——每次进入考场就思维敏捷、超常发挥，不像有的人会头昏脑涨，甚至会昏厥过去。周辰瑜认为自己本来就不强，还不拼死一搏，那不是对不起瞎蒙的本能天赋吗？这些年也正是靠此心法秘诀，周辰瑜才逢凶化吉渡过了一个又一个难关，经常以超过一分或者两分的分数而侥幸过线。不过，这也是实力不够的无奈之举，既然横竖都是死，那就摆出最好看的pose吧。宛如一个英雄脑袋搬家时，还不忘用中西合璧的方式称赞道："好刀，好刀法。Thank you！"这才是积极乐观的人生态度。

这时候考场铃声突然大作，考场气氛变得紧张，男教师立刻宣布考试正式开始。教室里面突然静得出奇，阳光静静地落在教室的地面上显得那么温馨，风偶尔摇一下窗户发出瑟瑟作响的声音。注定这是一场兵不血刃的战争，每个考生都要燃烧自我拼尽全力，争取自己最好的成绩。

周辰瑜凝神聚力，大脑宛如飞机的发动机般嗡嗡地高速旋转。他宛如一代战神周瑜指挥火烧赤壁之战，率领脑细胞大军，按照事先确定的进攻路线——答题顺序，一路勇猛厮杀得格外细致，弹无虚发，每一颗子弹都击中一个题目。最不擅长的题型直接打入冷宫，最后辅以宠爱之心，闭着眼睛恩赐该题结果。周辰瑜每做完一道题目，利用两三秒钟思维停顿的时间，迅速用2B铅笔涂答题卡。如此这般不仅大脑获得短暂的休息，而且比做完试卷后一次性涂答题卡节约两三分钟时间。虽然周辰瑜的实力，只是个二流选手，但他把自己想象成参加"华山论剑"的一代武学宗师，一招一式毫不含糊，一就是一、二就是二，直接而干脆，果断而坚决地一笔定乾坤。第一感觉往往比较靠谱，宛如一见钟情的爱情，那是冥冥之中注定的心灵悸动的神秘感觉。就这样周辰瑜一鼓作气，行如流水地解题或者猜题，时而滑行，时而飞舞，时而高山流水，时而潺潺细流。会做的题目一定做对，不会做的题目也尽量蒙对，比的就是稳重和细心，还有运气。

当考试结束铃声响起时，周辰瑜的额头上已经沁出细密的汗珠。他累得头昏脑涨，但仍有八道数量关系题没有做，也不会解答。突然有考生放了一个响屁，周辰瑜为避开"B"的谐音"屁"，原计划一"B"到底，现在索性一"C"到底。幸亏这个响屁，否则周辰瑜面试的机会都没有了——选"C"比选"B"多一道题目。不过，试题做不完实属正常，做完了，那真的是"绝顶聪明"，可惜周辰瑜头发浓密茂盛，没有一点儿"绝顶"的迹象。

交了试卷后，周辰瑜随着人流，迷迷糊糊地走向复华中医药大学的大门口。上午两个小时太累了，周辰瑜的脑神经近于崩溃的边缘。他一边走，一边恍惚地看着路边的香樟树，明亮的阳光透过繁密的绿叶照射到路面，整个景象宛如泼彩的中国画。考生们七嘴八舌地交流，有的说："今年行测太难了。"也有的人说："今年行测不是很难。"周辰瑜没有难易感觉，只是觉得自己发挥得不错，尤其那个响屁后，自己蒙题的表现可圈可点，果断放弃了一"B"到底的既定方针，果然十分聪慧，是个高手。

中午，周辰瑜走入客满为患的湘菜馆，有滋有味地吃了小炒香干、蘑菇炖鸡和一碗米饭，心想如果下午申论正常发挥，那么进入面试有戏，那真是电影"一出好戏"了。只是周辰瑜尚不知晓，昨天上午周父"一出好戏"华丽地上演了。瑜城市市委书记唐君同志新官"三把火"，"第一把火"便是提拔一批"老黄牛"

式干部，市委常委会研究决定年过半百的图书馆馆长周父，升职为瑜城市教育局副局长。当王艺芸在千科集团上海总部恳求叔叔王土帮忙时，王土苦笑道："想什么呢？你还以为瑜城是老郑的时代啊！这个两袖清风的唐书记，不搞我们就不错了。"王土送钱被唐君书记拒收。周父大器晚成的传奇故事，后来在瑜城市教育系统广泛流传，有很多干部说："周馆长干事踏实，为人老实，早就应该提拔了，组织对不起他啊！"也有的干部说："倘若没有市委书记唐君这个伯乐，他是不会提拔的。"还有的干部说："还不是周新林的面子，朝中有人好做官，这点小事小意思啦。"有一次，王艺芸告诉周辰瑜："叔叔已经尽了全力，你的爸爸运气不错。"周辰瑜感激不尽，开心得隔空亲吻了王艺芸，他一直以为父亲升职是王土的功劳。

周辰瑜更不知晓的是，上午在他惊心动魄地答题的时候，周父开车来到了谱渡寺。寺庙里面香火旺盛。周父觉得这个世界的因缘无法说清，他放弃升官的想法却意外地被提拔了。宛如中了彩票般无比惊喜的感觉。这就是周父的命运，多年辛勤工作的回报。郑阳同志心里愧疚他曾经的女朋友——周母，才让教育局局长提拔周父为图书馆馆长，要不然周父混得更惨，可能现在只是图书馆普通员工。当然，周父并不知道此事。

怀才不遇的周父，希望儿子有出息的念头十分虔诚，他跪在垫上，哗啦啦地极速摇动淡黄色的签筒，抛出一支淡黄色的竹签。周父捡起后，交给站在身后的宏益法师。宏益法师解签道："一线希望一念间，一波三折是因缘。"宏益法师照顾周父的内心感受，解道："倘若有贵人相助，尚有一线希望。"周父叹气苦笑道："哪有什么贵人啊！辰瑜不听劝，一心一意考国家部委，他是什么智商水平,我们还不知道。"周父认为周辰瑜挑战千里挑一失败是必然的事情,去千科集团工作尚有一线希望。在寺庙千年槐树下,宏益法师安慰道:"老哥,我观察辰瑜面相是有福之人,相信辰瑜会有一线希望,好事总要多磨。"

"但愿如此吧!"周父无可奈何地摇了摇头。岁月的磨炼已经让周父变得目光短浅。曾经那个慷慨激昂、书生意气的年轻人,永远尘封在周母的记忆深处了。曾经有一次美容院缺少资金运转濒临破产,周母泪流满面:"我就是被你这个文艺青年给骗了,原以为挺有才,以后有个依靠,没有想到一点都指望不上。"周父心里也非常难受,倘若大权在握,何愁借不到一笔资金。幸亏瑜城市市委书记唐君同志的"三把火",烧得周母满脸绯红,宛如回到了少女的怀春时代,周母对周父的态度悄然改变。周父笑得一脸灿烂。

临走时,周父声音沙哑地对宏益法师说:"我比较担心辰瑜如果考不上,受不了这么大的刺激,一蹶不振就麻烦了。"宏益法师爽朗地笑道:"周副局长,真不用担忧辰瑜。他颇有慧根,是大富大贵之命!再说儿孙自有儿孙福,莫与儿孙做马牛。"周父点点头,思绪万千地开车回城南小区。一路上心里十分失落,宛如飘了一场淅淅沥沥的冬雨。

当周父回家在阳台抽烟沉思的时候,悠闲自得的周辰瑜步行到复华中医大学篮球场。温暖的阳光照在脸上怪舒服的,他坐在篮球场看台上,欣赏学校景色,等待下午波澜壮阔的决战。后来,他的右眼皮跳了五六次,产生了不祥的感觉。他担心下午可能会马失前蹄,虽然他没有"前蹄"也不是千里马。他安慰道:"考不上,也不要我的命,有什么好怕的呢?何况上午考得不错,还是有一线希望的。"他安静地倾听微风的呼吸声，一片枯黄的落叶飘落在他的脚旁，透着岁月沧桑的味道。

下午两名监考老师跟上午的老师相比，显得和蔼可亲。男的斯斯文文，女的文文静静。两人年龄三十岁左右，挺有夫妻相，分发试卷也挺般配——都特别麻利迅速。周辰瑜拿到试卷，极速扫看了下申论试卷的试题，似乎都会解答，顿时心里喜滋滋，开心得想给两名监考老师主持浪漫的考场婚礼。

由于上午自我感觉良好，故下午有点放松。周辰瑜追求字迹工整漂亮，故时间把控上失衡了——后面的试题时间留得不够。于是，他的字迹从楷书向行书、草书演变，活生生地演绎了一部书法史。正如签上的文字："一波三折是因缘。"周辰瑜在答第四道题目时，脑子里面一片空白，一下子蒙住了，眼前仿佛清晨起了一层浓浓的白雾。他惶恐不安，不知道如何下笔。时间恐怖地一分一秒地奔跑，转瞬间五分钟已经悄然而过。周辰瑜绞尽脑汁，仍然不知道怎么解题。他一阵惊慌，心想："这次国考over了。"越如此想越心慌，思绪更凌乱不堪，宛如被滂沱大雨淋湿了眼睛，睁不开难以呼吸的感觉。太紧张了，紧张得心怦怦直跳。

就在这无法呼吸的危急时刻，周辰瑜在大雨中努力睁开了眼睛，告诫自己要沉着冷静应对困境。周辰瑜默念道："人生如花，必然受苦，必须盛开。而盛开就在当下，哪怕一线希望都要绽放如花。"于是他立刻决定，先做最后一道作文题，再杀个回马枪。此时时间一下子宛如被拉长拉紧的橡皮筋，随时都有可能会绷断——命悬一线的感觉。周辰瑜风驰电掣，疯狂地写申论文章，行书和草书并用，字迹自然缭乱，水平之高丑书大师都自叹不如。有些语句也显得啰唆，幸亏平时训练有素，才顺利完成了申论文章的写作，心里总算松了一口气。

此时，时间只剩下十五分钟，非常紧张了。周辰瑜快马加鞭向第四道题目杀回马枪，可惜连续杀了好几回，依然没有把第四道题目挑下马。时间又过了六分钟，形势越来越紧急。周辰瑜心乱如麻，但依然不愿意放弃，即使千里挑一这部大戏彻底演砸了，也要演好演砸的过程，失败了也要表演得凄美壮丽，气壮山河。这时候，周辰瑜突然灵光一现，千里挑一的实施方案，跟第四道题解题思路非常相似。于是，他快如闪电般奋笔疾书，草书之圣张旭也佩服得五体投地，中书协主席莫他莫属。周辰瑜心想只要有一线希望，就绝不放弃！最后那个文文静静的女监考老师无奈地拽走答题卡的时候，周辰瑜终于画上了最后的句号，他已经超时接近两分钟了。周辰瑜非常感激地看着她曼妙的背影，心里感慨今天真的遇到贵人了，自己才勉强写完答案。与此同时，一股失败的浓烈情绪轰然而来，周辰瑜站在桌子旁，不知所措，宛如一个小男孩站在滂沱大雨里面，看不见父母的身影，心里一片茫然，不知道怎么办，哇哇大哭。考生们陆陆续续离开了教室，周辰瑜也浑然不知，他的脑海真的一片空白，比白纸还要洁白。

十分钟后，周辰瑜迷迷糊糊地离开了空无一人的教室，风拍打窗户发出凄凉的声音，在教室里面孤单地回荡。周辰瑜已经彻底虚脱了，他疲倦不堪地挪动如铅一般沉重的双腿，跟跟跄跄地走出教室，走向一条心情无比复杂失落的人生道路……

26

夕阳暖暖地照射在复华中医药大学校园，心灰意冷的周辰瑜，随着考生们的脚步声，一起拥向学校大门。有的眼神冷漠而疏远，有的满脸微笑温暖如春，还有的嘻嘻哈哈地说笑。大家在学校大门口，热情而冷淡地散了。各自走各自的路，后会也许无期。

周辰瑜恍恍惚惚地走到学校大门口，仰望城市上空摇摇欲坠的残阳，仿佛瞬间要掉在自己的头上，落在自己的心里。周辰瑜十分后悔，那道题目其实自己会做，但脑子一时短路，惨遭滑铁卢，没有发挥出法国军队真实的水平，眼睁睁地看着胜利的果实，在眼前一晃而过，最后拿破仑也被流放到大西洋上的圣赫勒拿岛。周辰瑜执着一念："这次国考 over 了，自己也要流放了。"周辰瑜感到天旋地转，跟跟跄跄地向前走，两条腿越来越僵硬沉重，一波接一波痛苦的波浪汹涌地淹没了心田。周辰瑜觉得自己是个彻彻底底的失败者，比打断腿的孔乙己和流放的拿破仑还要悲哀。一刹那一股悲凉而不屈的情感洪流，汹涌地涌上心头。他蹲在街道旁边，抱头号啕大哭，泪水一滴一滴地滴在路面的灰尘上，开出美丽的花儿。身旁骑自行车的小伙子，急速而去。

周辰瑜心里感慨万分，自 5 月份复习到现在整整六个月时间，自己很少休息，非常努力刻苦，却没有发挥出应有的水平。他沉浸在梦想破灭的幻境里面，陷入个人命运的迷茫旋涡不可自拔。周辰瑜越想越悲，越想越痛，痛苦宛如晶莹剔透的蚕丝般不断抽出，可谓心如刀割。他伤心欲绝地痛哭，痛哭痛哭再痛哭，泪水宛如一泻千里的河水，几乎淹没了复华城。是啊！当一个人的梦想破灭，是何等心痛欲绝啊！宛如心爱的女人突然离去而心如刀割，那就让泪水更加猛烈些吧！周辰瑜和南唐末年君主李煜同病相怜："问君能有几多愁，恰似一江春水向东流。"

周辰瑜想起电视剧老祖宗周瑜养伤叹曰："近日养伤，深感人生之艰难，就像那不息之长河，虽有东去大海之志，却流程缓慢，征程多艰，然江河水总有入海之时，而人生之志，却常常难以实现，令人抱恨终生。"周辰瑜悲伤欲绝，宛如迷路的小男孩，蹲在街道旁，痛哭流涕整整半个小时，复华城真的被淹没了。他想到"人生如花，必然受苦，必须盛开"这句话，简直就是笑话。苦是受了，却没有绽放芳香的花朵，而是盛开了晶莹剔透的泪花，也许这也是另一种"必然盛开"吧！宏益法师曾说："因上努力，果上随缘。""果"宛如硬币具有正反两面，现在这个"果"盛开得多么晶莹璀璨啊！想到这里，周辰瑜再一次泪流满面，号啕大哭。侧目而视的行人，没有人走过来关心他，一个个带着惊讶的眼神匆匆而去。此时此刻，对于周辰瑜而言，这个世界疏远而冷漠，他宛如风中柳絮水中萍。他也真正品尝到了失望和痛苦，深深地理解了戴维的无精打采和失魂落魄。曾经，他还幸灾乐祸地嘲笑戴维有何想不开呢，又不是失去宝贵的生命，总有一条人生道路能够开满五颜六色的花朵。现在轮到自己更想不开了，哭得稀里哗啦，虽然没有像孟姜女般哭倒了长城，却哭毁了街道水泥路面，复华城城建部门明年追加预算又有了借口。

周辰瑜感慨这个世界如此孤独，没有人安慰，所有的痛苦只能自己去承受。而老祖宗周瑜就非常幸福，当周瑜养伤感叹人生志向难以实现，小乔在身旁安慰道："将军之心，妾能理解一二，将军英才盖世，辅佐明主，渴求统一大业确属鲲鹏之志。然涓滴之水汇成江河，已属不易；奔流向前，汇入大海之时，更会倍感自身之渺茫……"周瑜握小乔之手，感慨地说："吾妻之言，确如金石，令我宽慰许多。"而今，周辰瑜也深感志向不能实现的抱恨之情。他需要有人安慰自己。这时候，Susan翻唱的《我是你的格桑花》的歌声——手机铃声悦耳地突然响起。格桑花关心地大声问："辰瑜，考得怎样？"周辰瑜委屈地回答道："本来可以考好的，可惜下午申论有一道题目出了意外。"周辰瑜又心生悲伤，情不自禁地小声呜咽起来，宛如怀孕龙子三月的宠妃被暗算流产般伤心欲绝。过了一会儿，王艺芸呵呵笑道："别伤心啦！我发个视频给你，你好好看看！"也就是此次，王艺芸真正走进了周辰瑜的内心，宛如小乔安慰老祖宗周瑜的温暖感觉。周辰瑜十分感激王艺芸，而陈晓雅音讯全无。

挂了电话后，周辰瑜泪眼模糊地点开《今生来世》的视频，画面有一个七八岁大的小男孩，盘坐在如茵的草地上，默默地祈祷，他的身后青山云雾缭绕，溪水汨汨流淌。在超凡空灵、柔和慈悲的音乐声中，周辰瑜看着视频显示的一行一行文字，深深陷入了人生真谛的思考：

此生来世，假如有轮回的话，但愿今生，将是在轮回中的最后一生。今生为人实属不易，我要把人性发挥到极致。

每当遭遇困境、面对挫折、感觉不被理解、内心不能够平静时，告诉自己：今生已经是最后一生，我们将永远告别这个娑婆世界，没有什么值得长久计较。虽一时之间，偶尔会有痛苦，但我们会很快提醒自己保持正念觉知。

无论我们现在处于何种人生状态，理想是否实现，经济是否丰盛，智慧是否备足，这都是命运使然，走完这一生，我们将永远不再重复这条人生道路。

人生再长，不过百年，这一生的岁月只是在这个空间的一场梦幻。不论如何活着，无论遇到什么挫折和顺途、失败或者成功，其实都是最有意义的一生，值得自豪的一生，值得珍惜的一生。

今生，将是我在娑婆世界的最后一生。如果还有，就是忘记了"最后"这两个字，或者是对"最后"这两个字认识不够、信心不够。时时牢记着：今生，是我在红尘的最后一生！

周辰瑜情不自禁地听着音乐看了视频三遍，每看一遍视频的文字都泪如泉涌。二十多年积攒的泪水汹涌而出，也哭暗了复华城的天空，夜色宛如水墨画般晕染开来，霓虹的光线在夜色里缓缓穿行，映照在周辰瑜消瘦的脸上泪痕纵横，宛如京剧的脸谱。与此同时，梦想破灭的痛苦，也在逐渐减轻，周辰瑜对人生真谛，有点开悟般的感觉。

5月份春暖花开的季节——半年前，周辰瑜去瑜城瑜山明清建筑风格的谱渡寺，请教慈眉善目的宏益法师，如何心静如水地备战国考。那时候他心潮澎湃，充满槐花蜜般浓浓的期待。临走时，宏益法师相赠禅宗慧能大师的四句偈："菩提本无树，明镜亦非台。本来无一物，何处惹尘埃。"周辰瑜结合《今生来世》视频文字内容，从唯物主义哲学去理解这首偈："自己一直想尽一切方法，努力学习，想要实现千里挑一的梦想。突然，梦想破碎，再也没有期待，也没有执念，心中是空。自己本来就没有拥有过国家部委的职位，也谈不上失去和烦恼。现在的痛苦，是因为这个执念突然破碎，自己一时难以接受而已。其实，心本来就是空的。再说即使考上国家部委，也终究要告别这个温暖的现实世界，人生还有什么值得计较呢！人的生命只有一次，也是非常短暂，无论是遇到挫折或者顺境，都是生命盛开的花朵。即使没有绽放千里挑一的花朵，也要坦然面对现实，在其他人生道路上盛开美丽的花朵。这样的人生就是有意义的，也是没有烦恼和痛苦的人生。自己的心永远是一面明镜，所有的理想不过这面镜子的影子，对影执着，那是执迷不悟。千里挑一并不属于自己，谈何失去呢！即使发挥正常，也未必能够考上，又何必执念此念呢！"周辰瑜虽然能够意识到，但实际上他很难做到这么洒脱。

上帝关上一扇门的同时，也会打开一扇窗，周辰瑜有了新的期许——毕业后到上海的商海里面狗刨，明年再战国考，直到不会盛开。周辰瑜宛如忘记不了初恋对象，依然忘记不了国考，他的心依然没空。

在复华城霓虹闪烁的夜色里面，在轿车的鸣笛声中，周辰瑜走了三公里的距离。走到复华大学北门时，周辰瑜的两条腿像灌了铅似的沉重，宛如沉重的人生。他觉得人生失败的道路，需要自己一步一步地丈量，此生永远铭刻在心。他浑身上下散发出淡淡的忧伤气息，来到校园里面的小湘妃湘菜馆，点了湘味小炒香干、小炒黄牛肉和两瓶二两的二锅头，自斟自饮准备一醉方休。醉酒，才是最幸福的生活。

十分钟后，戴维走进生意兴旺的小湘妃湘菜馆，看见周辰瑜满脸通红，神情恍惚，心中已经明白了七八分。戴维走了过去，周辰瑜盛情邀请原学生企业家一起喝酒消愁，又加了两个菜——臭鳜鱼和红烧泥鳅。周父投资的恋爱基金再次越轨了。处于人生低谷期的戴维，情绪依然有点低落，他咕噜咕噜地喝了半瓶二锅头，像祥林嫂般唠叨道："我真傻，我以为……"周辰瑜一个字都没有听进去，爱搭不理地喝酒，他知道戴维心里难受，于是将《今生来世》的视频通过微信转发给他。

戴维看完视频后，热泪盈眶。他仰着脖子，咕噜咕噜地喝了一瓶二锅头，大声感慨道："今生就是最后一生，我们都应该好好珍惜。江东子弟多才俊，卷土重来未可知。辰瑜，我们还年轻，失败了并不可怕，还有东山再起的资本。"戴维慷慨陈词，楚霸王项羽听了会感到后悔，倘若项羽跟戴维境界一般高，肯定重组江东集团公司，上市融资后，再逐鹿中原，也不至于乌江自杀身亡，黯然退出市场竞争的舞台。

周辰瑜有点尴尬地摇头苦笑，长长地叹了一口气，难兄难弟借酒消愁咏志值得肯定，但失败依然无法改变。戴维放下杯子，继续大声说："我硕士毕业后，到浙江杭州打工，等积累了资本后再创业，再大干一场。中华民族正在伟大复兴，相信我们以后会遇到更好的发展机遇。为未来可期而干杯！"周辰瑜举瓶赞道："相信戴兄会做出一番事业，会成为复华大学杰出校友。"戴维听了，脸上洋溢着开心而幸福的笑容，反问道："你还考吗？"周辰瑜一口喝干半瓶二锅头后，点了点头，又摇了摇头，自言自语道："到时候再说吧！"他也不知道未来会怎样。走一步算一步吧！不过，他肯定努力奋斗，开创一片属于自己的事业。也许，走完此生，事业就有了版图。

晚上十点钟，小湘馆服务人员催促两人尽快离开。两人相互搀扶，踉踉跄跄地走向甲骨文研究生公寓。周辰瑜酒气熏天回到宿舍，他两腿发软，轰的一声倒在床上，蜷缩进入厚厚的棉被里面，瞬间鼾声四起，他真的彻底解脱了——死了般的感觉。堂姐的电话一直振动不已，周辰瑜也毫无感觉，一任堂姐的牵挂担忧到深夜。

李茂霖和张子浩虽然也考得一塌糊涂，但是没有考上浓浓的期望，故情绪上没有那么大波澜起伏，比中国股市在三千点左右还风平浪静。李茂霖有点幸灾乐祸地小声说："瑜哥应该没有考好。"这让李茂霖失衡的心终于平衡了。张子浩同情地小声说："是啊，我也是这个感觉。"大家都比较关心各自的前途和命运，谁不希望自己混得风生水起呢！故周辰瑜失败得越惨烈，李茂霖心里越开心快乐。人啊！总是喜欢看别人的笑话。李茂霖开心了好几天。

27

周辰瑜昏昏沉沉地睡到第二天下午三点钟，醒来时心里依然忧伤而失落。幸亏研三不需要上课了，周辰瑜可以一直酣睡。他躺在床上，隔阳台而望，陈晓雅宿舍在对面那幢甲骨文研究生公寓，不知道她考得如何。如今国考失败，他终于从陈晓雅这只深度套牢的股票中彻底解套了，只是心中依依不舍那种被套的感觉，仿佛清晨荷叶上的露珠留恋绿荷的芳香。

堂姐第六次打电话给周辰瑜。接通电话后，周辰瑜将自己的考试情况告诉了堂姐，忧伤的声音能够让甲骨文研究生公寓伤心不已。堂姐情绪平稳，她认为人生道路千万条，没有必要在一棵树上吊死，安慰道："老弟，没戏就没戏呗！盛世繁华，那么多人活得那么开心和幸福，何况你是硕士研究生呢！只要好好干，未来总会做一番事业。"堂姐亲切而悦耳的声音，让周辰瑜心里顿时舒服多了，宛如沐浴在复华城午后温暖的阳光里面。堂姐对堂弟的家底一清二楚，考虑非常长远："老弟，周瑜新区的拆迁补偿款，上海买房首付差不多够了。你来上海发展，我们可以相互照顾。"

　　周辰瑜打算修改润色毕业论文后，到上海滩旅游考察就业情况，王艺芸也多次邀请周辰瑜。堂姐听了她的爸爸——周辰瑜二叔周家俊介绍，周辰瑜正和千科集团创始人王土先生的侄女王艺芸谈恋爱，便成了周父的传声筒："老弟，你们两个人挺般配。既是老乡，又是同学，有共同话题，感情比较容易培养。而且她家的条件又那么好，有利于今后你在上海发展，你要好好珍惜。"堂姐对周辰瑜的态度，已经发生了微妙的变化，因为堂弟有可能成为亿万富豪。堂姐特地叮嘱道："老弟，你元旦到上海，到时候一定邀请艺芸到我家来玩。我还没有见过弟媳妇呢！"

　　就在"弟媳妇"三个字令周辰瑜哈哈一笑的时候，周父在宽敞而明亮的瑜城市教育局副局长办公室，听取科室负责人汇报全市中小学危房改造项目的进展情况。汇报完后，周父微微一笑道："你先把报告放在这里，我再好好看看。你们要做好局长办公会研究事项的材料准备工作。"自从周父升职为副局长，在教育系统已经成为声名显赫的重要人物，说话声音变得洪亮，自重感也越来越强。要不是周父打了十次周辰瑜的电话打不通,他肯定要口若悬河地点评一番,不推翻报告三次——其实报告已经非常完美了——难以体现领导的权威和水平。周父着急的另一个原因是,周母昨夜打周辰瑜的手机也没有打通,周父担心儿子想不开喝酒出意外了。不过,周母不担心周辰瑜会跳河自尽,因为她的儿子胆小怕死。周母放心通宵达旦大胆主持麻坛常任理事国大会,至今躺在美容院的床上呼呼大睡,真的叫蹉跎幸福岁月,不用担心地缘战争和病毒大流行,更不用担心儿子的安危。周辰瑜从小到大独立惯了,这一点像周母。

后来,周父终于打通了电话。听完周辰瑜的汇报后,周父的声音宛如泄了气的皮球:"昨天上午,我去谱渡寺抽了一支签,说倘若有贵人相助,还有一线希望。现在看来一点希望都没有了。"周父以领导的口吻,宣布了周辰瑜的死刑,也宣告望子成龙的心又破碎了一次。当然周父并不知道周辰瑜真的遇到贵人相助,那个不知名的考生芳香的废气,让周辰瑜从一"B"改为一"C"到底,还有那个文文静静的女监考老师温柔地"放水"近两分钟,拯救了大明小吏周辰瑜,挽救了周家复兴的伟大事业。

"一线希望"这四个字,宛如四颗子弹,一粒一粒射进周辰瑜的心脏。周辰瑜在宿舍里面暗想:"天意既如此,也毫无办法,也许这就是我的命运吧!爱因斯坦说得好,一切都是安排好的。"他沉默不语,准备挂掉电话。周父知道儿子心里难受,立刻安慰道:"辰瑜,新林小哥说这两天他正陪董事长在法国巴黎,参加中欧贸易和投资方面的重要会议,他已经跟人力资源部打过招呼,简历筛选已经通过了。不过,笔试要靠你自己的实力了,面试到时候再说吧!"瑜城的面积,比全球最小的岛国——瑙鲁,大不了多少平方厘米，瑜城人遇到芝麻大点的事情，都喜欢找人脉托关系，颇有点地方区域特色。周父自然而然地把这个"优良传统"，带给了央企高管周新林。

经济学家周新林对周辰瑜的第一印象不佳，认为堂弟并非凤毛麟角，跟自己硕士毕业相比确实逊色一大截。但转念一想，倘若堂弟千里挑一，也不用周父四处活动寻求帮忙了。不过现在硕士研究生毕业，找份好工作也不容易，从事基层工作者也比比皆是。在巴黎出差的周新林反复思考，心想周父和周学进的父亲三番五次找自己，自己也应该出把力，展现一下自己的实力，否则周庄人会嘲笑自己在北京混得差。于是，周新林再次给人力资源部总经理打了个电话，确认周辰瑜的简历已经通过了筛选，才放下心。而不是一流大学的毕业生陈晓雅，就没有那么幸运了，直接被讲原则的两名人力招聘专员 pass 了。男专员由于读大学期间追求校花屡次被拒，心灵受到伤害，凡是见到美女的简历一概封杀。女专员长得丑，妒忌陈晓雅闭月羞花，担心给新夏集团招聘了红颜祸水，也毫不犹豫地痛下狠手。不过，陈晓雅简历被 pass，真正的原因是复华大学不是 985 大学。

周辰瑜听了周父的好消息，仿佛被电击，心里火花四射："那太好了！我对笔试很有信心，内容跟国考差不多。"周父宛如评委般点评道："那很好，好好准备笔试！"见儿子的情绪明显好转，周父走到教育局副局长办公室窗前，远眺瑜山和瑜湖。周父再一次聊起了王艺芸，并下结论道："辰瑜，如果你娶了王艺芸，是你此生最大的成功。"周辰瑜想起昨天黄昏时分，自己泪流满面时，王艺芸发来《今生来世》视频，使他从失望和痛苦的情绪中平静下来，心里感到非常温暖。他脱口而出："艺芸对我挺好的。"周辰瑜已经喜欢上王艺芸。

周父闻言后,欣喜如狂,以领导的口吻下命令道:"明年要把婚事定了。"周父恨不得立刻抱上孙子,自己的辈分又升了一辈。如果说爱情是一首动听而悦耳的歌曲,两位年轻人尚处于谈恋爱的前奏,还没有演唱第一句歌词,现在周父要求演唱歌曲喷薄而出的高潮阶段,就是世界最著名的歌唱家也傻了眼,这违背了艺术的规律。凡是教育工作者都喜欢婆婆妈妈地说教,一遍一遍地灌输教科书般的理论权威,并且不允许任何反对言论,周父便是如此,他做思想工作的热情陡涨。无非还是陈词老调:"这个社会没有钞票,是万万不能的"之类的世俗观点。周辰瑜对钞票的理解,尚没有达到周父这么深刻的程度,故并不认可周父的观点。周父有点郁闷,痛恨大学没有开设《世俗学》,那么周辰瑜的修行,早就达到至高至纯的大俗境界。

周辰瑜见周父反复强调大俗就是大雅,有点心烦地按下了停止键:"爸爸,我知道了,我还有事情忙了。"一个人正在滔滔不绝地演讲,突然被打断那是非常郁闷的。周父想把他的思想演讲完的冲动,宛如犯了毒瘾,十分难受,于是反复打电话。周辰瑜不理不睬,任由手机在床上嗡嗡地振动。周父气得差点儿一脚把教育局办公大楼踩塌陷,局长都有位置不保的感觉。周父十分愤怒地走出教育局大楼,在人群熙攘的街头,烟雾缭绕地抽烟解闷。可见,父子两人具有相同的基因——都比较倔,无须亲子鉴定便可以断定有血缘关系。周父想起这些年所受的委屈,就感到酸楚。他不愿意周辰瑜再走他的老路。可惜周父不是唐玄宗李隆基,要不然就可以越俎代庖娶了儿媳妇。

不过周父并不知道,心情失落的周辰瑜,宛如被霜打的叶子，绽放不了本来的绿色，连光合作用都勉勉强强地进行。这些天，宿友们都小心翼翼地和周辰瑜相处，要照顾他的内心感受。这些天，周辰瑜正在慢慢地调整心态，重新振作精神。他经常默默坐在宿舍淡黄色的桌子前，一边听着 Susan 的歌曲《你的万水千山》，一边思绪万千地修改毕业论文。周辰瑜心想，路依然需要向前走，即使遇到挫折和逆境，因为"人生如花，必然受苦，必须盛开"。正如歌词所唱："因为我也相信，你说的万水千山细水长流，终究走向美好的未来。"周辰瑜不由自主地想起明眸皓齿的"大乔"——王艺芸。他的心也逐渐空了。他想念王艺芸了。

28

当寒冷的北风在广袤的大地上呼啸的时候，复华城和复华大学校园悄无声息地变换为新的世界了。周辰瑜突然意识到：一切都是变化的，没有什么是永恒不变的。比如，陈晓雅彻底从他的世界销声匿迹，仿佛地球上不存在这个花容月貌的哺乳动物。时间是最好的疗伤药，周辰瑜慢慢地接受了离别的现实。一线希望早就土崩瓦解了。

这天阳光温暖的中午，人声鼎沸的食堂，周辰瑜遇到了陈晓雅的宿友，一个活泼可爱的胖乎乎的姑娘。她水灵灵的大眼睛看着周辰瑜，笑着反问道："晓雅去北京了，你不知道吗？"周辰瑜有着恍如一梦的感觉："她，走了。"胖姑娘一语双关："她早就走了。"周辰瑜哦了一声，心想："走了就走了吧，迟早会走的。"

食堂电视屏幕正在播放"庆祝改革开放四十周年大会",周辰瑜心想:"1978年一篇名为《实践是检验真理的唯一标准》的特约评论员文章,在《光明日报》刊发,掀起了席卷中国的真理标准大讨论,改革开放也拉开了序幕,激荡四十年,中国强盛起来了。而自己国考惨败,没有强起来,实践证明自己比较菜,怎么追得上貌美如花的陈晓雅。她该走了,我也该走了。"

傍晚时分,周辰瑜起床后,戴上耳机一边听Susan的歌曲,一边修改硕士毕业论文《〈围城〉的多重意蕴》。休息时,无意中打开电脑D盘,看到保存陈晓雅照片的文件夹,心里的湖面突然风起浪涌,只是没有了曾经吹牛时波涛汹涌的恢宏气势。那时候,雄性动物展现实力,是为了吸引雌性动物。而现在宛如失去领地的狮王,独自黯然神伤。其实周辰瑜高看了自己,他不是狮王,只是一个食草动物罢了。周辰瑜若有所思地欣赏照片,陈晓雅宛如风中摇曳的花儿,美不胜收。在周辰瑜的脑海深处,他和陈晓雅一起看书散步的岁月,宛如电影画面般绽放如花。

不知何时,宿友李茂霖站在周辰瑜的身后欣赏照片,他羡慕地小声笑道:"陈晓雅的胸真白,真好看啊!"在阳台晒衣服的张子浩听了,也嚷道:"啊呀,我也想看。"周辰瑜非常不高兴地合上笔记本电脑,皱眉侧头,怒气在胸中宛如麦浪般翻滚。而李茂霖一脸无所谓地看着周辰瑜生气的脸庞,嘻嘻哈哈地怼道:"也不是你的女朋友,有必要这么护着吗!"周辰瑜冷冷地看了一眼李茂霖,地动山摇:"你不尊重人。"李茂霖毫不示弱:"我怎么不尊重你了?你考得不好,也不能把所有的怒气发在我们的身上。这些天你是怎么对待我们的?"两人尘封已久的矛盾,在这一刻彻底爆发了。周辰瑜心情郁闷,想到同时天涯沦落人,不想理睬李茂霖，于是大踏步离开了宿舍。他在黄昏的校园里面，孤独地漫步，如梦如幻，仿佛不知白天黑夜。一场剑拔弩张的对峙，由于周辰瑜的隐忍，瞬间烟消云散了。只是吵架和看戏的都觉得不过瘾，希望下次酣畅淋漓地来一次本色演出，都在等待这样的机会。周辰瑜很长时间才消了气。

后来，周辰瑜情不自禁地走到图书馆自习室，来到靠窗的桌子旁，想到陈晓雅已经远走高飞去了北京，一阵忧伤在心中荡漾。周辰瑜若有所失地坐了下来，翻看陈晓雅的朋友圈，内心倍感忧伤。他戴上耳机，听Susan翻唱的歌曲《我是你的格桑花》，泪流满面。周辰瑜觉得自己失恋了，其实他跟陈晓雅从来没有恋爱过，但是他的心里特别难受。周辰瑜事业爱情都遇到挫折，越想越悲，泪水悄然滑落。

晚上十一点，宿友们准时卧谈，指点江山。但周辰瑜窝在温暖的棉被里面，已经酣然入睡了。卧谈委员会主任张子浩掷地有声道："打压华为5G技术，华为公主才被扣押的。"卧谈会委员李茂霖义愤填膺道："加拿大心甘情愿做跟屁虫，令人气愤。"张子浩嗯了一声，展望未来，吹牛道："我现在的主攻方向，是人工智能研究，现在刚刚取得了一点点成绩，这方面我们要领先全球，决不能被卡脖子了。"李茂霖怀疑地呵呵笑道："浩哥，牛啊！以后我国高科技就靠你了。"张子浩听出弦外之音，却不理睬。成为科学家是张子浩今生最高理想，他心情愉快地继续谦虚地吹牛道："茂哥，把我捧得太高了。我现在跟导师参加周瑜新区人工智能基地的一个芯片项目，也算是积极探索了。不过，改变我国落后的局面，还需很长时间啊！"李茂霖开玩笑道："我活着时，能看见吧！"张子浩笑道："那我不敢保证啊！也许你英年早逝呢！"李茂霖哈哈笑道："我家可是长寿家族，我的爷爷活了百岁。"张子浩呵呵笑道："那一定能够看到。"幸亏周辰瑜呼呼大睡了，要不然卧谈委员会宛如西方议会般争吵不停。当然，周辰瑜也无心情开玩笑。

凌晨一点钟，宿友们的鼾声，宛如秦朝末年的农民起义，一处镇压后，另一处又兴起，此消彼长，连绵不绝，不推翻秦朝决不罢休。夜色暗淡，周辰瑜睡醒后，困意全无，靠在床头，毫无目的地浏览微信朋友圈，陈晓雅的朋友圈没有更新内容。周辰瑜不知道她去北京面试情况如何了，他不由自主地想起陈晓雅的一颦一笑，比如校园散步时她嫣然一笑，吃饭时她粲然一笑，看电影时她羞涩一笑，图书馆复习时她微微一笑……那些笑容宛如一幅幅美好的画面，在脑海里面绽放如花。周辰瑜的泪水，渐渐地湿润了眼睛，内心深处有个声音在回荡："这就是你们的命运！你们是木石前盟，有缘无分。你应该选择金玉良缘，有缘有分。"这声音隐隐约约的，仿佛来自埃及金字塔的最深处，宛如宇宙深处从黑洞逃逸的光粒子，一粒一粒在周辰瑜的心头环形萦绕。周辰瑜苦涩地摇了摇头，觉得这是一场不存在的梦幻，但却是真真切切的现实。周辰瑜长长地叹了一口气，也许应该跟陈晓雅说一下自己的感受，也算是对过去岁月的告别吧！他真的要走了，不带走一片树叶，也不带走一片云彩。但天确实很冷，想带走一片温暖。

周辰瑜这位中文系才子，果然与众不同，他仿效古人作风——君不见多少名山古刹，都铭刻了文人骚客的诗句。而陈晓雅宛如一座秀美的山脉，周辰瑜曾经到此一游。因此，他在陈晓雅的微信里面，留下了一篇散文佳作，算是纪念，也是告别。

未来有期

　　晓雅，这些天没有看到你，心里空荡荡的。此时此刻，我靠在床头，感到失落，因为明天我在哪个城市生活，已经有了意向。也许我会去上海奋斗和沉浮。毕业后，大家很少见面了，心里有点依依不舍，但命运如此，总要遵循安排。

　　在国考备战的半年岁月里，每当我情绪低落时，你总是鼓励我；当我忘乎所以时，你总是提醒我。使我一直保持比较好的复习状态。"一线希望"成了我的精神追求，可如今这一线希望也已随风而去了。

　　面对未来的不确定性，每个人都难以预测未来将会怎么样，也许每个毕业生都是如此吧！很多时候，我们都相信能够战胜这个阶段的不确定性，迎来职场和前途的美好未来。可现实，怎么可能那么轻易遂人心愿呢！

周辰瑜想到一线希望的线也断了，泪水再一次模糊了视线。他不愿意用"喜欢"两个字，因为含蓄美是散文审美境界的重要体现。再说喜欢一个不属于自己的姑娘，又有何意义呢！还增添对方的烦恼，不如留点尊严和体面给自己吧！过了一会儿，周辰瑜逐渐释然了，继续写道：

　　自五月初，我就开始复习国考。几个月以来，我身心疲倦，但感到非常充实。我的期望太高，一旦遭遇打击，就像一栋高楼大厦般轰然倒塌。我看见内心世界里面，一点一点地裂开，确实十分疼痛，也没有任何办法。成王败寇，这是亘古不变的真理。未来，我要勇闯商业的战场，用一辈子做一番属于自己的事业，但道路如何艰难也一片茫然。

人生如梦，一樽还酹江月。当未来再回忆往事时，苏式主教学楼，依然沐浴在皎洁的明月之中，自习室里面又将演绎新的奋斗故事。而那时候，我们已经融入中华民族伟大复兴的时代洪流里面，过上平凡而幸福的美好生活。

晓雅，请记住在这个世界上一个叫周辰瑜的人，曾经一起走过的岁月。希望你心想事成，未来有期，幸福美满。

周辰瑜已经购买了去往上海的高铁车票，也不指望陈晓雅会回复消息，他真的要走了，这份暗恋结束了。没有想到，三天后陈晓雅回复了微信。

辰瑜，最近非常忙，好多事情，没有及时回复，非常抱歉。

现在国考成绩还没有出来，没有必要悲天悯人，也许会出乎意料呢！还有很多机会，可以参加上海、复华省的考试。你那么聪慧，总会考上的。人生之路很宽广，可以到企业工作，也可以自己创业。新时代给年轻人的机会很多，只要我们不怕失败和挫折，总会成就一番事业。我有很多师兄、师姐，现在在企业混得挺好的，有的已经是中层管理干部了。再说你的堂哥也会帮助你，这个优势很多学生都没有！我觉得你有点悲观，想得太多。走一步算一步！随缘即好！祝你一切顺利，未来有期！

虽然陈晓雅表达了未来有期，但周辰瑜心意已决，像徐志摩《再别康桥》中那句——"挥一挥衣袖，作别西天的云彩"般潇洒地走了。陈晓雅将是永远的复华大学校友，也许未来有期，也许遥遥无期，终究如梦如幻，随风而去。

两天后，周辰瑜坐在去往上海的高铁上，欣赏窗外的冬景，有点荒芜的感觉。陈晓雅发微信说："我没有通过新夏集团的简历筛选。你通过了吗？"周辰瑜思来想去，硬着头皮，撒谎道："我也没有通过。"其实他通过了简历筛选环节，后面将参加新夏集团的笔试。陈晓雅十分失望，发了一串"省略号"后，便音讯皆无了。颜面尽失的周辰瑜，心里有了自责和内疚。他不想联系陈晓雅了，怕触碰彼此心中的那道淡淡的伤痕。

北风呼呼地劲吹高铁窗户玻璃，窗外灰朦朦的一片，看不清城市、山川和河流。周辰瑜心想再飘一场纷纷扬扬的雪花，这个世界将是另一个新的世界了。一切都无法回到过去了，新的已经开始了。从此，生死两茫茫，不思量，自难忘。天下没有不散的筵宴，硕士求学的岁月即将过去了。

29

　　上海这座城市高楼林立，雄伟秀美，浮华如水。鸭蛋脸柳叶眉大眼睛的王艺芸，娴熟地开着奔驰轿车，离开了上海虹桥站。在急速行驶的轿车上，她笑着称赞周辰瑜长得挺像韩国的一个男明星Adilius，高中时期，周辰瑜就是瑜城中学的风流人物。周辰瑜吓了一跳，原来自己长得如此之帅，却至今才被发现，宛如三星堆文明被发掘了出来，顿时自豪感倍增。不过，周辰瑜对风流人物的"风流"颇有意见，于是谦虚地慌忙解释道："高中读书期间，不过在瑜城中学校报上发些豆腐块文章。这不值一提，不算什么。艺芸，你负责千科这么大集团的财务管理工作，才是我们高中同学最有才华的人物。""风流"两个字形容女人不雅，故惨死在齿唇间。他觉得自己也不风流，不过对"人物"两个字心存喜悦。

　　王艺芸也是如此，听了"最有才华的人物"这句话后，开心地哈哈大笑道："抬举我了，受宠若惊啊！我只是一个大专生，不是学富五车的研究生，不过是沾了叔叔的光，一个土八路而已。"周辰瑜反驳道："你有丰富的实践能力，虽然我们多读了几年书，说不定还要在你手下打工呢！"王艺芸笑道："那倒也是，昨天我还面试了一个会计学硕士呢！"聊这个话题，周辰瑜觉得没有什么面子，于是换话题笑道："你的叔叔非常了不起，让我想起了徽商的代表人物——红顶商人胡雪岩。"奔驰轿车向左转，驶入一条更繁华的街道。

　　"哪有那么高的地位，一个民营企业主而已。"王艺芸不认可周辰瑜的评价。周辰瑜笑道:"那可不是,你的叔叔至少是瑜商的代表人物,跟胡雪岩很像。"其实王土跟胡雪岩真的不像,胡雪岩拥有十三房姨太太,而王土只有一个有名分的正宫夫人。王艺芸开心地笑道:"胡雪岩是大清朝的红顶商人,我的叔叔只能算是瑜城的小商人,无法比拟的。"

王艺芸将车开到浦东新区的小乔肥羊火锅店,两人走了进去。这家火锅店是瑜城人开的。吃火锅的时候,两人谈起了在国家实施长江经济带战略下,周瑜新区的迅速崛起,还聊起了湖花岛别墅销售宣传语的故事,那个"藏"字太传神了,让人想起汉武帝"金屋藏娇"的典故。周辰瑜笑着说了复华大学的趣事。王艺芸呵呵笑道:"你在复华大学也藏娇了吧!"周辰瑜鼻子一皱,说:"没,没有。"周辰瑜想起陈晓雅的事情,心安理得地哈哈地笑。后来,王艺芸说了千科集团股东之间的纷争和矛盾,还有叔叔王土和女人们的故事。两人聊得兴趣盎然,吃得也非常happy——十全菌菇牛羊汤十分美味。

两个小时后,两人非常熟悉了。大大咧咧的王艺芸,完全是一副老大的派头,指挥周辰瑜帮她拎包。周辰瑜心甘情愿地做个跟屁虫。这次,周父给的恋爱基金终于在越轨多次后,良心发现回归正途了。两人一起走出火锅店,街道空无一人,有轿车急速冲了过去,外面的空气冷飕飕的,零下八度的低温,冻得两人直跺脚,两人快速钻入轿车里面,王艺芸迅速打开空调:"太冷了,现在好多了。"

半个小时后,轿车风驰电掣般冲入千科集团所在高楼的地下车库。稚气未脱的男保安,由于天气寒冷,躲在空调保安厅里面,聚精会神地在玩游戏,没有及时遥控抬起红白相间的横杆。

王艺芸脸色阴沉地刹车，摇下车窗后，大声训道："不想干了吧，还不抬杆！"周辰瑜望着王艺芸不怒而威的脸庞，觉得她的性格比较强势，一般人确实惹不起。所幸周辰瑜的性格比较温和，反而觉得王艺芸野蛮中透着娇媚的感觉，但是周辰瑜已经被镇着了。倘若陈晓雅遇到此类事情，她会礼貌地轻声细语道："小哥哥，麻烦你把横杆抬起来，好不好？"男保安立刻眉开眼笑，迅速遥控抬起横杆。这温柔的声音，就是皇后的懿旨。而此时男保安吓得满脸惶恐，恨不得横杆以光速竖起。轿车开了过去，保安满脸赔笑，吓得瑟瑟发抖，以后再也不想听愤怒的声音了。

　　停好车后，米黄色大衣的王艺芸右手牵着藏青色西服的周辰瑜左手，说说笑笑地进入电梯，来到了第六层的千科集团。千科集团是一幢十六层的大楼。集团装修得金碧辉煌，却显得简洁雅致。两人走进一间专门接待重要贵宾的豪华卧室，南边的墙上悬挂着一幅郑阳副主席的国画——一只雄姿勃发的老鹰紧抓松树的树干，让人感觉气势不凡，意境深远。王艺芸介绍道："郑副主席来上海，就睡这个房间。"周辰瑜正在欣赏那幅雄鹰中国画，王艺芸笑道："郑副主席向往自由，喜欢画老鹰，所以挂了一幅雄鹰展翅图。"接着又表示十分尊重的意思，"辰瑜，你可是重要的贵宾，今晚就在这里休息吧！"雍容微丰的王艺芸，十分麻利地铺开棉被，放好枕头，然后去卫生间插上热水器的插头。王艺芸对着镜子搽了搽口红，走出后，打开饮水机，泡了杯西湖龙井茶给周辰瑜。周辰瑜坐在沙发上，喝了一口茶水。周辰瑜看着王艺芸忙碌的身影，王艺芸的勤快和细心照顾，让周辰瑜的心里感到特别温暖，内心充满对她的喜爱之情，脸上荡漾着幸福的笑容。

　　临走时，王艺芸大声指挥道："辰瑜，热水器的水估计已经热了,等会儿冲个澡,好好睡一觉。"两人四目相对,两人的心意瞬间量子纠缠。王艺芸眼神意味深长,充满浓浓的期待,她走了过来,抱着周辰瑜的腰部。周辰瑜拥抱着王艺芸,心里十分温暖,宛如春暖花开般的感觉。两人情不自禁地抚摸亲吻。十分钟后,两人微笑地分开了。王艺芸温柔地笑道:"辰瑜,明天我们去黄浦江畔,去上海中心大厦游玩。你早点休息吧!"周辰瑜冲完澡,钻进凉凉的棉被里面,打开电视机选择喜欢的电影,再一次欣赏印度电影《巴霍巴利王》,感觉女朋友的性格,大方干脆利落爽快,有点像豪爽大气的女主角——安努舒卡·谢蒂——巴霍巴利王的媳妇。

长期备战国考的疲倦和近期的神情忧伤,再加上晚上上海街头吹了冷空气,第二天周辰瑜感冒发烧了。所幸元旦放假三天,千科集团空无一人,不需要顾及颜面,否则比较尴尬。

穿黑色大衣的王艺芸,带来两盒感冒药。她摸了摸周辰瑜的额头,然后细心给周辰瑜量体温。过了一会儿,王艺芸看了体温计,笑道:"只有一点点烧,没有什么大问题。"

周辰瑜喝了一口热水,吞掉两粒感冒药,感觉舒服多了。周辰瑜觉得王艺芸的勤快和麻利,颇有母亲的做事风格。周辰瑜有俄狄浦斯情结,对王艺芸的好感与"秒"俱增,他出神地看着王艺芸。王艺芸眸色明亮,也温柔地看着他,她的瞳孔由小变大,又由大变小。空气里面充满温馨而暧昧的气氛,周辰瑜心潮澎湃,宛如台湾海峡的浪潮,他想走过去紧紧拥抱王艺芸。王艺芸似乎知道周辰瑜的心思,笑逐颜开地说:"辰瑜,我长期伏案,处理财务报表,肩周炎又犯了。你能不能帮我捏一捏肩膀。"王艺芸坐在沙发上,周辰瑜用力揉捏王艺芸的肩膀,王艺芸闭上眼睛，小声道："辰瑜，再用点力。对对对，就是这个地方，再用点力。"周辰瑜力量加倍，王艺芸喃喃自语道："对，就这样。舒服多了。"过了一会儿，王艺芸躺在周辰瑜的怀里，周辰瑜轻轻地抚摸王艺芸的纤纤玉手，表达内心的喜爱之情。

中午，王艺芸开车带周辰瑜，去万达广场的云南菜馆吃饭。吃完饭后，两人走进万达影院，看了电影《错位囧途》。电影非常幽默搞笑，笑得王艺芸手舞足蹈。有一次，她笑得用拳头捶向周辰瑜的胸膛，差点儿捶出了周辰瑜的马甲线。看完电影，千科集团楼下的花店，周辰瑜买了十一枝蓝色妖姬送给王艺芸，王艺芸笑得一脸妩媚。两人手牵手漫步在上海的街头，感到温暖和幸福，虽然街道的阴暗处有层薄薄的结冰。

两人牵手回到了千科集团的贵宾卧室。在柔和的光线里面，王艺芸穿着红色毛线衣，斜躺在沙发上，大声说："辰瑜，刚才你说创业从大健康产业入手，我非常赞同。大健康产业未来很好，千科集团在瑜城也投了药店连锁店。"

周辰瑜躺在沙发上，笑道："我一直研究坚果类产品的市场信息，三只啄木鸟做得不错，马上要到纽交所上市了。"三只啄木鸟是专门做坚果炒货的互联网大健康产业公司。周辰瑜点评得头头是道，比复华大学原著名学生企业家戴维还要不懂装懂。王艺芸了解了周辰瑜的志向，眉开眼笑道："没有想到，你还挺有商业天赋。不过创业非常辛苦，叔叔刚开始在上海做绿化，没有钱，晚上只能睡桥洞。辰瑜，你能受这个苦吗？"王艺芸再次核实体会周辰瑜的品行。她充满期望地看着周辰瑜。

周辰瑜微微一笑道："我备战国考，连续五个月时间，都没有休息，这一点苦算不了什么。"曾几何时，周辰瑜对戴维的创业行为，不屑一顾，甚至冷嘲热讽，而现在周辰瑜的思想变化之快，令自己都感到吃惊。可见，屁股真的决定脑袋。王艺芸对周辰瑜的回答，非常满意。她希望未来的周辰瑜，能够成为瑜城的商业枭雄——真正的商业之子。叔叔的异军突起，是由中国改革开放初期市场空白的特点所决定的，叔叔曾经说："只要胆子大，就能开创一片事业。"现在中华民族正在伟大复兴，市场已经进入品牌激烈竞争的新时代，人们追求有质量、有文化内涵的产品，新时代的企业家必须要经过高等教育，具有独特的商业眼光。王艺芸在周辰瑜的身上，看出能够成就一番事业的良好品质。王艺芸也明白，周辰瑜的缺点是缺少经验和资本，money自己家有那么几十捆，经验只要周辰瑜肯思考肯努力，可以在实际的商业活动之中慢慢积累。王艺芸相信周辰瑜能够开拓一番事业，不辜负她的浓浓期望。预测俄乌战争会爆发的宏益法师，也说周辰瑜能够成就一番事业，这让王艺芸相信周辰瑜是潜力股。

第二天，周辰瑜的感冒完全康复了，他在网上购买了两张著名歌星Susan的元旦演唱会门票。

元月4日晚上，两人来到人山人海的演唱会现场。喧闹声和音乐声震耳欲聋，空气里弥散着火热的激情。两人坐在演唱会前场的第八排，看舞台非常清楚。当演唱会正式开始时，狂热的呼喊声席卷而来："Susan，Susan……""哦，我爱你，Susan！"王艺芸欢乐地大声喊着："Susan，Susan……"激荡澎湃的气氛震撼了周辰瑜，他不由自主跟后面狂欢，好像彻彻底底地把岁月的蹉跎与烦恼全都宣泄出去，一切的一切统统都忘记，统统都不存在，只有激情澎湃。

音乐声排山倒海地响着，Susan边跳边唱，她深情地演唱《人间烟火》《雪花飘落》等歌曲。她的声音穿透力极强，非常富有感染力，能撕破或抚慰人们内心的疤痕和伤口。当Susan深情演唱《雪花飘落》的时候，她用动听而悦耳的声音，饱含深情地说："希望所有的男生一同站起来，跟我一起唱这首歌，真心去打动喜欢的女孩子。"演唱会现场的热情，陡然推向了高潮，喧闹声可谓惊涛拍岸，卷起万堆雪。大家都跟着Susan尽情歌唱，歌唱心中憧憬的美好爱情、家庭和事业。王艺芸依偎在周辰瑜的怀里忘情地歌唱，仿佛就像童话世界里面温暖而美好的故事。周辰瑜也忘情地歌唱："雪花漫天飞舞，让爱肆无忌惮地飘落。"在美妙而浪漫的音乐声中，两人情不自禁地拥抱接吻，情深浓处差点儿为爱窒息而死。两人都没有感觉冷，那时候已经滴水成冰。在上海冰冷的天地，爱情之花盛开摇曳。

元月5日，心情愉悦的周辰瑜来到堂姐家。元月6日，周辰瑜告别了堂姐，乘动车从上海浦东回复华大学。在候车的时候，王艺芸在微信里面叮嘱道："我过年去海南，记得去玩。"周辰瑜没有去过美丽的海南岛，十分向往此次约会："好的，到时候不见不散。"

在急速向复华城方向行驶的动车上，周辰瑜看着黛灰色的远山和冬季荒凉的田野风景，想起堂姐的话："你和艺芸挺般配，王土在事业上，以后可以帮助你。"那时候周辰瑜躺在堂姐家客厅的沙发上，他咔嚓一声，啃了一口苹果："艺芸，干脆利索，她会做家务，挺像我的妈妈。"堂姐吓了一跳，感叹道："那你以后没有家庭地位了。哦哦，我可怜的老弟。不过，你喜欢就好。"

回到复华大学的周辰瑜，有一次站在甲骨文公寓楼房的窗前，欣赏复华城夕阳的景色，心想："在自己最落魄的时候，这个明眸皓齿的姑娘——艺芸,不仅没有嫌弃自己,而且让自己燃起了实现梦想的熊熊之火,这份感情来之不易,要好好珍惜。"只是那时候,周辰瑜并不知道另一个人也想珍惜这份感情,檬阳奶业公司副董事长刘彦洪已经邀请王艺芸,在春暖花开的季节,一起去西藏的布达拉宫旅游。布达拉宫的神秘和传奇故事,深深地吸引了王艺芸,她爽快地答应了此次约会。王艺芸担心周辰瑜吃醋,并没有告诉他。而周辰瑜正憧憬着海南之约,他想他和王艺芸会"执子之手,与子偕老"。

30

"周辰瑜同学,你胆子太肥了,毕业论文竟然批评钱老的《围城》是失败之作。理由是钱老在'重印前记'里面说,他对《围城》不很满意。人家钱老是谦虚的说法,你就当真了?你硕士不想毕业了吧?"周辰瑜从上海回来的第三天,被导师叫到一间布满灰尘、十分简陋的中文系办公室,周辰瑜的导师——满脸络腮胡子的油腻大叔,一脸严肃,狠狠地大声批评周辰瑜。导师的声音,震得窗户玻璃欲插上翅膀远走高飞,震得周辰瑜恨不得跟窗户玻璃私奔。窗外有两棵香樟树,三个学生走了过去。

周辰瑜为了体现对导师满脸胡须的尊重,毕恭毕敬地垂手而站,一脸无辜的表情,仿佛在说:"这是钱老自己说的,又不是我杜撰的。钱老说得,我说不得?"宛如鲁迅笔下阿Q的心理:"和尚摸得,我摸不得?"周辰瑜心想要不是毕业论文答辩,都看不到导师的沧桑身影。今天终于见到老人家的真容——实属不易，比见到大家闺秀的素颜，还要难上百倍。正如钱老所言："假如你吃了一个鸡蛋，觉得味道不错，何必要去看看那只下蛋的母鸡呢？"周辰瑜真的不想见这只"母鸡"，因为下的"蛋"的味道不好闻——导师一顿臭骂："如果你的论文被抽去盲审，肯定被枪毙。你是想让你的老师名垂校史，还是让你在学校一举成名呢？"

周辰瑜吓得脸色大变，没有想到自己能力如此之大，竟然让师徒两人成名全校。周辰瑜知道导师淡泊名利，于是态度诚恳地表示，把批评之语删掉。络腮胡子导师大隐隐于校的心愿被尊重，又见周辰瑜诚惶诚恐，导师威严效果奇佳，他的脸上沟壑笑容起伏，哈哈笑道："你这小子懂事，朽木可雕也。"周辰瑜还真的懂事可雕，只字不提就业的话题。他知道这是禁区，宛如女生闺房，一旦闯入便是冒犯，便扯下了导师的遮羞布——导师无名也无权，宛如女人无貌无知识也无背景。

不过，周辰瑜对导师颇有意见，因为导师"导"的职责不到位，"导"出了空灵的艺术境界。宛如齐白石的一幅画只画两只虾，剩下的都是留白，让人想象水的空间。幸亏周辰瑜所学专业是中国现代文学，需要留白的艺术境界。如果是理工科学生毕业不了，可能送外卖刷抖音诉苦去了，那导师淡泊名利的人生追求就无法实现了，他真的出名了。

校园校道的枫树光秃秃的，松柏绿得发冷。

周辰瑜从导师办公室回到宿舍，便听到载入宿史大事件。宿舍老大——徐智鹏，第一个解决了就业问题——签了复华省移动公司，在宿舍引起的震动，差点儿把楼板压塌。吊儿郎当的徐智鹏，没有当回事，因为徐父同事的孩子出国留学者居多，经营公司做创始人的也比比皆是，徐智鹏处于中间偏下晃的地位。李茂霖却怀疑徐父动用了人脉关系，其实实力强悍的徐智鹏，找份体面的工作比较容易。徐智鹏工作老婆孩子都有了，李茂霖羡慕并嫉妒着，他的命运多舛，宛如复华城的冬雨一次比一次猛。李茂霖考南京大学博士，欲送礼物给导师惨遭拒绝："只要你考过线就行了。"复华省M学院副院长答应李茂霖的亲戚："辅导员岗位应该没有问题。"为此李茂霖送了不少礼物给亲戚，最后亲戚无奈地解释说："院长的关系户抢了辅导员岗位。"气得李茂霖欲哭无泪，可惜礼物宛如肉包子打狗有去无回了，也不知道亲戚是否贪了。李茂霖参加复华银行面试，被骗子骗去五千元，说只要交钱培训，面试包过。结果根本不存在复华银行面试的事情。李茂霖报警录完笔录后，警方也音讯皆无。张子浩开玩笑道："没有把你骗到东南亚区域，加入诈骗集团或者割肾卖钱，已经很幸运了。"李茂霖事事不如意，经常唉声叹气。

"慢慢来，会好的。"有一次周辰瑜安慰失意的李茂霖，遭到李茂霖的反击："周总，我没你的狗屎运，碰到了个富妹。"周辰瑜内心大窘，他隐瞒了王艺芸婚史。那段时间，宿友们喜欢开玩笑戏称周辰瑜为"周总"。一个举世闻名的大企业家，在言语的吹捧之中轰然诞生了，直接超越了胡雪岩在宿舍里面的名气，梦想移民火星的马斯克也自愧不如。周辰瑜也成为宿舍仅次于徐智鹏的二号人物，周辰瑜接受不了这个巨变，简直比岳飞的莫须有还要冤屈。但是周辰瑜也名垂"宿"史了——没有任何产业和营收的企业家，比著名的金融平台诈骗犯高明多了。

徐智鹏签署就业三方协议后，邀请宿友到复华大学北门的小徽徽菜馆聚聚，特地跟周辰瑜说："明天中午恭候周总光临。"第二天上午，为了阻止导师扬名于复华大学，周总默默地在图书馆自习室里面，修改润色毕业论文。十点五十分的时候，周总哼着Susan的歌曲《2035去台湾》，走向复华大学北门，参加徐智鹏的就业庆祝宴。温暖的阳光，照射在教学楼、大树和校道上厚厚的白雪上，闪闪发亮。一个新的世界早已经来临了，昨夜的雪好大啊！

在英语系教学楼一棵高大的枫树下，一身蓝色运动装的戴维迎面而来，他挥手致意道："辰瑜，我要去杭州阿新里集团工作，管理一个小团队，专做文化读书项目，以后到杭州玩找我啊！"阿新里集团看中了戴维的失败经验。自王艺芸给周辰瑜输入三分创业内功的那一天，周辰瑜便跟戴维臭味相投了。周辰瑜两眼发亮，心想戴维还是有两把刷子，笑着称赞道："戴总，混得不错啊！以后混得不好，一定投靠你。"周辰瑜没有到山穷水尽的地步，不会投靠戴维。两人你一言我一语，聊了十分钟后，便各自散了。临走时，戴维大声说："我一定会东山再起的。"周辰瑜笑道："你也没有失败，硕士毕业正常就业嘛！"

当周辰瑜走入徽菜馆雕梁画栋的牡丹厅时，徐智鹏史无前例地站了起来，拍掌笑道："欢迎周总。"宿友们也站了起来，嘻嘻哈哈地鼓掌。周总有点尴尬，却接受了这份虚荣，热情地跟大家打招呼后，坐在张子浩的身旁。李茂霖心里五味杂陈，觉得自己在宿友里面混得最差。周总避开了李茂霖失落的眼神，目光落在南边墙上的牡丹花工笔画上，春意盎然般的感觉。画下怀孕的陈菲菲，腰部曲线更加迷人，陈菲菲显得异常妩媚惊艳。陈菲菲身旁的"馒头"，宛如随意涂鸦的水墨画，向审丑的方向一去不复还。张子浩的女朋友回老家了，没有参加宴会。"三个女人一台戏",由于不够数字,戏是唱不成了,两个女人只好惺惺相惜了。虽然陈菲菲并不是特别喜欢"馒头"。

丰盛的菜肴,陆陆续续端上圆桌后,大家都众星捧月般捧着徐智鹏夫妇,仿佛两人是王子和王妃。后来,大家满脸笑容地相互敬酒,好不热闹。徐智鹏夫妇主动向宿舍二号人物周辰瑜敬酒,这小子日后有可能超越他们,成为真正的老大,因此要高度重视彼此关系的维护。于是,李茂霖和张子浩把"矛头"也对准了周辰瑜,周辰瑜咕噜咕噜地喝了不少酒。

酒过三巡,气氛越来越好。学术功底雄厚的张子浩,滔滔不绝地跟徐智鹏聊起了"量子纠缠",徐智鹏微笑地点头,听得兴趣盎然。知识匮乏的周总,不敢随便插话,不懂装懂地频频微笑点头。李茂霖和"馒头"满面笑容地跟"王妃"聊家常,有时候夫唱妇随地恭维"王妃","王妃"享受着恭敬的感觉,笑得十分愉悦。

这顿饭吃了将近两个小时,在王子和王妃的欢笑中,大家品尝大国盛世岁月静好和拼命奋斗的幸福。徐智鹏夫妇无疑是宿友关系的核心,两人未来将是复华城政界和学界的重要人物,自然众星捧月,受到宿友们的尊重。而李茂霖和"馒头"沉浸在短暂的欢乐之中,心中的烦恼不时地冒出,他们要为饭票而努力奋斗。"馒头"偶尔失落地看一眼李茂霖,郁闷的眼神令人心疼。李茂霖强作笑颜,低头喝酒,一副坚强而豁达的样子。他认为宿友的命运迥然不同,跟出生有莫大的关系,如果比拼能力,他应该也属于佼佼者。周辰瑜也感到有点落魄的味道,自己这个"周总"并非货真价实,属于名誉头衔,自己的未来还不确定。只有张子浩神态悠闲,与饭局的气氛非常融洽。毕竟张子浩是定向委培硕士研究生，读书期间，有基本工资保障生活费用，毕业后回学院任教，没有就业压力。

大家推杯换盏的时候，一件影响宿友排名的重要事情已经爆发了，并且影响了此次饭局所形成的外交格局。一切都在变化之中，二十年后，宿友们再见，那时候大家会怎样呢？也许"馒头"成为著名企业家也未必不可以，大家都年轻，未来可期。

31

宿友三人和"馒头"参加徐智鹏就业庆祝宴后，便踩着厚厚的积雪，咯吱咯吱，走向甲骨文公寓楼。校园里面很热闹，有不少小朋友在堆雪人。公寓楼门口，遇到了一个短发男孩——张子浩的朋友，他大声对张子浩说："国考，可以查分了。"张子浩、李茂霖听了嗷嗷直叫，宛如僵尸看到活人般异常兴奋，都跑向宿舍楼三楼，"馒头"跟在后面跑。周辰瑜觉得这场精彩与自己无关，慢悠悠地在后面小跑着。

咣当一声，李茂霖迅速打开门锁，三步并作两步冲进了宿舍。两分钟后，周辰瑜走了进去，站在张子浩的身边，台式电脑屏幕呈现查分的浅蓝色页面。张子浩和"馒头"站在李茂霖的身后。宿舍里面充满着紧张的气氛，此时时间变得很慢，仿佛突然被延长了。枪打出头鸟，谁也不想先查分。三个大男人一改大唐豪放派风格，瞬间成为宋朝婉约词派，一个比一个羞答答地相互推辞，宛如大姑娘第一次上花轿的感觉。性格豪爽的苏曼曼（"馒头"）脸上露出不屑一顾的表情，她挺了挺胸，大声嚷道：

"先查老娘的！怕死不是共产党员！"苏曼曼命令李茂霖赶快查分，李茂霖乖乖输入准考证和身份证号码。苏曼曼轻拍胸部，身体前倾，眼睛紧盯着蓝色电脑屏幕念叨着："好紧张！好紧张……"

宿舍里面变得异常紧张，所有人都屏住了呼吸。波澜不惊的周辰瑜，也莫名其妙地揪心。这确实是激动人心的重要时刻，宛如洞房床前，揭开从未谋面的新娘的红盖头。清脆的点击鼠标声音传到耳畔时，电脑屏幕的红盖头揭开了——显示一行蓝字：苏曼曼，总分110.5分，行测62分，申论48.5分。"馒头"的分数超过了国考分数线。李茂霖惊讶地抱起新娘，欢快地蹦跳了一下，新娘激动得语无伦次："太出——意料——之外了，我都没有——做完。"

"馒头"洋洋得意地看了一眼比她高十厘米的周辰瑜，仿佛在说："你比我高吗？"苏曼曼的形象高大了很多，她身手不凡，宛如深藏不露的武林高手，周辰瑜顿时觉得自己矮了一截，心想："我的分数，可能没有苏曼曼高，丢人真丢到家了！"苏曼曼一声炮响，宛如"俄国十月革命"，让李茂霖和张子浩信心倍增，两人争先恐后，抢着掀开红盖头。结果两人的分数低得不可思议——宛如娶了一百岁老人，死的心都有。李茂霖满脸尴尬地解释道："复习时间太短了，没有发挥好。"他极力掩饰智商过低的事实。张子浩呵呵笑道："没有想到这点儿分数！"苏曼曼更加得意了，笑容在脸上泛滥成灾，仿佛宿舍里面已经波涛汹涌，已经淹死了张子浩和李茂霖，现在只剩下周辰瑜了。

在三人眸色发亮充满期待的目光里面，周辰瑜浮出水面吸了一口氧气，时间仿佛已经刹那停止，那天傍晚走出中医学院考场蹲在街头痛哭流涕的"蝼蚁"形象，在脑海里面一闪而过。这时候，苏曼曼托起水里的周辰瑜，大声催促道："周总，到你了。"周总发现宿舍里面的洪水已经退潮了。

周辰瑜走到李茂霖的电脑旁，心想揭开姑娘的红盖头失望又如何呢？也要不了他的命。周辰瑜心怦怦直跳，手指微微颤抖，输入决定生死荣誉的一连串阿拉伯数字。此时此刻，甲骨文公寓仿佛正在坍塌，但周辰瑜又心存一线希望！突然一缕阳光穿破公寓墙壁，照亮他的宇宙空间，时间永远停止在那一秒钟——电脑屏幕显示：周辰瑜，总分120.5分。行测69.5分，申论51分。周辰瑜的分数相当高。看戏的三人忍不住一阵惊呼，嘴巴都合不拢了。周辰瑜以为看花眼了，他瞪大眼睛，又仔细核实电脑屏幕上面的数字——确实是这个分数。一股幸福而温暖的喜悦感，突然涌上心头，在周辰瑜的眼里，宿舍里面突然明亮如同白昼，能够清晰看见墙顶上一只死去的蚊子已经苏醒了。周辰瑜面露笑容，心里感叹道："不丢人了。"

苏曼曼立刻像霜打的花儿般蔫了，喃喃自语道："我没有戏了。"那声音宛如跌入悬崖时的绝望呐喊。李茂霖用怀疑的目光，上下打量眩晕的周辰瑜，仿佛周辰瑜是潜伏的国际间谍。李茂霖恍然大悟地笑着埋怨道："原来瑜哥一直在演戏啊！"这些天，周辰瑜本色演出，像霜打的茄子般萎了，演技惟妙惟肖，堪称影帝。李茂霖对周辰瑜的态度，立刻温暖如春了，脸上的笑容挤死了成千上万的细菌。张子浩拍了拍周辰瑜的肩膀，将功劳揽了过去："瑜哥，我说你行吧！你还不信，你的感觉不灵吧！"

周辰瑜据实说道："我也没有想到。"他不知道如何安慰大家的心情，宿舍里面情绪复杂，于是和善地微微一笑，"我要去拿个快递。"

周辰瑜心情愉悦，独自漫步在雪花飞舞的校园里面。在苏式主教学楼门前，他情不自禁地打电话给王艺芸。王艺芸真心实意地称赞道："辰瑜，你确实天资聪慧。瑜城中学读书时，就显得与众不同。"周辰瑜说："还有面试呢！"王艺芸笑道："辰瑜，对自己要有信心，我相信你行。"周辰瑜嗯了一声，内心变得安静。他心里清楚面试充满不确定性，需要真正的实力。王艺芸说："今晚我和爸妈，乘飞机飞往三亚，我们在五指山过年，那里空气好。"周辰瑜脱口而出道："我过年也去海南。"王艺芸非常开心："那等你哦。"两人约好攀登秀美的五指山。

第二天上午，当了解到三心二意备战国考的瑜城三大才子全军覆没时，周辰瑜开心得摇头晃脑。当打听到首席弟子兼关门弟子陈晓雅轻松过了分数线后，周辰瑜佩服得感情差点儿死灰复燃。当知道堂弟周学进放了一颗131.5分的卫星——比分数线整整高21.5分的时候，周辰瑜惊诧得准备撞击甲骨文公寓失落而死。周辰瑜觉得自己进入面试名单悬了，但是心里存在一线希望，也许运气比较好呢！周辰瑜焦急地等待公布面试名单。

三天后下午，当周辰瑜在隔壁宿舍讨论华为公主孟晚舟事件的时候，张子浩火急火燎地推开门大声说："周总，网上公布面试名单了！"周辰瑜拔腿跑回宿舍，打开笔记本上网查看，电脑屏幕Excel表格里面赫然出现"周辰瑜"的名字。周辰瑜满面笑容，一阵强烈的喜悦感和幸福感涌上心头。一分钟后，他仔细查看Excel表格里面的名单排次——排名最后一位。周辰瑜心里暗暗叫苦道："完了，这是当炮灰啊！"周辰瑜扭过头有点伤感地说："第五名，最后一名。"

张子浩愣了，拍了拍周辰瑜的肩膀，小声安慰道："瑜哥，你已经很厉害了。"说完后，默默走向阳台收拾衣服。张子浩用身体言语，表达了内心的真实想法——周总没戏。收完衣服后，张子浩关心地询问："瑜哥，还去北京面试吗？"张子浩认为最后一名没有希望，周辰瑜可能会放弃这次面试机会。

周辰瑜深爱着这个朝气蓬勃的国家，深爱着走向伟大复兴的中华民族，正如著名诗人艾青的名句："为什么我的眼里常含泪水？因为我对这土地爱得深沉……"这是每个中国人内心最深沉的情感，周辰瑜发自肺腑地说："去！去看看天安门和毛主席！这是我的心愿，也是中国人的心愿。"

晚上宿舍卧谈会如期举行，当李茂霖知道周辰瑜排名末尾时，意味深长地开玩笑道："那瑜哥没戏了，还是吃软饭当周总吧！"中国人自古以来就有"不患寡而患不均"的思想，苏曼曼也是第五名进入面试名单，李茂霖希望大家都一样名落孙山。周辰瑜听出了李茂霖的真实意思，但考虑到李茂霖也非常不容易——每当宿舍里面空无一人时，他会为自己的前途和命运流泪。周辰瑜不计较李茂霖。卧谈会主任张子浩将话题引到著名歌星Susan未婚怀孕的娱乐八卦上，大家好一顿搞笑狂欢。

第二天下午，周辰瑜了解到堂弟周学进和前暗恋对象陈晓雅，分别以第一名和第四名的成绩进入面试名单。他心里有点失望自己笔试没有发挥好，要不然也是第一名，但依然心存一线希望。张子浩回到宿舍跟周辰瑜说："李茂霖和'馒头'为面试排名的事情，上午在宿舍大吵了一架。"那时候周辰瑜在图书馆自习室润色完了硕士毕业论文，再也不用见导师这只"会下蛋的母鸡"了。导师也十分懒，都没有审阅周辰瑜的论文，就提交上去了。

上午八点钟,"馒头"邀请李茂霖去图书馆看书,身心疲倦的李茂霖没有去。十一点钟的时候,怒火中烧的"馒头"来宿舍责怪李茂霖不思进取,李茂霖一句顶一句,让"馒头"勃然大怒,平时积累的怒火一股脑烧在李茂霖的身上,宛如陆逊火烧刘备八百里连营,火红的一片又一片。"馒头"愤怒指责那天晚上李茂霖影响了她的睡眠,第二天她没有发挥出来最佳状态,否则肯定名列榜首。从此以后,"馒头"全力以赴地备战国考面试,抛弃了李茂霖。而李茂霖也不想触碰就业的伤痛,也疏远了"馒头"。两人就这样悄无声息地分手了,让看戏的宿友倍感遗憾,因为著名文学家鲁迅笔下的阿Q临死时,还认认真真地画好一个圆。现在这两人连画一个圆的力气都省了,剧情没有悬念。不过,上天为纪念两人曾经拥有的美好,在校园上空纷纷扬扬地飞舞着鹅毛般大小的雪花,落在温暖的甲骨文墙体上融化成千行泪水,涓涓细流涌动万分悲痛。

32

　　对于周辰瑜而言,如何备战面试,已经成为最紧迫的事情。王艺芸曾经建议道:"自然而然地展现出本来的自我,完成面试就可以了,至于结果随缘即好。"周辰瑜觉得有道理,扪心自问:"本来的自我是什么呢?"这些天,他一直在思考这个哲学问题,却无法领悟答案。他有时候仰望苍穹,雪花纷纷扬扬地从天上飘落到校园的各个角落。世界一片寂静,周辰瑜热血在汩汩而流,涌动着生命的奔放。他奔放的是本来的自我吗?

腊月二十八，周辰瑜乘高铁从复华大学回到瑜城。水乡的瑜城，让周辰瑜感觉心旷神怡，仿佛回到一个崭新的世界。周辰瑜打车路过周瑜新区，远远看见伟人邓小平第二次上美国《时代周刊》封面那年，爷爷栽的那棵高大而粗壮的老槐树，依然屹立不倒。周辰瑜心想：现在在习近平爷爷的带领下，中华民族正在实现伟大复兴。春季到来时，自己也要亲自栽下一棵小槐树，等自己百年后子孙有个记忆。周辰瑜觉得经过周家三代，学历越来越高，爷爷参加游击队只认识几个字，父亲本科毕业，自己硕士毕业，自己一定要实现家庭的伟大复兴。历史的车轮滚滚向前，儿时的周庄已经消失了，一个崭新的周瑜新区，已经轰然崛起，成为中国一颗璀璨的明珠。

回到瑜城城南小区的家里，周辰瑜念念不忘说起了那棵老槐树。坐在沙发喝茶水的周父，笑道："这要感谢王土，是他力主保留那棵老槐树的。"从厨房里面走出的周母，一针见血地道出实质："王土是做给唐君书记看的，明摆着湖花岛别墅理亏呗！想拍唐君书记的马屁。"市委书记唐君同志曾经在瑜城电视台说过，那棵老槐树见证了瑜城改革开放四十年的历史。千科（瑜城）公司中了周庄一百亩地皮，王土力排众议开发花园式住宅小区，那棵老槐树留了下来。

王土拍市委书记唐君的马屁，而周父拍周母的马屁："说得对，说得非常精辟。不过王土有点良心，开发花园式住宅小区，功德无量。"周母扑哧一笑道："做生意的，几个有良心？还功德无量，这是王土没有办法而已！我看你这个教育局副局长白当了，一点眼力劲儿都没有。"丢了面子的周父沉默不语。周辰瑜心想：也许王土本来就是善良朴实的，因为每个人都有良知。

晚饭后,周父和周母空前团结,相互配合演双簧,了解周辰瑜和王艺芸的交往情况。周父心急如焚,恨不得解剖儿子的胸膛,看看两人交往的蛛丝马迹。周母比较关心儿子是否在重要岗位安插了心腹。周辰瑜没有那么多心机,老老实实地叙述了上海之行,并笑着预测道:"如不发生意外,我和艺芸会走到一起。"

周父和周母相视一笑,误认为儿子和媳妇木已成舟,只等下水远航了。周父取代了周母的崇高地位,被二叔喊去主持麻将论坛了。周母坐在沙发上,担忧周辰瑜城府太浅,这么快就被套出了秘密,以后很容易被儿媳妇掌控,自己的家庭地位难保了。于是周母语重心长地教育道:"辰瑜,逢人只说三分话,不可全抛一片心。"不过,周母对准儿媳妇甚为满意,因为周父升职为副局长应该有她一份功劳。周母跟官太太们搓麻将,现在有了平起平坐的自信,以前总是低人一等的感觉。现在感觉真好,宛如春风拂面,花开烂漫,令人陶醉。

接着周母跟周辰瑜聊起周父被函询的事情。原来自周父当上了副局长后,不少女教师纷纷到美容院美容,生意比以前好了很多。结果周父被匿名举报为家属经商站台,以权谋私,瑜城市纪委监委正式函询了周父。周母吓了一大跳,顷刻之间,有了倾家荡产的感觉。周父也吃了一惊,美容院其实是当年周母下岗再就业的无奈之举。周父在家奋笔疾书写了五千言,阐述自己的忠诚干净,回复函询以权谋私的问题可谓文采飞扬,胜过老子五千言的《道德经》。周母阅读完后,认为文章应该以简洁为佳,要求周父重新写。

周母像审讯犯人般问道:"有没有受贿?"周父据实而说:"没有。偶尔收过一条烟或者一斤茶叶。"周母脸色一沉,大声道:"这个不能说,违反了中央八项规定精神。"中央八项规定精神深入民心,党的作风也发生了深刻的变化。周母对社会大环境表示了赞赏之情。周母又问道:"男女关系正常吗?"周父信誓旦旦道:"连女教师的手指都没有碰过。"周父心里忐忑不安。周母核实清楚了,心里特别开心,于是就不问不管周父的死活了,因为周父没有以权谋私的能力,这么多年都是自己苦苦支撑美容院的经营管理。不过,周父经过周母的点拨,突然开悟,明白写文章务必要言简意赅。于是,周父交了自证清白的五百言,顺利过关了。但比较郁闷的是,需要在瑜城市教育局民主生活会上作出说明,确实起到红红脸、出出汗的效果。周母认真做好警示教育的"后半篇文章",在美容院前台竖了一块牌子:女教师止步。可是疏忽大意,男教师们蜂拥而至。于是周母在美容院前台重新竖了一块牌子:"教师不得入内。"瑜城市教育界纷纷指责周母:"没有把教师当人。"因为让他们想起了"狗与华人不准入内"的这句话。

周辰瑜笑道:"没有必要竖块牌子,询问一下是否从事教师职业就可以了。"周母听了心里不悦,下懿旨道:"你好好准备国考面试就可以了。"老娘还需要你教。周辰瑜走进卧室,阅读面试书籍,心想:"父母本来的自我是善良朴实美好的,本来的自我是有良知的。"过年前那些天,周辰瑜两耳不闻窗外事,一心只读面试书。窗外雪花落得轻盈而欢快,周辰瑜也毫无察觉。

除夕之夜,瑜城炮竹声声,热闹非凡。周辰瑜还在体会面试的答题规律。后来,他和王艺芸聊天,聊得难解难分,东风导弹都炸不开,估计核弹才能轰开。周辰瑜非常想念王艺芸,于是大年初一下午,准备乘飞机飞向温暖如春的海南。瑜城是千里雪封的景色。

临行前,周母唠唠叨叨地说:"追女人一定要一往无前。张爱玲说征服女人的心,要通过心的那句什么话来,辰瑜你知道吗?"周辰瑜摇头说不知道。他好奇而惊骇,竟然不知道张爱玲的名言,在手机上搜到那句话,感慨自己的现代文学硕士研究生真是白读了。周母觉得儿子迂腐,但依然给了首轮天使投资——复华城到海南三亚往返的飞机票款。周辰瑜还期望联合创始人周父慷慨解囊,可惜没有见到周父的人影——打麻将去了,后来周父通过微信补交了注册资金,总算周氏恋爱公司可以顺利开张了。周辰瑜走了,周母开心死了,麻坛常务理事会重要会议都缺席了好几场,局部地缘战争早就打得如火如荼。

周辰瑜在复华城飞机场,等待飞机起飞。堂姐说大年初三回瑜城,她对周辰瑜感慨道:"家乡的年味,以前亲情味道浓,现在钱味更浓了,人与人之间变得冷淡了很多。"周辰瑜也有这个感受,但他依然认为,家乡人本来的自我应该是善良朴实的,只不过岁月的蹉跎和艰辛,心上蒙了一层灰尘而已,人们变得更加势利和功利。一个小时后,波音客机在万米高空颠簸不已,女乘务长声音温柔地说:"飞机突遇强劲气流,大家坐在座位上,不要解开安全带,等一会儿就会恢复正常。"两分钟后,飞机依然在颠簸,周辰瑜觉得有点恐惧,心想:"难道此行会有生命危险,这也太倒霉了。"他想到杜甫的诗——《蜀相》,形容诸葛亮"出师未捷身先死,长使英雄泪满襟"的诗句。虽然自己不是治国理政的大才,只是一只普通的蝼蚁,但也放心不下自己的父母和心爱的姑娘。周辰瑜有想写遗书的冲动,但转念一想,写了也没有用,因为飞机掉下去那是片字不存。三个月前,国外一架波音客机掉到山峰里面，撞击的高温让人的肉体瞬间气化了。生命如此短暂，转逝即去。周辰瑜在思考生命活着的意义，波音客机持续颠簸了大约五分钟，宛如一个世纪般漫长。那时候他心想："人如卑微而渺小的蝼蚁，可怜可怜。人的寿命不过几十年，最多也就百年。如果没有空气、水分和食物根本无法存活。倘若小时候被拐卖、年少时感染病毒、青壮年时得了癌症，或者乘飞机意外身亡，生命之花也就彻底枯萎了。我们的生命来之不易啊！经历各种病毒肆虐和种种意外，现在依然健康地活着，已是大自然的恩赐了。活着就是伟大成功，活着应该深深感恩，活着就应该努力奋斗。因此，无论此生遇到怎样的境遇、无论成就大小，都要保持正知正觉，在中华民族伟大复兴的当下社会，自然随缘地发挥好人本来具有的智慧，坦然喜悦地过完此生，争取最好的'果'，就是最大的成功。这样的人生就是有意义的。希望上天保佑我，保佑客机里面所有的乘客，他们的家人，正望眼欲穿等着他们平安归来。倘若此次平安，我一定要自我反省，为他人和社会多做善事好事。"这时候，波音客机的颠簸好了很多。周辰瑜面露微笑，不禁感慨生命真的非常脆弱，分秒之间就可能失去颜色。此时此刻，仿佛周辰瑜经历了生死，他有了某种"悟"的感觉，他似乎领悟到"本来的自我"是什么，那是一道金色的光芒，在心里绽放如花，美好而温暖，缓缓地穿行，照亮人生前进的道路。

波音客机的颠簸越来越弱了，客舱里面的灯光亮了。女乘务长悦耳的声音荡漾过来："旅客们，飞机已经平稳飞行。祝大家旅行愉快！"周辰瑜环顾四周，看着表情各异的来自五湖四海的旅客，他们似乎波澜不惊，那么安静和淡然，那么善良和纯朴。

这些旅客自然而然地呈现出他们本来的品质和智慧，为温馨的生活而默默前进。周辰瑜认为众生的善相，就是本来的自我。宏益法师曾经跟周辰瑜说："人这一生如泡如影，发挥好本来具备的智慧就可以了。"但是又有几人发挥出本来具备的智慧呢！众生因为贪婪而颠倒，开悟人生的毕竟是少数。

当客机没有一点颠簸急速飞行的时候，周辰瑜紧张的心情放松下来了。他用心体悟国考面试的解题方法，他正在形成自己独立思考的解题思路。此时，周辰瑜的心态和心境，已经发生了微妙而深刻的变化——他把这场面试当成一次浪漫而美好的人生旅行，而不是决定命运沉浮的生死战争。他觉得好好发挥"本来的我"——真诚、善良和智慧的本我就可以了。至于结果那是评委们伤脑筋的事情，就不越俎代庖了，他也不是评委不用操那个心了。自然平和的心态，让周辰瑜心生喜悦之情，智慧也如花开花落般地显现了。其实，此时的周辰瑜并没有真正领悟到"本来的我"的含义，他只是从"性本善"这个角度理解"本来的我"。直到三年后，周辰瑜去谱渡寺看望宏益法师，才恍然开悟。其实，这个世间，没有"本来的我"，本来就无我，无喜无悲，无得无失，无烦恼也无喜悦，宛如流水的河床，宛如照像的镜子。客观存在的物质，永远在心中。

33

王艺芸的家，在有"翡翠山城"美誉的五指山市，距离著名的旅游城市三亚市约一百公里。原国家旅游局局长刘毅，三度登临五指山顶峰后，题词："不到五指山，不算到海南。"五指山每立方厘米的空气中负氧离子含量高达一万个以上，世界罕见，有"天然氧吧"之称。海南自由贸易港，引起了全世界的瞩目。周辰瑜觉得海南是个令人向往的地方。

上午十点，周辰瑜来到五指山市宏源花园小区王艺芸的家里，环顾客厅里面都是红木家具，墙上有两幅山水和花鸟画，显得简洁而淡雅，给人感觉很有艺术品位。周辰瑜满心欢喜，王艺芸也特别开心。她头发盘起，身材白皙丰韵，穿着白色T恤和黑色紧身七分裤，麻利地给周辰瑜沏茶，笑道："我的爸妈，清晨开车去三亚海边游玩了。"可见，王艺芸父母没有承认周辰瑜这个准女婿的合法地位。两人的感情之路充满阻力。周辰瑜心里有点失落，但转念想到两人享受二人世界，又十分开心，宛如他特别渴望喝天然的椰子汁。

中午，两人去五指山南圣河畔的鱼家乐吃口味极佳的鱼火锅。吃完后，两人沿着穿城而过的南圣河畔散步。周辰瑜看着远处阳光温暖而柔和，波澜起伏的山脉郁郁葱葱，浩渺的雾气如同薄纱般笼罩着秀青色的山峰。近处漫山遍野的绿色丛林连绵不绝，近处青翠的山峦倒映在微波荡漾的河水里面，清晰可见。阳光白雾、山脉河水与蔚蓝天空浑然一体，宛如空灵淡雅秀美的山水画，令人心灵净化。周辰瑜深深地呼吸清新的空气，笑着感慨道："这里真的十分宜居啊！景色真的美不胜收，真是醉了双眼！"

王艺芸纤纤玉指感受着阳光和微风的温度，她大声笑道："叔叔在这里开发楼盘，就是看中五指山是天然氧吧，空气中负氧离子含量全世界最高。亲戚朋友们在这里买了房子，我家也买了一套，冬季冷了就来这里居住。"

周辰瑜十分羡慕王艺芸的生活，笑道："等我老时，也到这里居住。这里太好了。"他拿出华为手机，开心地拍摄了很多照片，录制了一段短视频，此生永久保存，并精选内容发布于微信朋友圈。他早就屏蔽了他的情敌——瑜城三大才子。过了一会儿朋友圈沸腾了，同学和好友们疯狂点赞，并留下到此一游的文字痕迹。有的评语相当诡异："景色好美啊！美得强奸了我的眼睛都怀孕了。"有的评语充满怀疑："这是人间吗？辰瑜，你去了天堂吧？"周辰瑜回复道："我在人间。"所有的评语令周辰瑜十分开心，情不自禁地哼起了Susan的歌曲《你的万水千山》中的一句——在我的心里，你的万水千山都在我的眼前。周辰瑜心想："台湾岛也许也是如此美丽，一定也要去看看。"

两人沿着南圣河畔边走边聊，走了半个小时，都感觉有点累了，便来到岸边的李记水果店喝椰汁。这是周辰瑜第一次用吸管插入椰子果切口，喝奶白色的椰汁，周辰瑜感觉特别好喝，宛如香甜的母乳。当然，海南之行，也是他第一次目睹椰子树的风情万种。街边椰子树顶端，硕大的绿叶和椭圆形的椰子果，真的令人心醉。据说远古时期，一个叫椰子的姑娘化作椰子树，结成椰子果，帮助海南岛黎族人民，度过了干旱的季节，宛如观音菩萨救苦救难，普渡众生。周辰瑜为椰子姑娘的奉献精神深深感动。王艺芸哈哈笑道："这次一定要喝得你不感动为止。"周辰瑜想起一句诗："穿过大半个中国陪你喝椰汁。"

街上行人稀少。两人聊了快两个小时，周辰瑜喝椰汁，肚子撑得滚圆。两人再次牵手到南圣河边散步，微风送来阵阵清新而湿润的空气，清洗肺部好像突然被炸开，特别特别爽。河水微波荡漾，闪烁着落日余晖的光泽，青山倒映春意盎然，美得令人窒息。在美丽的霞光里，在清新的微风里，穿白裙的王艺芸微笑着轻盈地向前漫步，宛如湖水轻轻地拍打岸边，令人心动心醉。在周辰瑜多情的眸色里，王艺芸笑得十分欢快，宛如单纯的小女孩，可爱而善良。在河岸边花团锦簇处，王艺芸温柔地依偎在周辰瑜怀里，摆出许多可爱的姿势，自拍合影照片。有一张照片两人都十分满意，两人非常有夫妻相，笑得非常甜蜜。王艺芸把自己形象丑的照片统统删掉，周辰瑜感到有点惋惜，因为他觉得每张照片都非常好，提出反对意见，王艺芸压根不理他，依然我行我素。

拍完照后，两人坐在河畔石椅上，聊天说话。王艺芸依偎在周辰瑜的肩头，出神地望着夕阳下的湖光山色，露出甜蜜而幸福的笑容。周辰瑜嗅到王艺芸散发的淡淡的体香，心里有了莫名其妙的舒服感觉。两人享受着恋人的感觉，时间慢慢地流逝。周辰瑜轻轻地将王艺芸搂在怀里，王艺芸的秀发自然地铺在周辰瑜的胸膛，弥漫出花瓣般的淡淡香味。周辰瑜出神地看着王艺芸含情脉脉的眼神，王艺芸意味深长地微微一笑，夕阳余晖落在王艺芸白皙而细嫩的脸颊上、长长的睫毛上，那双大眼睛十分迷人，美得令人陶醉不已。两人忘我而深情地亲吻着，紧紧地拥抱，湖水轻轻地拍打着岸边的石头，清新而潮湿的空气荡漾着爱的旋律。

河畔没有行人。两人拥抱亲吻了好久，王艺芸轻声低语地仰面问："辰瑜，你在想什么？"周辰瑜大窘，欲言又止道："没有想什么。"其实他想着和心爱的女人一起看日出日落。王艺芸心知肚明，嗔怪道："再不走，蚊子就吃了我们啦！"于是，两人沿河畔漫步回去，鹅卵石光滑而温暖。王艺芸哈哈笑着说，送周辰瑜回酒店休息，周辰瑜又想到那一句诗："穿过大半个中国陪你喝椰汁。"一切那么温暖，那么温馨，周辰瑜心里也充满浓浓的期待，也许两人会发生点故事。

两人走到灯火辉煌的街头的时候，王艺芸突然问："辰瑜，我有一件事情，想征求你的意见？"周辰瑜悠闲地走着，满脸笑容地说："艺芸，什么事情？"周辰瑜没有想到，其实暗流涌动，充满竞争。王艺芸一五一十地说了事情的前因后果。原来明天上午，周辰瑜的情敌——刘彦洪副董事长，从广州乘飞机飞到海口，会见海南省渠道商。他随身携带法门寺开光的佛珠，这是上海两人第一次见面答应送给王艺芸的礼物。他想在海口的海澜宾馆见王艺芸一面，然后将佛珠送给她。王艺芸说她对佛珠怦然心动，担心周辰瑜有想法，心里犹豫不决是否前去海口。周辰瑜心里波澜起伏，千万个不愿意王艺芸前去，但为了心爱的女人喜欢的那串佛珠，也为了表现自己的大度，他说他愿意陪她一起去海口拿那串佛珠，然后一起再回到五指山。周辰瑜心情失落，认为这不是王艺芸喜欢佛珠的事情，而是对刘彦洪好感心动的问题。

两人不知不觉走到王艺芸居住的宏源花园小区门卫前，王艺芸见周辰瑜心里难受，于是下定了决心："那串佛珠不要了，我们不去海口了。"周辰瑜有点失望地笑道："我知道你特别喜欢那串佛珠，所以才建议我们一起去海口。"王艺芸听出了弦外之音，大声说："此事到此为止吧！"但是温馨的恋爱感觉和氛围，已经被破坏了。

周辰瑜郁郁寡欢地回到酒店，购买明天晚上从三亚凤凰机场到复华城的飞机票。因为国考面试时间到了，还因为王艺芸想念那串佛珠。周辰瑜心想如果自己没有来五指山，王艺芸会去海口见刘彦洪。王艺芸决定不去海口，是考虑了自己的心里感受，这让他感到温暖，却又忐忑不安。这件事情，在周辰瑜的心里结了一个结。周辰瑜觉得早点离开五指山，会避开彼此心里的尴尬，因为王艺芸的父母依然在三亚海滩游玩，并没有因为准女婿的到来而回来相见。周辰瑜觉得应该离开五指山了。

第二天，两人睡到中午十一点。五指山市的街道行人很少，不时有轿车或货车呼啸而过。吃了中饭后，王艺芸主动邀请周辰瑜，去电影院看电影《梦想成真》。影片主要讲述一名跑龙套的女演员，通过奋斗和运气，成为著名女影星的励志故事。人们都在过春节，电影院里面只有两个人。王艺芸直接忽略了周辰瑜的存在，慵懒地躺靠在椅子上，白皙的双腿随心所欲地搭在前面的座位上。在周辰瑜的面前，王艺芸无拘无束，十分放松，压根没把他当成雄性动物。王艺芸小声在周辰瑜耳边说："辰瑜，我跟你在一起，总觉得特别放松。"王艺芸想起跟刘彦洪副董事长在一起，总是有点局促不安的感觉。她轻轻地叹了一口气，可惜了那串佛珠。她的双腿跷了跷，向前搭得更高。周辰瑜嗯了一声，满脸笑容，看着王艺芸肆意妄为的姿势，觉得王艺芸比较粗放，一个女人跟一个大男人似的。他也将双腿搭在前面座位上，显得自己野性粗狂，富有男人魅力。王艺芸索性将腿搭在周辰瑜的腿上，尽情地享受着浓浓的暧昧。后来，王艺芸静静地靠在周辰瑜的怀里，周辰瑜轻轻拍王艺芸的肩膀和胳膊，感受着幸福的感觉，内心纯洁得仿佛在千岛湖的湖水里面，洗过几千遍。

看完电影后，两人牵手行走在空气清新的五指山街头。周辰瑜再次说道："艺芸，我晚上回复华大学，国考面试需要到学校盖章。"王艺芸不高兴地说："多玩一天，也是可以的！你是不是因为那串佛珠的事情不开心了？"周辰瑜语重心长地说："没有不高兴。我想给国考画一个圆满的句号。想到首都看看，了却心愿。"王艺芸嗯了一声，点头表示理解周辰瑜的心情，挽留道："明天再走吧！"

后来，两人来到了南圣河畔。湿润而清新的空气，轻轻吹拂着脸庞，舒服的感觉。城市的霓虹，闪烁在波光艳影里面，美轮美奂。两人在河畔一块大石头旁紧紧地相拥。王艺芸轻声呢喃："我真的不想你走。"这句话深深地感动了周辰瑜的心，他鼻子一酸，喃喃自语道："我也不想走。"河边路灯的灯光，映照王艺芸的脸庞更加美丽动人。周辰瑜轻轻吻了吻她的额头，仿佛在告别。湖水的浪潮，一波一波地将闪烁的霓虹，轻轻送了过来。夜色如梦如幻，仿佛这一切都不真实。但离别还是悄悄地发生了。

深夜十二点，怅然若失的王艺芸，思念的情绪浓了三分。她关心地询问周辰瑜到了哪里？周辰瑜回答道："我已经到凤凰国际机场了。"周辰瑜深情地告别，告别了心爱的姑娘。王艺芸叮嘱道："路上注意安全，到学校跟我说一声。"王艺芸的牵挂，让周辰瑜感温暖。

在机场候机厅等待飞机起飞的时候，谱渡寺公众号的一条消息，引起了周辰瑜的关注。标题是复华省政协副主席郑阳调研佛学文化，配有一张照片：穿着黑大衣的郑阳副主席，站在谱渡寺寺内，表情肃穆地注视着观音菩萨像，鹅毛般的雪花纷纷扬扬地落在他的头上、肩膀上。整个世界一片寂静。周辰瑜想到了世界文学名著《红楼梦》里面的《好了歌》：

世人都晓神仙好，惟有功名忘不了！

古今将相在何方？荒冢一堆草没了。
世人都晓神仙好，只有金银忘不了！
终朝只恨聚无多，及到多时眼闭了。
世人都晓神仙好，只有姣妻忘不了！
君生日日说恩情，君死又随人去了。
世人都晓神仙好，只有儿孙忘不了！
痴心父母古来多，孝顺儿孙谁见了？

该条消息下面的评论，令人遐想万千。有的幽默地嘲笑道："这是名副其实的临时抱佛脚。"在南圣河畔漫步时，王艺芸曾说："郑阳副主席经常跟宏益法师讨论佛学。他特别喜欢画老鹰，充满了对自由生活的向往。"那时候，周辰瑜灵光一现，想到"本来的自我"应该是自由自在的，不受束缚的飞翔的自我。只是他不知道郑阳副主席，是不是也是如此理解"本来的自我"。等周辰瑜乘飞机降落在复华城的时候，不知何故，谱渡寺删除了那条消息，也许发生了什么事情，也许郑阳副主席不愿意谱渡寺发布这条新闻，引起不必要的负面评价。或许有其他的隐衷。

回复华城的千里迢迢的路上，波音客机没有颠簸。周辰瑜酣然而睡，做了一个荒诞不经的梦。梦里蓬头垢面的周辰瑜，迷迷糊糊地推开一扇门，竟然是国考面试考场。周辰瑜按照规定答题后，考官们纷纷亮出零分的牌子。面容妩媚的女主考官，大声嘲笑道："最后一名，也想考上，真的是痴心妄想！"周辰瑜急忙解释道："尊敬的考官，我只是了却一个心愿，我对天发誓，我没有考上的想法。"考官们哄堂大笑，嘲讽道："你也不撒泡尿照一照，就凭你尖嘴猴腮的模样，都不应该来。"周辰瑜站在原地一动不动，突然泪流满面，痛苦地哭诉道："我真的只是为了了却一个心愿。"就在此时，范进的老丈人——那个屠夫走进考场，拉着他的胳膊，将他推出考场。这时候，周辰瑜突然惊醒了，才发现旁边的女士，正在推自己的胳膊："你把我肩膀都靠疼了。"周辰瑜慌忙说："不好意思，对不起。"才发现自己已热泪盈眶。

周辰瑜回到复华大学甲骨文公寓楼宿舍，一觉睡到下午三点钟。他跟王艺芸微信语音聊天，笑着说起这个荒唐的梦。王艺芸笑得前仰后合："日有所思，夜有所梦。这是好的预兆，范进最后不是中举了嘛。"周辰瑜开心地笑出声来，感觉自己还有一线希望。后来，王艺芸微信留言道："辰瑜，叔叔让我明天回上海，有紧急事情需要处理。"一个星期后，千科集团深陷债务危机的信息，宛如千树万树梨花开般在媒体上怒放了，有网友评论道："真是一出好戏！有好戏看喽！"也有网友感慨道："等了好久，商业大片，终于上映了。"千科集团投资金融、医疗、农业、渔业、矿产业，盘子太大，主业房地产资金回笼过慢，集团流动资本岌岌可危。

34

春节期间，回学校的学生寥寥无几。周辰瑜看着空旷的校园，感到非常亲切。过了两天，回学校的学生越来越多了。

徐智鹏和陈菲菲大婚之日，宿友三人虽十分心疼钞票，但为了宿友友谊——徐智鹏的家庭背景，都争先恐后地随了红包。红包的重量超过了友情许多倍，只能等宴请时狂吃一顿回些本，不过即使把肚子吃成怀胎十月也无法回本。因为友情太重，连本带息，需要十年时间才能全部收回。

宿友徐智鹏、张子浩就业大局已定，李茂霖和周辰瑜依然在寻找巢穴。李茂霖正在冲刺复华省公务员考试，他疯狂投的简历都石沉大海。周辰瑜为了去北京参加国考面试，放弃了两次机会。一次是新夏集团的笔试机会，因为跟国考面试的时间重合了，周辰瑜心疼不已，周父和宿友都建议放弃国考面试。为此，父子两人大吵了一架，周父痛不欲生，要断绝父子关系。甚至周母的懿旨，也无法阻止"大明小吏"梦回故里的步伐。另一次是复华城国有企业3F公司的面试机会，招聘专员是娇滴滴的姑娘，声音悦耳地通知参加面试，用词令人浮想联翩："领导看上你了。"未见钟情就一见钟情令人十分惊讶，"娇滴滴"对外统一口径，这一招忽悠了不少学生参加面试。周辰瑜衡量再三，最终忍痛割爱，放弃了"未见钟情"的机遇。惹得"娇滴滴"一声叹息，宛如男朋友突然提出分手般失望不已。

周辰瑜觉得堂弟周学进是个人物，对他充满期待。周学进的父亲是瑜城市人民医院主任医师，也对儿子充满期望。周医生将春节期间攒下的红包无私奉献出来，帮助周学进购买了一张去北京面试的飞机票，周学进已经飞向大明皇帝朱棣的故居北京。周辰瑜心里记挂周学进，但并没有联系周学进，依然跟他较劲，有"瑜亮之争"的味道。其实，历史上的周瑜，雄才大略，英俊潇洒，是中华男儿的楷模，比诸葛亮厉害多了。这是周辰瑜研究《三国志》后，发表的言论。

周学进国考笔试成绩遥遥领先，周医生十分愉悦，一不小心将红包记录转发到瑜城市人民医院第一党支部群里面。很多同事幸灾乐祸地暗笑这是周医生自投罗网的壮举，肯定酒喝多了！医院纪委书记不得不放弃春节的麻坛论战，抽时间请老周"喝茶醒酒"，气得不行。老周老实交代，都是人情来往的小钱，有的是患者感谢周医生妙手回春治好了疾病，逢年过节意思意思，他也给患者买过药物。一向清廉的老周，受到了"第一种形态——谈话提醒"的处罚。纪委书记摸了摸口袋里面的红包，准备不再收了，笑呵呵地说："老周啊，春节期间，中央八项规定精神，碰不得啊！"虽然周医生心里委屈，但也心服口服，经过这些年全面从严治党，党风社风确实变了，呈现崭新面貌。

周医生重视儿子的国考面试，陈晓雅的父母也非常重视女儿的面试。他们跟周医生一样，找了一圈儿关系，也无法联系上领导打招呼，只好作罢。陈家家境富裕，不在乎乘飞机的那点儿小钱。陈晓雅跟周学进同一航班飞向首都，坐同一排聊起了周辰瑜，并交流了面试的心得体会。周学进说："辰瑜是一个要强之人，做事认真，人挺不错。"言下之意，希望陈晓雅珍惜。陈晓雅笑道："他很有毅力，有时候也有点偏执，不过，这是个优点。"陈晓雅已经顺利选拔为复华省选调生，已经有了垫底的工作岗位。但是为了爱情，她依然毫不犹豫地北上。

当周学进和陈晓雅乘坐的飞机降落在首都机场的时候，周辰瑜心情愉悦地来到了巍峨的国家部委 M 局大楼，并在附近找了一家小旅馆休息。傍晚时分，周辰瑜走进小旅馆对面的旮旯胡同的一家土菜馆，心情愉快地吃了青椒肉丝、西红柿鸡蛋汤。吃完后，寻找一家理发店，将头发修剪得更稳重点。外在形象不能太时髦，也不要太土，符合中国人的审美特点就是最好的"装潢"。理发后，周辰瑜哼着 Susan 的代表歌曲《海市蜃楼》，骑共享单车回小旅馆躺在床上，温习解题思路。他感觉内心十分安静，像花开花落般自然。可谓生死看淡，一切随缘。晚上十点钟，周辰瑜酣然入睡。他已经放弃了必须考上的执念，尽力就是完美。

第二天清晨六点钟，窗外鸟儿欢快的鸣叫声，吵醒了周辰瑜。他感受到生命的勃勃生机。起床后，刷牙洗脸喝水吃面包，准备了结自己的心愿。

上午八点钟，周辰瑜悠然自得地走进雄伟而庄严的部委M局大楼。他从黑色的背包里面，拿出黑色皮夹，满脸微笑地抽出身份证，交给圆脸的年轻女服务员登记考生信息。她告诉周辰瑜按照面试指示牌，面试考场在十六楼会议室。周辰瑜乘电梯来到十六楼会议室面试休息区。会议室里面十分宽敞，六排淡黄色的桌椅，十几名考生端端正正地坐着。有的在埋头看书，有的在玩手机，还有的在闭目养神。两名工作人员和颜悦色，热情而客气地接待考生。脸上有雀斑的女工作人员，亲切地招呼周辰瑜，核查完身份证和本科学历证书后，让周辰瑜抽签面试顺序。周辰瑜从透明的塑料箱里面，抽到了第三号签，心想："一生二，二生三，三生万物，运气不错。"

抽完签后，周辰瑜走向第四排桌子。他听见有考生嘀咕道："这人面试哪个岗位的？"言语之中充满了担忧的韵味。宛如一头具有狮王潜力的流浪狮闯入了领地的边境。被认为是威胁，让周辰瑜感到满意，心想："以貌取人，还是有道理。"周辰瑜放好背包，坐在第四排椅子上，好奇地打量这些来自五湖四海的考生，他们的脸部表情或多或少有点紧张。而周辰瑜一脸若无其事的样子，他认为本色演出本来的自我，就是最佳的艺术表现，是否获得奥斯卡影帝，那是观众和评委的事情。没有了期待，反而泰然处之。周辰瑜心平气和地喝了几口农夫山泉矿泉水，然后悠闲自得地欣赏窗口那盆茂盛的吊兰。只见沐浴在温暖阳光里面的一片一片嫩叶，绿意盎然。仔细一看，还有一片绿中带黄的叶子，仿佛就是要被淘汰的自己。周辰瑜心想面试给考官们的感觉，应该宛如那盘吊兰般自然而然地展现浓郁的绿意——生命本来的美好。即使有凋谢的不完美，也是本来的自我。周辰瑜认为绿才是生命之色，绿中带黄才是现实的人生。

周辰瑜正在遐想万千的时候，坐在旁边的脸上有几颗青春痘的男考生，突然小心翼翼地小声询问道："你是曲阳吗？"周辰瑜看着脸上写满了"放心不下"的青春痘，摇头说："不是，我不是。"青春痘万分开心，脸上露出不易察觉的愉悦笑容。周辰瑜在M局上班后，才知道青春痘通过M局领导向司长打招呼，公平正义的司长，实事求是地给青春痘打了低分，才有了周辰瑜的一线希望，周辰瑜确实有贵人相助。

面试波澜不惊地上演了，考生们一个接一个全力以赴地表演，又一个接一个心情复杂地离开考场。有的眉开眼笑，有的若有所思，有的愁眉苦脸。这时候，雀斑女工作人员声音悦耳地大声喊道："请三号考生，进入面试考场。"周辰瑜悠闲自得地站了起来，心却突然怦怦直跳。他深深地吸了一口气，又吐了出来，缓解紧张的情绪。走到橘红色的考场门前时，周辰瑜的情绪，已经波澜不惊了，宛如五指山南圣河水轻轻地拍岸。

周辰瑜礼貌地咚咚敲了敲门。女考官悦耳的"请进"声音传到耳膜的时候，周辰瑜轻轻地推开门，走了进去，又轻轻地关上门。周辰瑜步伐沉稳地走到椭圆桌前。此时，耀眼的阳光，透过窗户玻璃射在周辰瑜的眼里，眼前一片金黄色的光芒，他看不清楚桌对面有多少考官，感觉黑压压两排人。其实考场只有五位考官、两名监督人员和两名服务人员。考官们悠闲自得，十分轻松。

"各位考官，上午好！"周辰瑜彬彬有礼地微微一鞠躬，声音洪亮地说道。周辰瑜心想什么都不用管了，该豁出去了，心想："该给考官们上一堂课了，像卖汽车般把自己推销出去！"演好"本来的我"就是影帝。经历了激情四射、跌宕起伏的国考"长征"，"失败"的大喜大悲的情绪波动后，周辰瑜终于返璞归真了，他确实淡然了很多，以平常心面对命运沉浮了。

部委M局办公室招录综合文秘岗位，要求考生个性沉稳，坦然真诚，具备一定的语言表达能力和交际能力。从咚咚咚敲门声荡漾到考官的耳膜，从开门和关门的瞬间，从礼貌客气地鞠躬和打招呼的声音，这场决定人生命运转折的小电影，已经在每个考官不经意的意念间波澜不惊地上演了。每个人都具备本我的智慧，都有善良、真诚的良好品质。只是考生沉浸在患得患失的紧张或者浮躁的情绪波动里面，遮蔽了本来的自我——绚丽多姿平平常常的本我。这就是面试境界的最高"心法"。其实也是做事成事的最高心法。明朝著名哲学家王阳明说："此心光明，亦复何言！"当然，周辰瑜达不到这样的境界，只是此时此刻他放弃了得失的想法，内心感觉一片光明，静静地接受命运浮沉和安排。

周辰瑜彬彬有礼地问："请问考官，我是坐在这张椅子上吗？"周辰瑜进入面试状态了。气质优雅的女主考官，微笑地示意坐下。周辰瑜屈膝端坐在椅子上，胳膊六十度搭在紫檀色的桌面上，自然地看着女主考官的眉心，心里比较安静，但脸上却露出紧张的涟漪。周辰瑜上班半年后，在考场的服务工作人员、一个微胖姑娘笑道:"你面试那天,还是比较紧张的,但感觉你是最诚实的那个人。"诚实,才是真正的优秀,诚实不是傻,而是一种智慧。只是面试时,周辰瑜感觉眼前有一束明亮而温暖的光芒,在缓缓地穿行,一笑一行仿佛都折射出阳光的温度,恍如一梦的感觉。

那时候,周辰瑜用心听着盘发女主考官宣读面试要求和题目,感觉面前的主考官非常慈祥和善,心里顿时放松多了。林语堂说过:"绅士的讲演,应当是像女人的裙子,越短越好。"同样的道理,思维敏捷,也应该宛如女人的裙子,越短越好。所以周辰瑜尽量使裙子短点再短点——每道题目思考五六秒钟便答题。一般而言,思考十秒钟足矣,否则给人感觉思维迟钝。陈晓雅的裙子,长得几乎盖过膝盖,虽然她比周辰瑜更聪慧,但是没有注意到"裙子要短"的技巧,吸引不了眼球,面试效果并不好。"台上十分钟,台下十年功。"瞬间智慧的爆发,更需要直觉,也是平时挥汗如雨、长期积累的浓缩版,周辰瑜完全用潜意识在回答问题。

周辰瑜记忆最深刻的是第三题的回答。女主考官的声音,悦耳动听:"你有一项工作,需要和一位老同志交接,但是交接的时间,已经过去了,老同志迟迟没有跟你交接,你该怎么办?"

周辰瑜微微一笑,胸有成竹,研二时跟中文系研究生会宣传部原部长矮胖子,由于交接工作,闹得脸红耳赤。两人谁也不服谁,性格都有点倔,周辰瑜没有把矮胖子放在眼里,矮胖子大为恼火。后来高新远主席亲自出面,才摆平了矮胖子。嘴硬心软的周辰瑜,事后反思了自己的错误,深刻教训却意外派上了用场,运气好得让人雀跃欢呼。周辰瑜声音洪亮地回答:"在工作中，经常会遇到此类事情，要妥善处理、友好和谐地解决问题。"周辰瑜大脑高速运转，宛如一名大厨烧好了第一道菜的同时，第二道菜已经在锅里热炒了——一边清晰地表达语言，一边组织语言表达后面的重要内容。周辰瑜从矛盾产生的原因一一分析，并提出解决方案。如老同志家里有事，要主动帮助老同志排忧解难；又如老同志不喜欢我的性格和脾气，送点水果和小礼品表示尊敬，接着周辰瑜发自肺腑地说："人是感情动物。"他饱含感情看了一遍考官，真心实意地跟考官们沟通，自己都感动不已。最后周辰瑜无奈地说出了极端情况："老同志就是不愿意跟我交接工作，那么我要跟领导汇报，让领导想办法协调解决。总之，要客观而冷静地处理此事，争取创造更加美好和谐的工作环境，促进各项工作顺利开展。我的回答完毕。"周辰瑜在回答问题时说的全是漂亮话，可是现实中却闹得脸红脖子粗，真是一出好戏，北影毕业生也没有周辰瑜水平高。华表奖最佳男演员奖非他莫属，老戏骨、老艺术家也得向他学习。可见听其言观其行，何等重要。

周辰瑜走出面试考场时，差点儿跌倒了，刚才思维高度集中，他累得精疲力尽，几乎晕厥。周辰瑜认为面试表现得可圈可点，顺利完成了此次旅行的重要任务。他已经坦白交代完了，没有什么遗憾了。唯一遗憾的是，他放弃了新夏集团的笔试，周父周母气得吐血，差点儿剥夺了儿子的遗产继承权，永远清出门户。周辰瑜说，他不想给自己的人生留下遗憾。周母哭诉道，那你就把遗憾留给我们，新夏集团多好啊！你要是面试通不过，该怎么办啊！

在部委M局大楼大门前，周辰瑜遇见了身材瘦弱的五号考生——笔试第一名的曲阳。两人在街道边的老槐树下的公交站牌下，十分开心地交流面试问题答案，两人相见恨晚，革命友谊瞬间升华。十分钟后，各自走各自的人生道路了。

一个小时后，熙熙攘攘的天安门广场中央，周辰瑜看着巍峨的天安门、人民英雄纪念碑和国家博物馆，心里喊道："我来了，我的祖国，我爱您。希望您伟大复兴，繁荣富强。"接着又想："虽然我失败了，但我已经来到了梦绕魂牵的地方，心愿已了了。"他心里一阵疼痛，泪水悄然滑下，毕竟自己的理想像玻璃瓶般摔碎了。而且由于时间冲突，他还没有参加新夏集团的笔试，付出的代价太大了。后来，他自拍了五张照片，纪念刻骨铭心的历史时刻。天色像泼墨的中国画，越来越黑了，没有时间参观故宫了，周辰瑜心里有点失落，那里有大明小吏魂牵梦绕的美好记忆，只能远远观望一番，展望未来："等以后孩子到北京上学，再去吧！""大明小吏"该走了，鼻子一酸，泪流满面。

周辰瑜乘公交车，去学术圣地北京大学，这是另一个想了结的心愿。第二天阳光明媚的上午，周辰瑜怀着激动的心情，走进北京大学西门，路过三座雕梁画栋的明清样式建筑，来到了很多大师著作里面提到的未名湖畔。周辰瑜悠闲地走着，享受着片刻的安宁和祥和。那塔那湖，那岸边的垂柳，那嬉笑玩耍的游人，一切都显得那么美好，那么岁月静好！曾在千百回的梦中，总是浮现波光艳影里的湖光塔影，以及学术大师们佝偻而潇洒的身影。曾经周辰瑜也梦想成为学术大师，只是他没有这个智慧，也没有这个缘分。他放弃了这个理想。此时此刻，他矗立在风中，回首往事，宛如梦幻，百感交集。至此，周辰瑜所有的心愿已全部完成，准备乘动车回复华大学。

生活依然波澜壮阔地等待周辰瑜，还有心爱的女友王艺芸等着他，他的人生道路依然要"宛如花朵，必然受苦，必须盛开"。虽然盛开的花朵不一样，但是盛开是必须的，也是美的。美学大师朱光潜说："美是物与心的融合。"此刻，周辰瑜的心是美的，他与湖光塔影融为一体，在遐想万千中流连忘返，不知今夕是何年。他不再流泪，他要重新开始。

35

周辰瑜从首都回到树枝光秃秃的复华大学校园，复华省政协副主席郑阳违纪违法的小道消息，在校园里面传得沸沸扬扬。很多学生都说："现在全面从严治党，持续严了。"在周辰瑜北京面试体验人生得失浮沉的时候，有的人已天翻地覆。周辰瑜在宿舍读书听歌，十分担心王艺芸可能牵涉其中，打电话处于关机状态，微信也不回复。周辰瑜隐约感觉大事不妙，怀疑王艺芸可能出事了，可能与郑阳案有关。周辰瑜想到心爱的女人有牢狱之灾，像霜打的茄子般提不起精神。宿友张子浩和李茂霖暗想，周总北京之行肯定惨败，也不愿意对此事多言，宿友相处还是要有点距离，才能产生美。不过，他们也深深为周辰瑜本色演出的演技折服了，真的太逼真了，因为真的是真的。

这一天小雨淅淅沥沥的下午，笔试第一名的曲阳发微信，恳求在宿舍刷抖音的周辰瑜，查询国考面试分数。他说其他考生的面试分数都知道了，只有周辰瑜的面试成绩不知道。目前，他的综合成绩排名第一。周辰瑜懒洋洋地不想查分，禁不住曲阳反复央求，决定扣动扳机让失败的消息，宛如子弹般射死自己。周辰瑜没有任何期待，在宿舍明亮的光线里面，漫不经心地打 M 局人事司的办公电话。一名儿化音浓重的北京土著女处长接了电话，她的声音宛如初恋般温柔好听，能让人直接怀孕："嗯，周辰瑜，你的综合成绩是第一名。以后我们就是同事啦！"但其他考生询问，土著女处长只是说了面试分数，并没有那么热情。

周辰瑜大吃一惊，目光落在桌上钱钟书《围城》的白绿封面上，脱口而出道："这怎么可能啊！"仿佛他已经站在围城里，却浑然不知。在儿化音女处长笑声里，周辰瑜挂了电话，呆呆地看着城门咯吱咯吱徐徐地关闭，他真的在城里面。这是真的吗？周辰瑜恍如一梦。他掐了一下大腿，却没有疼痛的感觉，心想，难道真在梦境里面？于是，周辰瑜手指再狠命地掐了一下大腿，一阵疼痛传递到大脑神经。周辰瑜终于相信这是事实，不是一场虚幻的梦境。遗憾的是，他没有达到范进中举的癫狂状态，不用同学叫救护车，也就没有名垂复华大学校史的机会了。那时那刻，一阵阵幸福的暖流，跌宕起伏地汹涌地涌上了他的心头，淹没了他的呼吸声。宿舍里面也突然一片明亮，光线显得特别绚丽，朦胧多姿，比七色彩虹还要漂亮三分。周辰瑜终于得到了梦寐以求的果实，他身心疲倦地在围城里面漫步，但一切都宛如梦中，他难以接受这个事实，哦，不，这不是真的。

周辰瑜担心曲阳伤心难过，选择了沉默不语。曲阳再次询问，周辰瑜慌忙地解释道："电话没有人接。"很多天后，当曲阳在部委 M 局官网上，看到公务员录取名单公示后，他愤怒地删除了周辰瑜的微信。周辰瑜心里疼痛不已，他很想和曲阳成为朋友，只是挺尴尬的，于是没有加回微信，两人也永远成为陌生人了。利益之争，永远是那么残酷，让周辰瑜感到无助。

周辰瑜十分开心，急忙打电话给王艺芸汇报喜讯，手机依然关机。周辰瑜满脸失望地闭上了眼睛，感受着自己急促的呼吸，最终选择打电话给堂姐。堂姐难以相信她的耳膜，夸赞这是堂弟刻苦努力的结果。周辰瑜心里美滋滋的，笑着反驳道："还是运气比较好。"跟堂姐聊完后，周辰瑜心情愉快地撑着伞，在复华大学校园细雨里面漫步，他想起了海南之行与王艺芸在南圣河畔散步，耳旁传来河水拍岸的声音。周辰瑜心想王艺芸怎么关机了？不会真的出事了吧？

后来，周父从堂姐口中知道了周辰瑜独占鳌头，惊讶得仿佛周辰瑜不是他的亲生儿子。没有想到，不参加新夏集团笔试，竟然赌赢了。这位瑜城市教育局副局长打电话反复核实此事确实是事实后，激动万分，立刻把所有的功劳全部揽了过去："幸亏那天我去了谱渡寺，祈求了一线希望的签。要不然你怎么可能考上，都是我的虔诚祈求的结果。"周辰瑜吃惊得仿佛回到了占卜的原始社会，哭笑不得，他心想自己一线希望成为现实，跟父亲没有任何关系。为照顾周副局长的面子，他没有反驳，而是在雨声中听着周父激动释怀的声音。雨中的眼镜湖迷迷朦朦，十分美丽。不过，这次国考让周辰瑜觉得这个世界，充满神秘和巧合，很难解释命运和缘分。倘若自己不是报考M局，而是跟陈晓雅一样挑战声名显赫的部委；或者是面试时自己心烦意乱，不能爆发自我本来的智慧；或者考官们不喜欢自己的外貌特征；或者青春痘男没有被司长拒绝；或者其他考生发挥再好那么一点点，自己都将必败无疑。只有在那唯一的点上，自己才有一线希望，实现千里挑一。宛如在太阳系里面，只有在宜居位置上的地球才能诞生人类，当然如果没有木星引力的保护，地球早已经毁灭千万次了。这些都无法解释，正像诺贝尔物理学奖获得者——伟大的物理学家杨振宁先生所言："冥冥之中，有造物主的存在。"还有待科学去认识这个世界。

在命运沉浮面前，周父深深感到生命的渺小和无助，求签只是寻求心理安慰。岁月蹉跎和命运多舛，已经把诗情画意的周父，打磨得谨小慎微，他大声要求道："辰瑜，考上的信息，暂时不要对外宣传，防止有人使坏，等大局定后再说也不迟。"周辰瑜呵呵笑道："我就一个学生，一张白纸，有什么好顾忌的！"周父急忙劝道："小心驶得万年船。爸爸是从这条路上走过来的。"周辰瑜不以为然，噘了噘嘴，用沉默代表反抗。周父突然意识到儿子羽翼已丰，自己权威将失，虽然心里十分不爽，只好安慰自己"将在外，君命有所不受"。其实"将在家，君命也有所不受"。不过，周辰瑜却对母亲言听计从，除了不参加新夏集团笔试这件事情。周父问道："打电话给妈妈没有？"周辰瑜回答道："还没有。"周父一阵欢喜，父亲还是摆在第一位。整个下午，周父都笑容满面，教育局下属压力骤减。周父新官上任，要求颇高。

那时候，周母正在小乔美容院接客厅热火朝天地切磋麻将精湛的技艺！周母手气出奇地好，统一中原指"分"可待。周母对儿子唯一一次不听自己的话非常生气，儿子放弃的是钞票和前途。周母没有理睬周辰瑜的电话——手机正在振动，她全神贯注地迎接一统江山的重要历史时刻，紧盯桌上横七竖八的麻将。周辰瑜宛如备战国考般不屈不挠地继续打电话，周母忍无可忍，不耐烦地接了电话。周母知道儿子金榜题名时，怒气顿消，十分高兴，宛如麻坛一统江山了，开心得手指痉挛，一不小心扔出一张麻将，啪的一声，落在桌子上。吓得麻友们脸色煞白，有麻友感慨道："今天我们输惨了！"周母爽朗地笑道："今天赢的钱，不要了。晓霞帮我打。"晓霞是美容院客服人员，是麻坛委员会候补委员，一年时间才替补了一回。麻友们高兴得差点儿掀翻了麻将桌，嚷着再决战一天一夜。对于周母而言，儿子的事情，有史以来首次超越了打麻将的地位。周父听了此事，高兴得差点儿流下了眼泪，麻将的统治地位首次被推翻了，宛如推翻了一座大山。这是何等的磅礴力量，何等的地动山摇。

周母走出美容院，在大街上跟宝贝儿子大声说话。周辰瑜说："爸爸让我暂时不要对外宣布消息。我又没有啥问题，真的没有必要。他有点谨慎过度了。"周母反对道："防人之心不可无，害人之心不可有。你的爸爸是对的，听明白了没有？"周母打麻将总结出"真理"，钱不到自己的口袋里面都不叫钱——仍然有输掉的可能。按照此理延伸，儿子没有上班也不叫考上，仍然有上不了班的可能。因此命令儿子要严格保守秘密，否则不是她的儿子。

母后懿旨已下，周辰瑜自然不折不扣地执行，回宿舍后没有透露一点消息。宿友们并不认为周辰瑜是一匹黑马，因为他的皮肤太白了。"事不关己，也只能高高挂起"，自己的烦心事堆积如山，别人的事情那就更不必关心了，哪怕堆满了整个宇宙，也毫不在意。大家都按照自己的想法，努力走好自己的人生。

周辰瑜进入了围城，可喜可贺。但堂弟周学进和陈晓雅，没有发挥出本来具有的智慧，泪洒围城城墙前，护城河水灾泛滥。三人也没有沟通交流，周学进和陈晓雅认为自己不行，那周辰瑜就更不行了。周辰瑜也没有跟瑜城三大才子沟通联系，大家因为王艺芸的原因，关系跌落到冰点，或者说本来就是冰点。每当周辰瑜想起汪国强国考笔试前夜的"骚扰"电话，就心惊胆战，恨死此人了。尤其经周父保密的点拨，周辰瑜宛如大清王朝般闭关锁国，不和外界交流沟通此事。不过，这也是历史上闭关锁国政策唯一一次大获全胜——没有任何人暗算周辰瑜。其实，本来就没有人想害他，他长得不帅，也没有遇到潜规则他的"正方体"。

陈君也完成了筑巢的历史使命，顺利通过了江苏省南通市移动公司的面试，心情愉悦地签订了劳动合同，女友也应聘移动公司所在地一所小学担任语文老师。可谓春风得意马蹄疾，事业爱情双丰收，成为陈君父母在瑜城中学经常低调炫耀的资本。虽然大家也没有把一个市级移动公司当回事，但依然称赞陈君很厉害。

汪国强听闻王土出事的小道消息，便审时度势迅速放弃了对王艺芸的追求，比敦刻尔克大撤退快了好几倍，比丘吉尔聪慧多了。他花言巧语，迅速勾搭上另一位家境尚好的"白富美"。汪国强确实有点商业天赋，他的瑜湖渔业在上海市场获得不少客户。张文杰自愧不如，妒忌得差点儿想跳入瑜河轻生。他就业四处碰壁后，思乡之情，宛如土尔扈特部返归祖国般浓郁，主动报考了瑜城市瑜城县公务员，竟然一举夺魁。父子之间也突然变得亲密无间了，张父接受了张文杰从大学带回来的本科女友，死皮赖脸地找到瑜城市教育局副局长周父，顺利考入了瑜城县瑜城小学教书育人。

M局人事司在官网上公示复华大学周辰瑜被录取后，宿友们大吃一惊，才发现宿舍里面竟然有一匹黑马。晚上卧谈会时，纷纷埋怨他不主动分享好消息，赞誉他比美国FBI还能保守秘密。周辰瑜连忙解释没有公开的原因，顺便吹嘘了周父的高大形象："父亲作为瑜城市教育局副局长，事业心强，锐意改革，干了不少影响瑜城教育界的大事，也得罪了不少人，担心有人打'骚扰'电话给M局，惹来麻烦。希望大家能够谅解。"其实，周父走马上任教育局副局长不到两个月时间，业务尚在调研熟悉阶段，除了表忠心将毕生精力奉献给瑜城市，没有干任何成绩斐然的大事。宿友们表示可以理解，对周辰瑜有吴下阿蒙"士别三日，刮目相看"的感觉，称赞之语宛如春雨滂沱，完全能够笼罩四野，灌满江湖。尤其是心有隔阂的李茂霖更是暖言暖语，宛如对梦中情人说的甜言蜜语。张子浩更加关心周辰瑜，两人的关系一直比较好。变化最大的是偶尔回宿舍旅游的徐智鹏，一改过去老大的派头，特地下载宫廷戏供周部长欣赏。周部长的地位突飞猛进，俨然成了宿舍老大。他受宠若惊，适应不了如此重大变化。宛如小时候周辰瑜总觉得中国落后，欧美国家高"国"一等。亚洲文明对话大会召开，《新闻联播》发表国际锐评《中国已做好全面应对的准备》时，周辰瑜的民族自信心倍增。正如主播铿锵有力的声音所说："经历了无数次狂风骤雨，中国依旧在那儿！"周辰瑜突然感觉自己的腰杆直了："五千年的中华文明，应该有自己的文化自信。中华民族必然伟大复兴，中华民族必然在地球上引领全人类过上美好的生活。"周辰瑜终于在心理上，跟徐智鹏平起平坐了。周辰瑜到部委上班后，有时候在北京地铁2号线里面，遇见肤色各异的欧洲人或者非洲人，周辰瑜也会和颜悦色地攀谈几句，体现了大国公民的良好风范，中国人就应该胸怀宽广，包容天下。

宿友们还是比较关心周辰瑜是否吃回头草，带陈晓雅一起去北京发展。有一天晚上卧谈委员会如期举行，对这个话题进行了表决。卧谈会主任张子浩投了反对票，哈哈笑道："此一时彼一时，今日的瑜哥已经不是昨天的瑜哥了。怎么也要找个司长的女儿才般配啊！"卧谈会委员李茂霖也附和道："那是，陈晓雅已经配不上周部长了。"周辰瑜这个自封的复华大学第一备胎，突然之间有了竞争资本。他心潮起伏，呵呵一笑："你们也不是不知道我有女朋友。"王艺芸的手机依然是关机状态。大家笑道："现在瑜哥爽啊，可以随便挑女朋友了。"

周辰瑜心急如焚，不知道王艺芸出了什么事情，深夜打电话依然是关机状态。第二天清晨，打电话给周父。周父语重心长地说："听说王土出事了，没有听说王艺芸出事的消息，我再打听打听。王家这条船有点危险了。辰瑜，你现在的身份，跟以前不一样了，自己的前途才是最重要的，感情的事情以后再说吧！你听懂了没有？"周父态度突变，令周辰瑜惊讶不已，他长长地叹了一口气，心情失落地挂了手机。

周父最担心的是周辰瑜公示期间出问题，三番五次打电话给周庄第一风流人物——周新林。周新林笑道："国考非常公平。结果一旦确定了，一般不会发生变化，除非政审环节存在违纪违法的问题。辰瑜就是一个学生，没有事的，叔叔您就放心吧！"周新林没有想到这个堂弟还有两把刷子，对他另眼相看了。但可惜周辰瑜没有参加新华集团的笔试，周新林有点瞧不起普通公务员。周父跟天下所有可怜的家长一样，依然不放心，又经过七打听八打听，绕了九九八十一道弯儿，找到了一位在国家部委给领导开车的司机，此人是瑜城市人。司机为了显示自己位高权重，非常豪爽地答应了此事："周局长，这事儿包在我身上。"周父终于松了一口气，不在四处伸触角了。不过，确实触角太短，已经无处可伸了。不过，周父打电话在周辰瑜的耳边鼓噪了三次，宣誓父亲还是有用的，扬眉吐气的劲儿，仿佛他升职为教育局一把手了，发挥主要领导的"领导羊"作用。周父有挑战家庭权威的野心，但周母地位稳固，周父家庭地位依然排名倒数第一。

36

4月份春暖花开，周辰瑜经常在校园湖畔独自漫步，享受日光的温暖和风的清凉。这些天他非常开心。宛如周瑜新区诞生了二十二家科技上市公司，市委书记唐君同志的喜悦之情。周瑜新区已经建设完成，东方"硅谷"名气越来越大。不过，周辰瑜happy，是因为自己考上国家部委的事情，在中文系引起的轰动超过了高新远。只是原因他浑然不知。高新远成为白天鹅，那是顺理成章。而周辰瑜由丑小鸭变为白天鹅，反差太大，完全出乎意料，能够把苏式主教学楼的墙体震成内伤，在医院躺一年时间也无法恢复。中文系的小师妹们，震得头晕目眩，秋波早已经泛滥成灾。周辰瑜这只丑小鸭害羞得不知道如何红掌拨清波了。有时候，还"鹅鹅鹅"地引吭高歌——本色出演了多次："我那岗位一千多人报名，只录取一人。"这句话曾经是师哥高新远的口头禅，只是他的岗位货真价实，有一千七百多人报名。而周辰瑜的岗位，也就八百多人报考，几乎相差一倍！此事只有周辰瑜一清二楚，故而心里波澜不惊，没有人会拆穿他的谎言。小师弟小师妹们惊得差点儿呼吸不了空气，心肌梗死比苏式主教学楼墙体的内伤好不了多少，就差需要重症室呼吸机，支撑生命的延续了，大声感慨道："竞争太激烈了！"周辰瑜心想："这还算激烈，当年我们可是亿万挑一的竞争，才来到了人世间。竞争才是物质发展的必然规律。没有竞争，就没有这个世界。"周辰瑜得意地微微一笑。

周辰瑜的炫耀，没有顾及中文系同学就业不顺的心里感受。还有不少同学没有找到合适的工作。他们妒忌的眼神，能够迅速烤熟丑小鸭，成了香喷喷的烤鸭。不过，嘴里依然恭维道："哇，好厉害啊！"实际上口是心非，心里骂道："吃了狗屎的运气罢了！"他们痛恨自己运气不好，不能实现千里挑一，但为了校友友谊长存，还是满脸堆笑，只是笑得有点尴尬。他们脸上忧郁的色泽，让周辰瑜内心十分过意不去，但也没有能力帮助。故周辰瑜尽可能避开熟悉的同学，甚至有时候落荒而逃。周辰瑜也从"雄辩是银"达到了"沉默是金"的境界，色泽越来越金灿灿了，他也深深领悟到："如人饮水，冷暖自知"。

周辰瑜成功载入了周庄通史的名人篇——勤奋学习的典型代表。但却没有想到却成为"反面"教材，小孩子们贪玩有了借口："辰瑜哥哥也经常玩，长大后不是照样非常牛吗？"家长们扑哧一笑道："辰瑜哥哥是暗暗努力奋斗。"名垂周庄通史的名气，宛如女人的初吻，得到了便立刻失去了兴趣。当周庄小孩把周辰瑜视为偶像时，他的关注点已经发生变化了。每当周辰瑜悠闲自得，在花红柳绿的校园里面，独自散步，他都展望未来，思考如何实现人本来所具有的价值。国考面试后，游玩天安门广场和未名湖畔的情形，至今历历在目，那时候内心充满淡淡的忧伤。而现在有着如履薄冰的感觉，不知道未来的人生道路会如何？仿佛职场处处是危险，一不小心就跟宫廷戏般深陷囹圄。周辰瑜思考最多的人生问题是："在中国式现代化全面推进中华民族伟大复兴的新时代，什么样的人生才是有意义的？"宏益法师曾经说："好好发挥本来的自我，便是有意义的人生。"周辰瑜从唯物主义哲学观点，深深思考何为"本来的自我"，也许宛如牵牛花一般，经过生长、盛开、调零的过程，才真正明白"本来的自我"的含义。

周辰瑜没有想到春节期间，他投的简历竟然"千树万树梨花开"——四家复华省民营企业，通知周辰瑜参加笔试。可惜职场只能一夫一妻，断不可以一人占四岗。周辰瑜心想，国考之花已开，夫人已有，无须再娶了，索性爱搭不理四个小妾了——四家复华省民营企业。只是夫人尚有一个编制名额，暂时空缺，周辰瑜想把这个编制给王艺芸，只是至今音讯皆无，令他心惊胆战，仿佛这朵花已经被折了。

而另一朵花已经悄然绽放，香味扑鼻，等待周辰瑜去采摘。两人偶尔发微信相互问候，但这朵花已经习惯周辰瑜主动追求。她一直焦急地等待周辰瑜主动邀请她约会吃饭。甚至有一次在校园里面碰见时，还暗示道："有时间聚聚，我打电话给你啊！"周辰瑜为王艺芸的事情心烦意乱，也就等待这朵花的邀请，可惜陈晓雅一直没有打他的电话。这一天清晨，陈晓雅在眼镜湖畔自拍了四张照片，配了两句诗："花开堪折直须折，莫待无花空折枝。"微信朋友圈专门发给周辰瑜看。那时候，北京映山红证券公司稽核审计部副总经理李一凡正在追求陈晓雅，邀请陈晓雅到北京游玩。宿舍楼窗前远眺朝霞的周辰瑜，看到陈晓雅的朋圈，突然感觉陈晓雅发生什么事情了，他也有点想念她了，于是主动跟陈晓雅微信聊天。两人约好星期三（明天）到一凡大厦云南菜馆吃晚饭。一凡大厦离陈晓雅家的荷花小区距离不远，周辰瑜比较熟悉，暑期两人曾在此欢聚过。那次周辰瑜非常想折这朵花，但折不断枝丫，便放弃了这个非分之想。人生不可能踏进同一条河流，但是周辰瑜不同时空，却踏进了同一个女人的心，只是踏的深浅不一样而已。虽然时空变幻，今非昔比，但又是一个新的开始，也许会开花结果呢！至少陈晓雅这朵花早已盛开了。她在默默地等待周辰瑜。

没有想到，短短一个多月时间，陈晓雅发生了很大的变化。在典雅而安静的包间里面，温馨而朦胧的光线，照射在陈晓雅的身上。她上身穿着一件薄薄的红色毛线衣，下身罩住一件孔雀绿厚裙子，一笑一颦，显得楚楚动人，却散发着淡淡忧伤的气质。在周辰瑜的印象中，这样气质的陈晓雅很少见，曾经的陈晓雅是何等的明眸皓齿，朝气蓬勃。两人相对而坐，相视而笑的瞬间，周辰瑜仿佛又回到了一起复习国考的温暖岁月。那些美好的岁月，永远刻骨铭心。周辰瑜面露笑意，温和地看着貌美如花的陈晓雅，仿佛在欣赏一幅山水画，内心却波澜起伏。陈晓雅微笑地看着周辰瑜，一副欲言又止的模样。而周辰瑜的目光水击岩石，情绪起伏，却不想触动内心深处的情感。周辰瑜避开陈晓雅温柔而友好的目光，将国考面试的过程讲得头头是道，最后感慨道："国考的偶然性太大了，有些因早就种下了，只是我们不知道而已，恍如一梦的感觉。"朦胧的光芒，映照得陈晓雅更加美丽动人。她听完了微微一笑，轻轻地叹了一口气："我那天发挥得不好。"那一声叹息，像一片落叶轻轻飘落在周辰瑜的心田。想当初,为了能和喜欢的人多待一分半秒,尽心尽力地辅导。可现在自己已经有了另一段感情,而陈晓雅并不知晓,周辰瑜的内心充满纠结。世间的事情难以预料,昨天和今天真的仿佛恍如隔世,似乎没有发生过。这时候,周辰瑜想起陈晓雅多次拒绝自己的情形,心里有点触动,他打开青岛啤酒咕噜咕噜地喝,心中充满了淡淡的忧伤。

陈晓雅举起杯,丹唇微启,轻声细语道:"辰瑜,再次祝贺你心想事成。"说完后,陈晓雅一仰头,便喝干了那杯啤酒,眼睛里似乎有泪光闪烁。她放下杯子,低头时,秀发柔顺垂至胸前。陈晓雅有点伤感地说:"我要选调到复华省基层单位工作一年。"陈晓雅抬起头,眸色发亮地看着周辰瑜,眼神里面充满若有若无的期待,仿佛询问周辰瑜的看法。

周辰瑜瞬间读懂了这种意味深长的眼神。他心想,一心一意北上的陈晓雅,怎么突然决定留在基层单位了,难道和男朋友沈鸿分手了?这时候,一线希望在周辰瑜心里放射出耀眼的光芒。虽然周辰瑜已名花有主,但依然难以阻挡心中的感情。于是,周辰瑜将陈晓雅的人生道路插上了飞翔的翅膀,他笑道:"选调生也是不错的选择。对基层有深刻了解,以后可以调到复华省或者国家部委工作。再说现在高铁如此发达,复华城到北京也就四五个小时,来回也非常方便。"

陈晓雅的内心波澜起伏,本以为周辰瑜会惊讶地询问,她为何如此选择?甚至会大声说跟我到北京发展!没有想到他会如此回答,充满期望,又暗含失望。陈晓雅心里有点难受,鼻子一酸,眼睛逐渐湿润了。酒量不大的陈晓雅,咕噜咕噜地喝了一罐啤酒后,趴在桌子上说:"我喝多了。"她头晕晕的,竟然呜呜嘤嘤地小声哭了起来。

周辰瑜惊慌失措,站了起来,关心地大声问道:"晓雅,你怎么了?"陈晓雅梨花带雨地看着周辰瑜,伤心地问道:"难道你一点都没感觉到吗?"周辰瑜眉头一皱,愣了一下,假装不知道陈晓雅的意思,笑着哄道:"感觉到了啊,感觉你更漂亮了。"

陈晓雅破涕一笑,轻描淡写地小声说:"我和他分手了。"心里暗想,"你可以牵手了,还不伸手。"陈晓雅的泪光温柔而明亮,充满着浓浓的期待,等待周辰瑜主动表白。

这句话宛如晴天霹雳,完全出乎周辰瑜的意料,比国考获得第一名还令他惊诧,甚至比陈菲菲未婚先孕还令自己震惊,仿佛月球跟火星私奔了——成为火星的卫星。周辰瑜一直觉得陈晓雅和男友沈鸿的感情深厚,宛如北极熊的毛发能够抵御北极圈的寒流,谁也拆散不了。没有想到,自己久攻不下的碉堡,竟然从内部土崩瓦解了。这可是收购优良资产的最佳良机,可周辰瑜却有点为难。周辰瑜曾经游览过王艺芸的中部地区,而陈晓雅秀色可餐的旅游胜地,至今没有留下到此一游的字迹,周辰瑜的字也不好看,也羞于留下墨宝。周辰瑜意识到陈晓雅需要自己的承诺,自己该怎么处理呢?周辰瑜心想陈晓雅遇到此生相伴的男人,那是分分钟钟的事情,无须他担心,只是他依然十分喜欢这个唇红齿白的姑娘。于是,周辰瑜撒了个善意的谎言,幽默地笑道:"旧的不去,新的不来,我不还在这里吗!"周辰瑜已经喝了三罐啤酒,头有点晕。

听了周辰瑜的承诺,陈晓雅的脸上,露出温暖而幸福的笑容。她站起来,去卫生间洗脸,让自己更加美丽动人。在水流的哗哗声音里面,陈晓雅隐约感觉周辰瑜已经发生了某种微妙的变化，也许是考上国家部委的缘故吧！水从手指间流动的感觉，非常舒服，陈晓雅的情绪也逐渐平静了下来。

包间里面的周辰瑜，低头默默地喝酒，心情复杂得宛如6月多变的天气。他咕噜咕噜地喝完一罐啤酒后，有点忧伤而好奇，声音沙哑地问道："你们怎么分手了？"陈晓雅脸上的水渍，还没有完全干，素颜更加清秀美丽。陈晓雅抬起右手，从前额向后抚摸了一下秀发，说起了往事："国考面试那天，我们约好第二天见面。面试后，我走在北京的街头，心想给沈鸿一个惊喜。下午，我乘4号线地铁去北京大学，在男生宿舍楼的墙角处，我看见沈鸿和一个短发女孩牵手走进了宿舍大门，两人有说有笑。"周辰瑜看着温柔娴静的陈晓雅，心想倘若是王艺芸，肯定冲上去，一人一个响亮的大巴掌。

周辰瑜小声问道："你怎么处理此事的？"陈晓雅喝了两口啤酒，有点忧伤地说："我当时蒙了，脑子一片空白，不知道怎么处理。我拖着行李箱，漫无目的，在北京大学的校园里面，迷迷糊糊地走了很久，边走边流泪。那天晚上，我在旅馆里面一夜无眠。我为两人的未来付出那么多，可他却背叛了感情。"周辰瑜义愤填膺："怎么如此不负责任呢！"

陈晓雅泪光点点，伤心地说："我想要一个答案。第二天见面的时候，我问他未来有什么打算。沈鸿说他想要跟我生活一辈子，一起在北京好好发展。虽然一无所有，但会努力奋斗。我说我们可以回复华城工作。他说他不想回复华城，留在北京是他的梦想。我冷冷地大声说，是跟你的新欢留在北京吧？说完后，我拉着行李箱走向门外，准备去北京南站回复华城。沈鸿在后面大声喊道，你说啥呢，什么新欢？我非常愤怒，大声吼道，到现在你还不跟我说实话，还跟我演戏。昨天我亲眼看见了你们牵手走进宿舍。他说那是他的表妹。"

周辰瑜笑道："表妹！不是表妹吧，是沈鸿的新欢！"陈晓雅点了点头，继续说："我打车去北京南站，沈鸿也打车追了过来。在北京南站二楼候车室，我们坐在椅子上，沈鸿承认了他和短发姑娘的关系。"陈晓雅没有告诉周辰瑜：临别时，沈鸿撕心裂肺地号啕大哭，声泪俱下地说："这一辈子，我最爱的人是你，我愿意回复华城。"沈鸿哭肿了眼睛，陈晓雅也异常难受。她给不了支持沈鸿实现理想的物质资源，她知道沈鸿是一只雄鹰，应该给他自由的飞翔空间。她该离开了，她想静悄悄地消失。周辰瑜笑道："沈鸿为何这么快就承认了两人的关系？"陈晓雅说："他们在春节已经订婚了。不说了，令人心烦。"周辰瑜瞪大了眼睛，惊讶得差点儿下巴都掉了下来。周辰瑜沉默不语，不知道如何安慰陈晓雅。

陈晓雅眸色明亮，出神地看着周辰瑜真心实意地称赞道："辰瑜，你能够考上，是因为你的坚持和执着，我觉得你挺好的。"这句话含而不露，具备收缩自如的功能，既可以认为是正常评价，也可以理解为表白的意思。陈晓雅果然聪慧过人，周辰瑜宛如刘备听了曹操关于"天下英雄，唯使君与操耳"的言论，开心惊慌得把筷子掉在地上。周辰瑜运用弹簧原理，反弹道："我一直也觉得你挺好的。"这句话不仅含义丰富，而且也伸缩自如，听者可以自由解读。

陈晓雅满脸绯红，醉眼蒙眬，情绪低落地看着周辰瑜。周辰瑜头晕晕的，沉沦在浪漫温馨的氛围之中，不想醒来。陈晓雅突然问道："你不是有一个富妹吗？"周辰瑜十分惊讶，心想肯定是

"馒头"宣传的结果。周辰瑜没有办法,他不能跟沈鸿一样欺骗陈晓雅,他简单介绍了他和王艺芸的故事,最后说:"她家出了事,现在已经联系不上了。"一切都在无言之中,陈晓雅的脸上露出愉快的笑容,建议道:"那就算了吧,你们不合适。"周辰瑜若有所思地微微点了点头,心里又满是惆怅。

这个春意盎然的夜晚,在柔和而温馨的光线里面,两人都喝了不少啤酒,说话也渐渐不受大脑的控制,心里话那是汩汩而流。周辰瑜满脸通红,即使说了"晓雅,我很喜欢你"这句话,他也不知道,就是把夫人的编制给了陈晓雅,他也不清楚。因为他头晕目眩,真的醉了,眼里有两个陈晓雅如水般地晃动。而陈晓雅听了周辰瑜的醉言醉语,也相信了他。两人真的醉了,宛如男女朋友般手牵手,跟跟跄跄地走出一凡大厦。霓虹把复华城的夜色,搅拌得五彩斑斓,宛如小孩随意涂鸦的水彩画,真的好美。也许今夜是个美妙的夜晚,也许今夜令人终生难忘。

十分钟后,周辰瑜晕乎乎地打开陈晓雅家客厅的灯。灯光瞬间照亮了田园装修风格的三室两厅的房子,显得陈家人情调雅致,非常有修养。陈晓雅说她的父母去瑜城温泉胜地游玩了。周辰瑜搀扶着陈晓雅柔软的身体,走进卧室。他有点心猿意马。淡黄色的卧室温暖而温馨,白色的床头摆放着五个布娃娃。周辰瑜勉勉强强将陈晓雅的窈窕身体,放在床上,累得直喘气,他侧躺在陈晓雅的身边。陈晓雅一侧身,趴在周辰瑜的胸膛,又呜呜咽咽地小声哭了起来。这哭声包含了多少心酸坎坷、希望和憧憬。她的身体簌簌发抖,泪水湿了周辰瑜的胸膛,凉凉的感觉。周辰瑜闻到了陈晓雅秀发的香味,还有淡淡的体香,她的身体凉凉的,非常柔软。他轻轻地拍陈晓雅的胳膊,安慰道:"晓雅,好好睡吧！"陈晓雅哭了一会儿，便昏昏沉沉地睡着了。周辰瑜酒醉，也迷迷糊糊地昏睡过去。

清晨时分，周辰瑜醒了，陈晓雅的头，压得他的胳膊好疼。周辰瑜试图抽掉胳膊，却一不小心把陈晓雅弄醒了。陈晓雅一翻身，紧紧地抱着周辰瑜，迷迷糊糊地亲吻着周辰瑜的脸颊。周辰瑜轻轻地把陈晓雅揽入了怀里，深情地亲吻陈晓雅的额头、脸颊和脖子……

37

时间飞逝，草长莺飞。4月30日，周辰瑜在甲骨文研究公寓，观看纪念五四运动一百周年大会，倍受鼓舞，青年要为中华民族伟大复兴贡献力量。五一国际劳动节的第三天下午，由于周父在电话中反复要求，周辰瑜给"基因"们跌宕起伏地讲千里挑一的心法秘诀。"人生如花，必然受苦，必须盛开"这句话，成为"基因"们的座右铭。当然，"基因"们记得"盛开"却不愿意"受苦"。周辰瑜实现了人还活着，名言警句已广泛传播，这比老祖宗周瑜要强那么一点点。周辰瑜非常开心，每一个汗毛孔，都宛如跳桑巴舞般无比舒服。他跟小伙伴们说："依靠自己的人生，是最幸福的。真正的奋斗是没有奋斗，每天自然而然地努力学习，就是真正的奋斗。大家努力加油吧，成为优秀的青年！"

晚上，周辰瑜在卧室阅读美国著名学者塞缪尔·亨廷《文明的冲突》，周辰瑜心想这个世界依然充满各种文化冲突，宏益法师曾经说俄乌战争必然爆发，病毒必然流行，确实有些道理。宏益法师说属于王土的时代土壤已经过去了，他也不知道王艺芸的消息，不过应该不会有大问题，王艺芸是王家优秀的二代继承者，应该没有千科集团的原罪。未来的千科集团需要依靠王艺芸，王土的孩子刚上大学，尚没有企业经营管理经验。周辰瑜放下书，打王艺芸的电话依然没有接通，周辰瑜认为王艺芸可能出事了，二叔周家俊说她有牢狱之灾也是有可能。周辰瑜思来想去，准备回复华大学，去首都报到上班，以后再联系王艺芸。

三天后，周辰瑜依依不舍地离开了绿树浓郁的瑜城，他要开始职场生涯了。临行前，人群熙攘的瑜城火车站，宏益法师和周父送行。三人站在检票口。周父在周辰瑜的耳边再一次叮嘱道："王艺芸的事情，就忘了吧！北京优秀的姑娘一大把，想怎么选择都可以。"周辰瑜心里十分迷惘，看着父亲两鬓些许白发在阳光里闪烁光芒，没有回复他的建议。周父见状，急忙说："你的妈妈也是这个意思。"当然周父全权代表了周母，周母蒙在鼓里，这也是周父今年以来唯一一次的擅权行为。周母由于怕伤感，没有到火车站送行，其实在主持麻坛常务理事会议。

周辰瑜心里有点难受。二叔昨晚说千科集团已经处于风雨飘摇之中，王家这条大船可能要沉没了，你还是远离比较好。周辰瑜并不关心这些，他只在乎王艺芸的安危，他希望她平安健康幸福。二叔希望他不要感情用事，王艺芸已经不适合他了。周父猜测王艺芸可能配合纪检监察部门的调查，故手机打不通。一幢幢漂亮的高楼大厦沐浴在温暖的阳光里面，周辰瑜抬头望着瑜城，心里有点失落，轻轻地叹了一口气，他也无能为力，他必须要到北京单位报到。

宏益法师拍了拍周辰瑜的肩膀，安慰道："每个人都有自己的因果,都有自己的命运,一切会水落石出的。辰瑜,你要走好自己的人生道路,这才是最重要的。"阳光照射在宏益法师慈祥的脸上,周辰瑜点了点头,笑道:"我知道了,谢谢宏益老师。"检票时,宏益法师紧紧地握着周辰瑜的双手,语重心长地打招呼道:"辰瑜,你要好好发挥自己的智慧,做一个心里有一片海的人,凡事要三思而后行。"周辰瑜笑着点头表示感谢。宏益法师发自肺腑地叮嘱道:"人生宦海,祸福相依。平安是福,随缘是大智慧,要做到随缘。"周父希望儿子前途似锦,复兴周氏家族,叮嘱道:"遇事打电话给我或者宏益老师。虽然你的学历比我们高,但社会经验没有我们丰富。"周辰瑜嗯了一声,表示顺从周父。但是周父心里清楚,父亲的权威宛如天空的空气,距离越远越稀薄,最后忽略不计了,但也无可奈何。周父在回去的路上,心想:"儿子大了,管不了了。儿子的人生,终究需要他自己去走。"

周辰瑜回到古树浓郁的复华大学待了四天。第五天,他收拾好行李离开了。他心里充满喜悦,却有着淡淡的忧伤,这个风景如画的校园,留下了太多美好的努力奋斗的回忆,可他终究要去远方,寻找诗和诗意。临走前的那几天,中文系的师弟师妹们纷纷请教如何备考国考,热情得差点儿融化了周辰瑜。周辰惟妙惟肖地叙述了千里挑一的过程,宛如敦煌壁画上的飞天,随时会离壁而去。每一年,类似的故事,都会在复华大校园里面因缘而生地发生,演绎着年轻的普通知识分子,为中华民族伟大复兴努力奋斗的故事。

周辰瑜去北京报到上班后,毕业季也轰然而来。堂弟周学进最终考取了复华省委宣传部。八年后,周学进辞掉公务员职务,改行做了一名律师。宿友张子浩回江南城市学院任教计算机课程，徐智鹏去复华省电信公司工作去了。只有孤零零的李茂霖，尚没有找到称心如意的工作。他看着一片狼藉的宿舍，地板上满是乱七八糟的废纸，泪如泉涌。李茂霖最终去上海闯荡市场了，应聘一家德国纸品公司担任客户经理。李茂霖的理想也已经发生了巨大变化，他想积累点资本和经验，自己创业做老板。一年后，他注册了一家纸业公司。李茂霖从来没有想到，自己会走上创业这条道路，他是被现实世界逼的。不过，他认为这一条路是康庄大道。他跟"馒头"早就分手了，"馒头"还没有找到合适的工作，而且因为找工作被骗了一万元，不过这已经跟他没有关系了。半年后，"馒头"在周瑜新区找了一家民营企业做行政工作。

周辰瑜报到上班三天后，一个阳光耀眼的下午，M局在1502会议室召开新录取公务员见面会，主要是介绍业务司局的工作职责和新录取公务员生活安排。五湖四海的二十名年轻人，成了M局的新鲜血液。人事司司长谎称部长高度重视，由于国务院有重要会议，不能亲自参加见面会。大家受宠若惊，没有想到部长日理万机，竟然如此关心他们。只是大家并不知道部长跟人事司司长笑道："你参加会议，讲两句话就可以了。"

傍晚，街头的人潮，在夕阳下画着缭乱的线条，令人眼花缭乱。每天都有寻梦的人前赴后继，拥入这座奋斗幸福和成功的城市森林。每天都有梦想破碎的失败者，依依不舍地离开这个繁华而坚硬的城市。周辰瑜属于前者，他成为这座城市的新居民，但他始终有着恍如一梦的感觉。下班后，周辰瑜独自乘地铁一号线，来到浮华如水的东单。东方广场里面的奢侈品琳琅满目，价格昂贵令周辰瑜直吐舌头，心里感慨："一年工资不吃不喝，也买不起啊!"电视荧屏上在播放第三届世界智能大会的画面。中华民族每一日每一月都在变化,向着伟大复兴不可逆转地汹涌澎湃,这是历史发展的必然趋势。周辰瑜想起他4月去上海找王艺芸的经历。那也是一个阳光温暖的日子,他充满期待,千里迢迢地来到千科(上海)公司,一瓢冷水浇灭了他的"幻想"。一名戴眼镜的短发姑娘,客气而礼貌地说:"艺芸总去台湾考察文旅产业去了。您有事情,等她回来,我可以转告她。"周辰瑜百思不得其解,王艺芸去台湾怎么也不告诉自己一声,他认为这可能是假消息。

在东方广场一楼豪华的奥迪专卖店里面,周辰瑜再次打电话给王艺芸,这一次却意外地接通了。周辰瑜非常高兴,一脚差点踩坏身旁奥迪车的轮胎。美女客服脸上的微笑,激荡起惊讶的旋涡,又转身客气地接待新进店的客户。周辰瑜悲喜交加,激动地大声喊道:"艺芸,真的是你吗?"周辰瑜想问王艺芸是不是出了什么事情,但又顾及她的内心感受,于是改口道,"最近你去哪里了?听到你的声音,我就放心多了。"在湖花岛别墅的王艺芸,声音沙哑地说:"我还好。我被喊去询问了,断断续续有两个月时间。询问期间,我不能跟外界联系。询问完后,我情绪低落,又不想跟任何人联系。所以手机一直关机。"

"没有了你的信息,我都担心死了。"周辰瑜的声音发自肺腑,听之令人动容。王艺芸伤心地说:"辰瑜,这些天,我都快要疯了。真的,真的要疯了。千科集团遇到了前所未有的困难。想必你也听说了。"周辰瑜说:"听了不少传言。"他忍不住问道,"艺芸,你没事吧?"

"我没有事,但叔叔的问题,需要看法院如何定性了。"半年后，此事终于水落石出。复华省电视台播放了"湖花岛别墅违建纪实"的专题报道，吸引了海内外千千万万双目光的注意。对于周瑜新区而言，波澜不惊，早就知道如此了。海外有媒体称，东方雄狮更加注重环境保护，建设美好家园，一个焕然一新的大国正在冉冉升起。周庄人普遍认为，王土会判无期徒刑，但是王土保外就医了。王土在复华省立医院的病理活检结果显示为胃癌，致病主要原因是感染了幽门螺杆菌。周庄人一片惋惜，瑜城首富最终竟然是如此凄惨的结局。虽然周庄人对复华省政协原副主席郑阳，打造全球人工智能基地——周瑜新区，赞不绝口，但是由于他以权谋私，纵容儿子违法经商，最后罪有应得，判了有期徒刑十八年。当然，曾经高高在上的龚副市长，也麻利儿地进去了，判了十五年有期徒刑。兴奋得周父几个晚上都难以酣然入睡。领导岗位又空缺出来了，大家都心潮澎湃，恨不得其他领导干部全部受到处分。可惜结果令人失望，绝大部分瑜城干部比较廉洁，依然屹立不倒。一场环保反腐专项督察，终于尘埃落定了。千科集团被罚款六个亿人民币，流动资金陷入困境，一个劲儿地卖卖卖。与此同时，周瑜新区的项目招标，再也见不到千科集团的影子。曾经的一代枭雄——王土，彻底退出了历史的舞台。瑜城市在市委书记唐君同志的带领下，大力发展人工智能产业，尤其是芯片半导体产业正迅速崛起。每年解决十万人的就业。这块古老而年轻的土地，焕发出勃勃生机，人工智能产业在国内处于领先地位。周瑜新区，未来可期，必将成为世界瞩目的人工智能产业基地。

王艺芸从万千宠爱的"公主"地位，瞬间沦落为无人问津的路边小草。此时此刻，王艺芸的内心世界，已经发生了天翻地覆的变化,而周辰瑜依然沉浸在浓浓的思念里面,他大声道:"我去找你!"王艺芸大声阻止道:"不要找我了,你在北京重新找一个吧!"周辰瑜大声道:"不,我不找,我只在乎你!"

王艺芸情绪激动,大声道:"辰瑜,听我的,没错。我需要重新开始,千科集团前途未卜。你不合适现在的我。"周辰瑜劝说道:"艺芸,慢慢来,会好起来的。"王艺芸长长地叹了一口气:"我家跟过去无法比了。你能理解我的话吗?你听懂了没有?"王艺芸的泪水悄然滑落。

周辰瑜非常痛苦,发自肺腑地说:"我们可以像普通市民一样,平凡而安静地生活。"王艺芸小声道:"我回不去了,真的回不去了。过去,我们有资源,我想我们一起创业,打拼事业。可是从零开始,太难了。"周辰瑜心如刀割,纵有千言万语也无法开口。

王艺芸挂完电话后,趴在床上,泪如泉涌:"为什么我的命运如此悲催。"王土曾经说:"你应该找一个更合适的,你和辰瑜不是一个世界的。"王艺芸需要维护过去的地位和尊严,刘彦洪副董事长给她带来了沉甸甸的安全感,相同的信仰也引起强烈的灵魂共鸣。她心想:"也许我应该选择刘彦洪才对,这才是我合适的归宿。"

挂完电话后,周辰瑜泪流满面。他难以承受这个打击,击碎了美好爱情的向往。大年初一,在去往海南三亚的急速飞行的波音客机上,周辰瑜曾经暗暗发誓,此生无论发生何事,他都要娶王艺芸为妻。可转瞬之间,便沧海桑田,物是人非。周辰瑜想起两人一起喝椰汁、看电影、河畔漫步的情景,胸口无比疼痛,宛如刀割。一种无形的巨大力量让感情的小舟,在汹涌起伏的海面上激烈地颠荡。周辰瑜心情郁闷,来到街边的川菜馆吃饭,咕噜咕噜地喝了三瓶啤酒。正如三国曹操所言:"何以解忧,唯有杜康。"

回到单位宿舍,已经是晚上十二点钟。周辰瑜泪流满面,奋笔疾书:

> 喜欢一个人时,穿越千山万水,也要见到她。无论是去海南,还是去上海,都是因为在乎你。
>
> 春节期间,海南五指山短暂的相逢,有太多的欢乐和期盼。每当想起芸妹的鞋帮裂开时,我都忍不住想笑,心想芸妹如此大大咧咧,也非常可爱好玩。喝椰汁看电影湖畔漫步时,我感受到芸妹温柔贤惠的性格。虽然有时候你直率、洒脱和强势,但依然非常可爱。当我从海南回复华城的飞机上,万里高空,我许了一个心愿——娶芸妹为妻,一辈子不让她受到伤害,让她感到幸福。
>
> 当我联系不上芸妹时,我心急如焚。那时候我在想,如果芸妹真的被卷进去了,我也要等你。因为我在乎芸妹。知道你平安归来,我非常开心。人生总会遇到挫折,我们可以重新开始,一起奋斗。我要静静地等你,你明白吗?

周辰瑜的感情汹涌澎湃,宛如一匹桀骜不驯的野马,在草原上狂奔。写完这些文字,通过微信发给王艺芸后,周辰瑜便躺在床上,酣然入睡。

深夜时分，看到周辰瑜的微信，王艺芸内心十分惆怅。千科集团岌岌可危，叔叔病重在医院化疗，家道中兴的责任，无论如何都要努力完成，选择周辰瑜并不合适。虽然自己难以割舍，但不得不选择放手。王艺芸回复道："辰瑜，今生的缘分，是前世的因果。前世你我无缘，今生就不要执着了，来世我们再续此缘吧！"发完此条信息后，王艺芸又补充道："就让彼此安静吧！"王艺芸拉黑了周辰瑜的手机号码和微信的时候，泪水汹涌而出，哭得撕心裂肺。她心里明白，这就是真正的爱情，她不想失去，可又无可奈何。她要牺牲爱情，成就事业中兴。

第二天清晨，周辰瑜心里的忧伤，宛如江南梅雨时节，天空飘起的淅淅沥沥的细雨。上班无精打采，走路都有点摇摇晃晃。两天后，周辰瑜的情绪依然十分低落。M局要求每个新入职的公务员研读中华民族实现伟大复兴的行动指南——习近平新时代中国特色社会主义思想，结合工作实际谈心得体会。周辰瑜一边阅读，一边思念王艺芸，担心王艺芸的安危。周辰瑜心想："艺芸，可能真的走了，她真的太难了。但也无可奈何，也只能静静等待。"

晚上，周父在电话中语重心长地说："辰瑜，王艺芸并不适合你。陈晓雅挺不错的。或者在北京重新找一位姑娘也可以。"周辰瑜心里无比疼痛，默默地挂了电话，所有他和王艺芸交往的点点滴滴，那些刻骨铭心的往事汹涌而出，泪水便突然滑落，淹没了他的视线。

38

在周辰瑜到北京 M 局报到上班后的一个星期,作为复华省委组织部选调生的陈晓雅,懵懵懂懂地来到瑜城市组织部,她被分配到瑜城市教育局报到。陈晓雅面试上新夏集团三级子公司北京映山红保险公司,这是北京映山红证券公司李一凡同志帮忙的结果,但是陈晓雅父母反对她去北京,沈鸿也分手了,陈晓雅最终选择了复华省选调生。命运的安排,让陈晓雅感到茫然,但又充满浓浓期待。此时,有不少男士在追求陈晓雅。当然,包括北京映山红证券公司稽核审计部李一凡副总经理。在来瑜城市急速飞驰的银白色高铁上,陈晓雅一直思考她和周辰瑜之间的关系。周辰瑜临走时,两人在春意盎然的校园里面漫步,给了她一个后会有期的承诺:"等我到北京安定下来,就给你打电话!"不过,曾经热情似火的周辰瑜,变得有一点点疏离,身上有着淡淡的忧伤。陈晓雅心想,男人的心海底的针,也很难猜透,静等花开吧。这几天,陈晓雅内心备感煎熬。不过,陈晓雅没有想到的是,在漂亮的瑜城市教育局大楼三楼办公室报到时,竟然遇到了意气风发、满面通红的周父,他真的很有领导的派头。当陈晓雅亭亭玉立地站在周父面前的时候,周父恍如一梦,仿佛看到了年轻时闭月羞花的周母。他内心一阵悸动,心想儿媳妇是这个姑娘该多好啊!于是,情不自禁地打听陈晓雅的基本情况,差点儿又犯了老错误——曾经握了漂亮女教师的纤纤玉手。他的手在空中飞翔了十秒钟,最终宛如波音客机般从空中垂直掉了下来,大脑不愿意导航了。两人十分开心地聊了起来,周父没有想到竟然是周辰瑜的追求对象,而陈晓雅更是无比惊讶,竟然第一天就遇到恋人的父亲。于是表现得更加礼貌和乖巧,她的声音动听而甜美。这个性格温和、做事得体的复华大学校花,完全获得了周父的认可,仿佛一见倾心于周母。一个星期后,周父邀请陈晓雅到瑜河渔家酒店吃饭,周母非常喜欢温柔娴静的陈晓雅。陈晓雅的表现可圈可点,堪称完美。周父周母关于准儿媳妇的事情,商量了一个晚上。周父认为陈晓雅是个好姑娘,但周辰瑜在国家部委工作,有编制有前途,找女朋友不用那么着急。周母觉得恋爱是自由的,如果两人有缘分也是好事。两人没有告诉周辰瑜,请陈晓雅吃饭的事情。因为他们觉得周辰瑜未来前程似锦,找女朋友那是小菜一碟的事情。陈晓雅只能算是候补委员,勉强荣升为周辰瑜的"第一备胎",达到了周辰瑜追求陈晓雅时的崇高地位和显赫身份。历史何其相似,只是颠倒了位置。

陈晓雅十分开心,分享了此事。周辰瑜觉得他和陈晓雅挺有缘分,问了他的父母跟陈晓雅说话的内容,主要是摸底陈晓雅的个人和家庭情况,算是融资前的尽职调查。最后,陈晓雅有点动情地笑道:"过一段时间,我去北京找你。"这是爱的信号,周辰瑜想起两人相处的点点滴滴,想起那个醉酒的晚上,两人紧紧地拥抱亲吻……他也非常想念陈晓雅。于是周辰瑜说:"非常欢迎啊!到时候我们游玩北京的景点,我一个地方都没有去呢!"

但很快周辰瑜就去了一个地方——周新林在顺义区的别墅。周辰瑜去了以后才知道,周新林想介绍新夏集团财务部副总经理的女儿给他。姑娘家产颇丰,并且是英国留学海龟,想找个国家部委公务员作为终生伴侣。不需要有钱,只要工作稳定,人品过硬即可。周新林提前打招呼道:"辰瑜,你要是看不上人家,就交个普通朋友。但说话一定要谨慎,不可多言。"周辰瑜表示坚决服从周新林的安排,心想不过逢场作戏而已。女孩不是周辰瑜的菜,连菜叶上的小青虫都算不上。她长得非常普通,小眼睛、胖乎乎的,跟瑜城市原一把手的小女儿有一拼,父子两人都是外貌协会成员。倘若貌美如陈晓雅,周辰瑜也会怦然心动。

吃完中饭,周新林将自己写的诗歌《绽放》让大家欣赏。小眼睛姑娘拍马屁功夫也相当了得,连连称赞道:"周叔叔,你的诗歌,不仅意境悠远,而且意义深刻。"

新时代,
乘风破浪,
已远航。
中华儿女绘新画,
伟大梦想,
绽放如花,
结硕果。
待到那时,
举杯弄月影,
畅喝三千杯。

不过,小眼睛姑娘对诗歌的感觉,远不及对周辰瑜的兴趣。她一边点评,一边欣赏周辰瑜的英俊脸庞,恨不得在家里花园的帐篷里面,跟周辰瑜一起"结硕果"。周辰瑜表情冷淡,婉拒的技术高人一筹:"我有一个女同学也会写诗,我发给她看看,让她点评点评。"小眼睛姑娘心里好奇,一定要看女同学照片,于是看到了貌美如花的陈晓雅。此处无声胜有声，两人都心知肚明。小眼睛姑娘的脸色"顿失滔滔"，眼睛里面闪烁着一阵一阵寒意，瞬间能够把周辰瑜冻成一条金枪鱼。当天晚上，小眼睛的父母开玩笑地打电话跟周新林说："有女朋友的小伙子，就不要介绍给我家小娜了。"惹得周新林对周辰瑜火冒三丈，打电话连连责问周辰瑜说过什么话了。周辰瑜一脸无辜："我什么也没有说啊！"可是他什么都说了，而且还暗讽了人家姑娘长得丑。虽然周辰瑜属于无心之过，但周新林难以原谅，后来半年时间都没有搭理周辰瑜，再也不给周辰瑜介绍对象了。

陈晓雅在瑜城市教育局上班一个星期后，越来越想念周辰瑜。于是，周五下午陈晓雅乘高铁来到北京。周六两人心情愉快地去长城游玩，在温暖的南风中嬉笑玩乐，在长城城墙上合影留念。第二天，两人手牵手到玉渊潭公园游玩，在花开的芳香中依偎漫步，憧憬着他们美好的未来。星期一上午，陈晓雅依依不舍地乘高铁从北京回复华城，周辰瑜兴高采烈地乘高铁从北京去陕西西安市的基层单位锻炼，这是中央组织部对新录取公务员转正的规定。周母准备了首付款，准备周辰瑜半年基层单位锻炼回北京后，购买一套六十平方米的小房子。周瑜新区的拆迁款起了大作用。

高铁急速行驶，周辰瑜隔窗而望。远处的城市、山川和大地在阳光的照射下一派生机盎然。这片古老而年轻的土地伟大复兴早已笛声悠扬，车轮滚滚。一个繁荣而昌盛的盛世就在眼前，周辰瑜想起，他和陈晓雅在姹紫嫣红的北京玉渊潭公园散步时，他说："新时代，也有困难，机遇和挑战并存，大家都在努力奋斗，充满勃勃生机。"陈晓雅轻声细语笑道："是啊，我们生活在最好的历史时代。"周辰瑜微微一笑,问道:"晓雅,你觉得生活在这样的时代,什么样的人生才有意义呢?"陈晓雅愣了,她没有认真思考这个问题,她笑道:"跟喜欢的人在一起,就是最有意义的。"陈晓雅其意不明而喻,周辰瑜笑了,将自己的理解,通过微信发给了陈晓雅。她也非常赞同周辰瑜的理解。三个月后,陈晓雅对"生命的意义"有了更深刻的领悟。那时候,她被抽调到瑜城市新冠肺炎病毒防疫物资供应工作组,因劳累过度,突发心脏骤停,经瑜城市人民医院全力救治,才没有离开这个五彩斑斓的物质世界。疫情无情人有情,三年时间,中国抗疫取得巨大胜利,经济也在慢慢复苏,人们正在创造美好的生活。醒来后,陈晓雅打开微信收藏夹,小声读着玉潭渊公园游玩时,周辰瑜发给她的文字:

> 人最宝贵的东西是生命。此生只有一次,实属不易。要珍惜此生的缘分。无论我们成为什么,住怎样的住宅,职业是否满意,经济是否丰盛,智慧是否备足,我们都要踏实进取,遵循自然和社会规律,发挥好人性的光辉和人本身所具备的智慧,为美好健康的生活而努力奋斗。在离开这个绚丽多姿的世界时,能够说:"我的整个生命和全部精力,都已经献给了家庭和工作岗位,献给了中华民族伟大复兴的事业。即使我们此生非常平凡,非常普通,只要我们发挥了自己的智慧,尽心尽力了,复兴富家强国有我。这样的一生,就是值得自豪的一生,就是值得尊敬的一生,就是最有意义的一生。"

陈晓雅粲然一笑，喃喃自语道："在这样伟大复兴的新时代，只要好好活着，我们白头偕老，就是最有意义的一生！"陈父陈母也在催促陈晓雅带周辰瑜来家小聚。陈晓雅闭上眼睛，回忆她和周辰瑜相处的点点滴滴，她甜甜地微笑，静静地等待周辰瑜的到来。

后　记

　　我利用业余时间，断断续续修改润色了十年时间，才踉踉跄跄地走完了《千里挑一》这部长篇小说的创作历程。

　　《千里挑一》与我有缘分。我硕士毕业那年参加了国考，花了很长时间努力读书，再加上运气好，进入国家部委工作。那时候的我，年轻而自信，许下诺言，希望写一本打开学习智慧法门、弘扬向上向善励志思想的书，于是开始了孤独而漫长的写作旅途。年轻的我，自信满满，认为写一本书非常easy，后来发现对于禀赋一般的我而言，宛如蜀道之难，难于上青天。但君子一言，驷马难追。其实这本书是我的心愿，尚没有成"言"，也就不存在驷马难追了——不用担心别人笑话我。但心愿始终萦绕心头。

　　生活在新时代的当下，没有战争，或者因为病毒，而危及生命安全，内心总是深深地感恩。生活在这样伟大思想觉醒的时代，总是感到非常幸福。正如习近平总书记指出："今天，我们比历史上任何时期都更接近、更有信心和能力实现中华民族伟大复兴的目标。"习近平总书记强调，在五千多年中华文明深厚基础上开辟和发展中国特色社会主义，把马克思主义基本原理同中国具体实际、同中华优秀文化相结合是必由之路。时代风云涌动，冥冥之中，有一个声音召唤着我："你要完成自己的诺言。因为跟你有缘。"是啊！我也在思考活在盛世，怎么过完此生才是有意义的呢？活着，就要完成一个人的责任和使命。

不过，感到庆幸的是，断断续续经过十年时间，我写完了这本书。虽然还有很多不足和遗憾，但是木已成舟。聊表欣慰的是，我想作为前辈，这是送给晚辈最好的礼物。因为人生奋斗道理的领悟，通过语言文字比说教的效果好百倍。

张偌谦

2023 年 6 月 22 日于北京

图书在版编目（CIP）数据

千里挑一 / 张偌谦著 . -- 北京：作家出版社，2023.9
ISBN 978 - 7 - 5212 - 2326 - 2

Ⅰ.①千… Ⅱ.①张… Ⅲ.①长篇小说 - 中国 - 当代 Ⅳ.①I247.5

中国国家版本馆 CIP 数据核字（2023）第 097812 号

千里挑一

作　　者：张偌谦
责任编辑：田小爽
封面设计：薛　怡
出版发行：作家出版社有限公司
社　　址：北京农展馆南里10号　　邮　编：100125
电话传真：86 - 10 - 65067186（发行中心及邮购部）
　　　　　86 - 10 - 65004079（总编室）
E - mail: zuojia@zuojia.net.cn
http://www.zuojiachubanshe.com
印　　刷：河北鹏润印刷有限公司
成品尺寸：145×210
字　　数：191千
印　　张：8.625
版　　次：2023年9月第1版
印　　次：2023年9月第1次印刷
ISBN 978 - 7 - 5212 - 2326 - 2
定　　价：62.00元

作家版图书，版权所有，侵权必究。
作家版图书，印装错误可随时退换。